笔记小说名篇译注

——孙旭升名篇译注系列之二

BIJI XIAOSHUO MINGPIAN YIZHU

孙旭升 译注

古迂陳氏家藏夢溪筆談卷一

沈括 存中 述

故事一

上親郊郊廟冊文皆曰恭薦歲事先景靈宮
謂之朝獻次太廟謂之朝饗末乃有事于
南郊子集郊式時曾預討論常疑其次序
若先為尊則郊不應在廟後若後為尊則
景靈宮不應在太廟之先求其所從來蓋
有所因按唐故事凡有事于上帝則百神
皆預遣使祭告唯太清宮太廟則皇帝親

凤凰出版社

图书在版编目（CIP）数据

笔记小说名篇译注：孙旭升名篇译注系列之二／孙
旭升译注. -- 南京：凤凰出版社，2014.2（2016.11重印）
ISBN 978-7-5506-1967-8

Ⅰ．①笔… Ⅱ．①孙… Ⅲ．①笔记小说－译文－中国
－古代②笔记小说－注释－中国－古代 Ⅳ．①I242.1

中国版本图书馆CIP数据核字(2014)第031483号

书　　　　名	笔记小说名篇译注——孙旭升名篇译注系列之二
著　　　者	孙旭升　译注
责 任 编 辑	郭馨馨
出 版 发 行	凤凰出版传媒股份有限公司
	凤凰出版社(原江苏古籍出版社)
	发行部电话025-83223462
出版社地址	南京市中央路165号，邮编：210009
出版社网址	http://www.fhcbs.com
照　　　排	南京凯建图文制作有限公司
印　　　刷	江苏凤凰新华印务有限公司
	中国江苏南京经济技术开发区尧新大道399号，邮编：210038
开　　　本	880×1230毫米　1/32
印　　　张	10.5
字　　　数	250千字
版　　　次	2014年2月第1版　2016年11月第2次印刷
标 准 书 号	ISBN 978-7-5506-1967-8
定　　　价	42.00元
	(本书凡印装错误可向承印厂调换，电话：025-68037410)

目　录

记　人

写 景

记　人

谢　安①

　　谢公与人围棋,俄而谢玄淮上信至②,看书竟,默然无言,徐向局。客问淮上利害,答曰:"小儿辈大破贼。"意色举止,不异于常。

　　① 选自南朝宋刘义庆《世说新语》。题目为译者所加。刘义庆:刘宋宗室,袭封临川王,曾任豫州刺史。他喜好文学,门下聚集不少才学之士。署名刘义庆的《世说新语》、《幽明录》等,大约是他与门客合编的。　② 淮上:晋孝武帝太元八年(383),前秦王苻坚发兵南侵,企图灭晋。当时晋以谢安为征讨大都督;谢安派弟弟谢石、侄儿谢玄率军在淝水拒敌,结果苻坚大败,这就是历史上有名的"淝水之战"。

【译文】

　　谢安和客人下围棋,一会儿谢玄从战争前线派人送信来,谢安看完信,默不作声,又慢慢地下起棋来。客人问他战争的情况如何,谢安回答道:"孩子们大破敌兵。"说话时神色不变,一举一动,和平时没有什么两样。

雪夜访戴①

　　王子猷居山阴②。夜大雪,眠觉,开室,命酌酒。四望皎然,因起彷徨,咏左思《招隐》诗③。忽忆戴安道;时戴在剡④,即便夜乘小船就之。经宿方至,造门不前而返。人问其故,王曰:"吾本乘兴而行,兴尽而返,何必见戴?"

①选自南朝宋刘义庆《世说新语》。　②王子猷(yóu)：王徽之，字子猷，王羲之的儿子。书法家。山阴：今浙江绍兴市。　③《招隐》诗：左思作，内容为歌咏隐士的清高。　④剡(shàn)：溪名亦地名。在今浙江省嵊州。

【译文】

　　王子猷住在山阴。夜里下了场大雪，一觉醒来，打开窗子，招呼拿酒来喝。四周望去，一片白皑皑的景象，因而就站起来踱步，一边朗诵着左思的《招隐》诗。忽然想起了戴安道；当时戴住在嵊州，就立即连夜坐小船前往。经过一夜才到了那里，可是到门前又不进去，而且回身就走。有人问这是为什么？王说："我本来是乘一时高兴才来，兴致没了就返回，所以何必见戴？"

孙　泰①

　　孙泰，山阴人，少师皇甫颖，操守颇有古贤之风。泰妻即姨妹也。先是姨老矣，以二子为托，曰："其长损一目，汝可娶其女弟。"姨卒，泰娶其姐。或诘之，泰曰："其人有残疾，非泰不可适。"众皆伏泰之义。尝于都市遇铁灯台，市之，而命洗刷，却银也。泰急往还之。中和中，将家于义兴，置一别墅，用缗钱二百千②。既半授之矣，泰游吴兴郡，约回日当诣所止。居两月，泰回，停舟徒步，复以余资授之，俾其人他徙。于时，睹一老姬，长恸数声。泰惊悸,召诘之,妪曰:"老妇常逮事翁姑于此,子孙不肖,为他人所有,故悲耳。"泰怃然久之,因绐曰③:"吾适得京书,已别除官④,固不可驻此也,所居且命尔子掌之。"言讫,解维而逝,不复返矣。

① 选自五代王定保《唐摭言》。题目为译者所加。王定保:字、里均不详。吴融之婿。光化三年举进士第,丧乱后入湖南,为邕管巡官。著作有《唐摭言》十五卷。 ② 缗(mín)钱:用绳(缗)穿连成串的钱,即贯钱。 ③ 绐(dài):欺骗。 ④ 除官:拜官授职。

【译文】

孙泰,山阴人,幼年时曾拜皇甫颖为师,品行志节很有古代圣贤的样子。孙泰的妻子是姨母的女儿。当初姨母已经年老,把两个女儿托付给他,说:"大女儿瞎了一只眼睛,你就娶小的为妻。"姨母死后,孙泰却娶了大表妹。有人问他,他说:"大表妹有残疾,除了我还能嫁给谁?"大家都佩服他有义气。有一次在街上看到一个铁灯台,就把它买了回来,叫人洗刷干净,却是个银的。孙泰于是就赶紧拿去还给卖主。唐代中和年间(882—885),孙泰想把家搬到义兴去住,在那里买了幢房子,花了整整二百千钱。已经付了一半的钱,孙泰有事到吴兴去,约定回来时再到这地方。过了两个月,孙泰回到义兴,弃船徒步,找卖主付清余资,并叫他从房子里搬走。正在这时,看到一个老妇人痛哭起来,孙泰吓了一跳,叫来询问,她说:"老身常常在这里服侍公婆,子孙不学好,将房子卖与别人,所以痛哭!"孙泰听了很受感动,就造了个谎,说:"我刚好收到京城里来信,已经别有差遣,肯定不能再住在这里,所以将这幢房子叫你儿子代为掌管。"说罢,就坐船走了,从此再不回来。

冯道与和凝①

故老能言五代时事者云,冯相道②,和相凝③,同在中书，一日，和问冯曰：“公靴新买，其值几何？”冯举左足示和曰：“九百。”和性褊急④，遽回顾小吏云：“吾靴何得用一千八百！”因诟责。久之，冯徐举其右足曰：“此亦九百。”于是哄堂大笑。

① 选自宋欧阳修《归田录》。题目为译者所加。欧阳修，字永叔，号醉翁，宋江西庐陵人，著名诗人，著作有《文忠集》、《归田录》等。　② 冯道：字可道，景城人。历事后唐、后晋、后汉、后周四朝，事十君，三入中书，在相位二十余年，自号长乐老。　③ 和凝：字成绩，汶阳须昌人。历汉、周为相。凝才思敏赡，延纳后进，颇有时誉。
④ 褊（biǎn）急：器量小、性急躁。

【译文】

前辈有知道五代时事的人说，宰相冯道、和凝一起在中书省任职。一天，和问冯说：“你的靴子是新买的，啥价钱？”冯抬起左脚给和看，说：“九百。”和性急躁，回头看着小吏说：“我的靴子怎么要一千八百？”从而责备小吏。过了好一会，冯却慢慢抬起右脚，说：“这只也是九百。”引得大家哄堂大笑。

不 为 物 累①

吕文穆公（蒙正）以宽厚为宰相②，太宗尤所眷遇③。有一朝士家藏古鉴，自言能照二百里，欲以公弟献以求知。其弟伺间从容言之，公笑曰：“吾面不过碟子大，安用照二百里。”其弟遂不复敢言。闻者叹服，以谓贤于李卫公远矣^④。

> ① 选自宋欧阳修《归田录》。题目为译者所加。　② 吕文穆：吕蒙正，字圣功，河南人。太平兴国二年，擢进士第一，至道初，判河南府，咸平中，授太子太师。卒，谥文穆。　③ 太宗：宋太宗赵炅，在位二十三年。④ 李卫公：李德裕，唐代宰相，曾封卫国公。他是"牛李党争"中李派首领，后来受牛僧孺派的排挤，被贬到珠崖，死在那里。

【译文】

　　吕蒙正做宰相，宽厚待人，太宗特别宠爱他。有个朝廷命官家里藏着一面古镜，自称二百里外的景物也能照见，想要作为礼物通过吕相的弟弟讨好吕相。吕相的弟弟乘机委婉地对吕相说了这件事，吕相笑笑说："我的面孔不过碟子那么大，哪里用得到这样的宝镜？"吕相的弟弟不敢再说什么。知道这事的人都很佩服，以为吕相的品德远远超过了李卫公。

面 似 靴 皮^①

　　京师诸司库务^②，皆由三司举官监当^③，而权贵之家子弟亲戚，因缘请托，不可胜数，为三司使者常以为患。田元均为人宽厚长者^④，其在三司深厌干请者，虽不能从，然不欲峻拒之，每温颜强笑以遣之。尝谓人曰："作三司使数年，强笑多矣，直笑得面似靴皮。"士大夫闻者传以为笑，然皆服其德量也。

> ① 选自宋欧阳修《归田录》。题目为译者所加。　② 诸司库务：宋代由三司主管全国的财赋等事。三司下设盐铁司、度支司、户部司等，盐铁、度支、户部各有所司。三司下属有京城诸司库务和京畿仓场库务。"库"指仓库。北宋时官府专卖货物的仓库规模很大。"务"指专卖和税收机构，有市易务、榷货务等，都是当时的肥缺。　③ 三司：北宋初沿袭五代之制，设三司

使,是朝廷主管财赋之官。三司是三司使所在的官署。 ④ 田元均:田况,字元均,曾举进士,后被召为御史中丞,既至,权三司使,加龙图阁学士,卒赠太子太傅,谥宣简。

【译文】

　　京城里管理各个仓库的,都由三司推荐担当,有钱有势人家的子弟以及亲戚,就通过关系开后门的不计其数,作为三司使的人常以此为难。田元均为人宽宏厚道,他在三司使时对此深感厌恶,虽然不违规屈从,但也不想断然拒绝,每次总是强颜欢笑地打发过去。他曾经对人说:"我作三司使几年,强颜欢笑得多了,简直笑得我面皮像靴子一样厚。"士大夫听了都当作笑话流传,不过都佩服他的品德和肚量。

上　官　仪①

　　高宗承贞观之后②,天下太平。上官侍郎仪独持国政,尝凌晨入朝,循洛水③,步月徐辔,咏云:

> 脉脉广川流,驱马历长洲。
> 鹊飞山月曙,蝉噪野风秋。

音韵清亮,群公望之,犹若神仙。

　　① 选自宋王谠《唐语林》。题目为译者所加。上官仪:唐陕州人。字游韶。贞观进士。太宗、高宗时任弘文馆学士、西台侍郎等职。曾建议高宗废皇后武则天,为武则天所怀恨。后因梁王忠谋反事,受牵连,下狱死。仪擅长五言诗,多是应制、奉和之作,工于格律,婉媚华丽,适合宫廷需要,多为士大夫仿效,称为上官体。有文集三十卷。王谠:字正甫,长安人。生卒年均不详。尝效《世说》体,分别记唐世名言,作《唐语林》八卷,所记典章故实,多与正史相发明,所采诸书,存者甚少,颇为后世所珍视。 ② 贞观:唐李世民

③ 洛水:水名。源出陕西洛南县西北部。东入河南,至偃师纳伊河后,称伊洛河,到巩县的洛口流入黄河。

【译文】

　　唐高宗李治继承贞观之后做了皇帝,风调雨顺,国泰民安。侍郎上官仪把持朝政,常常在黎明时进宫,骑着马,踏着月光,沿着洛河慢慢走去,嘴里还吟着诗(略)。声音高亢明朗,在同僚诸公眼里,他简直就像个神仙。

實錄院
牒　泰州
檢准淳熙十五年五月二十四日　尚書省劄子
國史院狀勘會已降
聖旨指揮修
高宗皇帝實錄續奉
聖旨編修
御集令來合要
聖旨
高宗皇帝朝曾任宰執侍從卿監應職事等官被
受或收藏
御製

东坡西湖了公事①

　　东坡镇余杭,遇游西湖,多令旌旗导从出钱塘门。坡则自涌金门从一二老兵泛舟,经湖而来饭于普安院②,倘佯灵隐、天竺间。以吏、牍自随,至冷泉亭,则据案剖决,落笔如风雨。分争辨讼,谈笑而办已。乃与僚吏剧饮。薄暮,则乘马以归。夹道灯火,纵观太守。有老僧,绍兴末,年九十余,幼在院为苍头,能言之。当是时,此老之豪气逸韵,可以想见也。

　　① 选自宋费衮《梁溪漫志》。题目为译者所加。苏轼,字子瞻,号东坡居士,宋四川眉山人,大文学家,诗、词、散文、书画皆精。著作有《东坡七集》、《东坡志林》等。费衮:字补之,无锡人。生卒年均不详。著有《梁溪漫志》十卷,旧典遗文,颇多可采。　　② 普安院:即普安寺,在西湖北岸葛岭智果寺旁边。

【译文】

苏东坡在杭州做知州的时候,遇到游览西湖的日子,总是吩咐仪仗队和随从人员从钱塘门出城。他自己却由一两个老兵跟随着从涌金门外坐条小船,横渡湖面,来到普安寺吃中饭,然后在灵隐寺、天竺山一带自由自在地游玩。他总随身带着书办和案卷,到了冷泉亭,就端坐在书案边裁决案件,动起笔来快得像刮风下雨似的。分析纠葛,判断诉讼,一边谈笑,一边办公事。办完公事就跟幕僚们痛快地喝酒。傍晚时,他就骑着马回到城里。街道上两边灯火通明,任凭市民观看这位知州大人。有个老和尚,绍兴末年年纪已经九十多岁,他年轻时在普安寺干过打杂的工作,谈得出这些情况。在那些年月,这位知州大人的豪放劲儿、闲适味儿,到今天想起来还历历如在目前。

鲁 宗 道①

鲁肃简公劲正,不徇爱憎,出于天性。素与曹襄悼不协②,天圣中因议茶法,曹力挤肃简,因得罪去;赖上察其情,寝前命,止从罚俸,独三司使李谘夺职,谪洪州。及肃简病,有人密报肃简,但云:“今日有佳事。”鲁闻之,顾婿张戡之曰③:“此必曹利用去也。”试往侦之,果襄悼谪随州。肃简曰:“得上殿乎?”张曰:“已差人押出门矣。”鲁大惊曰:“诸公误也。利用何罪至此,进退大臣,岂宜如此之遽!利用在枢密院,尽忠于朝廷,但素不学问,倔强不识好恶耳,此外无大过也。”嗟叹久之,遂觉气

塞。急召医视之,曰:"此必有大不如意事动其气,脉已绝,不可复治。"是夕,肃简薨。李谘在洪州,闻肃简薨,有诗曰:

空令抱恨归黄壤,

不见崇山谪去时④。

盖未知肃简临终之言也。

① 选自宋沈括《梦溪笔谈》。题目为译者所加。沈括:字存中,宋钱塘人。嘉祐间擢进士,提举司天监,累官翰林学士、三司使。博学能文,通天文、历算、方志、音乐、医药等。晚年定居润州(今江苏镇江市)的梦溪园,著《梦溪笔谈》。鲁肃简:鲁宗道。字贯之,亳州谯(今安徽亳县)人。官至参知政事,卒谥肃简。劲正:刚正不偏。 ② 曹襄悼:即曹利用。字用之,宁晋(今属河北)人。武人出身,真宗时官至枢密使加同平章事。在位久,颇恃功逞威,然每抑宦官、贵戚、宗室子弟的法外请赏,由是结怨。仁宗即位后,以他事罢知随州,后又谪房州安置,半道被押送的内侍侵逼,自缢死。 ③ 张邧之:字景山,宋城(今河南商丘)人。官至光禄卿。 ④ 崇山:此用传说的尧曾流放崇伯鲧(大禹之父)的掌故。李谘二句诗的意思是:只让鲁宗道抱憾而死去,叫惜没有看到曹襄悼被流放。

【译文】

鲁肃简公为人刚正不偏,做事不按照个人的好恶,这是出于他的天性。他一向与曹襄悼不合,天圣年间曾因讨论茶法,曹竭力排挤肃简,因而导致肃简得罪被免职。不过随后靠皇帝察觉到真实情况,才撤销了先前的决定,仅给了他扣罚俸禄的处分,只有三司使李谘被削去兼职,贬到了洪州。等到肃简病重时,有人给他传递官中密报,但只是说"今天有好事。"鲁听到这消息后,就对女婿张邧之说:"这一定是指曹襄悼要丢官了。"张邧之试着去打听,果然是曹襄悼贬谪到随州。肃简说:"皇上召见他了吗?"张说:"已经派人把他押出国门（京城）了。"鲁听了大惊，说："这事几个主事大臣办理得不对。襄悼的罪怎么能到这地步？贬斥大臣，哪可如此仓促！襄悼在枢密院，还是尽忠于朝廷的，只是他向来不学无术，倔强得很，有时不识好歹，此外并无大过错。"他嗟叹了好一阵子，突然觉得闷得慌。家人急忙请医生来诊，医生说："这一定是有大不如意的事让他生气了，现在气脉已经断绝，没法再治。"当天晚上，肃简去世。李谔在洪州，听到肃简去世的消息，就写诗（略）。他大概还不知道肃简临终时所说的话。

陆士规工诗①

陆士规布衣工诗②，秦桧喜之。尝挟秦书干临川守③，馈遗不满意，升堂嫚骂。守惧，以书白秦自解④。秦怒陆甚，陆请见，不出。然犹令其子小相者见之，问其近作。陆诵其《黄陵庙》一绝云⑤：

东风吹草绿离离，路入黄陵古庙西。
帝子不知春又去⑥，乱山无主鹧鸪啼。

小相入诵之。秦吟赏再四，即命请见，待之如初。

① 选自宋罗大经《鹤林玉露》。题目为译者所加。罗大经：字景纶，庐陵人。生卒年均不详。约宋宁宗嘉定末前后在世。尝登第，为容州法曹掾。大经著有《鹤林玉露》十六卷。　② 布衣：庶人之服。也作为平民的代称。③ 挟：倚仗，恃以自重。干：求取。临川：县名，属江西省。　④ 自解：自作辩解。　⑤ 黄陵庙：古迹名。在湖南湘阴县北。《水经注》三八《湘水》："湖水西流经二妃庙南，世谓之黄陵庙也。言大舜之陟方也，二妃从征，溺于湘。……故民为立祠于水侧焉。"　⑥ 帝子：皇帝子女的通称。这里是指尧女娥皇与女英。

【译文】

布衣陆士规擅长作诗，秦桧喜欢他。曾经倚仗秦桧的一封信去勒索临川太守，因为馈赠的银子太少，竟上公堂谩骂。太守很害怕，就拿着信告到秦桧那里，以此为自己辩解。秦桧对士规的做法很恼怒，士规要求接见，也遭到拒绝。不过，秦桧还是叫儿子小相出去接待，问他近来有什么诗作。士规念了首《黄陵庙》的绝句。诗略。小相将诗读给秦桧听，秦桧听了十分满意，吟哦再三，又吩咐相见，而且和好如初。

闻人茂德[①]

嘉兴人闻人茂德，名滋，老儒也。喜留客食，然不过蔬豆而已。郡人求馆客者[②]，多就谋也。又多蓄书，喜借人。自言作门客牙[③]，充书籍行，开豆腐羹店。予少时与之同在敕局[④]，为删定官。谈经义滚滚不倦[⑤]，发明极多，尤邃于小学云。

① 选自宋陆游《老学庵笔记》。陆游：字务观，号放翁，浙江山阴（今绍兴市）人。著名诗人，著作有《剑南诗稿》、《老学庵笔记》等。闻人茂德：姓闻人，名滋，字茂德。　② 馆客：门客，食客。　③ 牙：牙人。旧时集市贸易中以介绍买卖为职业的人。　④ 敕（chì）局：编纂处。　⑤ 滚滚：奔流貌。

【译文】

　　嘉兴人闻人茂德,单名一个滋字,是个颇有学问的老学者。他喜欢招待宾客,然而吃的只是些青菜豆腐罢了。当地人想要当门客的都来与他商量。他又喜欢聚书,也乐意借给别人。他自称自己是个门客的中间商,书籍的推销员,豆腐店的老板。我年轻时与他同在编纂处做删定官,他谈起经义来滔滔不绝,还有许多新见解,同时对文字学特别有研究。

赵 广 断 指①

　　赵广,合肥人,本李伯时家小史②。伯时作画,每使侍左右。久之遂善画,尤工作马,几能乱真。建炎中陷贼③,贼闻其善画,使图所掳妇人,广毅然辞以实不能画,胁以白刃④,不从,遂断右手拇指遣,而广平生实用左手。乱定,惟画观音大士而已。又数年乃死。今士大夫所藏伯时观音,多广笔也。

　　① 选自宋陆游《老学庵笔记》。题目为译者所加。　　② 李伯时:即李龙眠。小史:侍童。　　③ 建炎:南宋赵构的年号。　　④ 胁:同“胁”,威逼。

【译文】

　　赵广是合肥人,原是李伯时家的一个书童。每次伯时作画,都叫他在身边侍候,时间一长,也学会了作画,特别擅长画马,几乎分不清是伯时画的还是他画的。宋高宗建炎年间,他陷落在金营中,金人知道他擅长作画,就叫他把掳到的汉族女子画下来。他坚决推辞说自己不会作画,拿刀逼他也不答应。这样就被砍掉了右手的大拇指,才放过了他。实际上他平时用的是左手。战乱之后,他只画观音大士像。再过几年就去世了。现在士大夫家收藏的"伯时观音",大多数出于他的手笔。

苏 东 坡①

吕周辅言②:东坡先生与黄门公南迁③,相遇于梧、藤间④,道旁有鬻汤饼者⑤,共买食之,粗恶不可食。黄门置箸而叹,东坡已尽之矣。徐谓黄门曰:"九三郎,尔尚欲咀嚼耶?"大笑而起。秦少游闻之,曰:"此先生'饮酒但饮湿'而已。⑥"

① 选自宋陆游《老学庵笔记》。题目为译者所加。　② 吕周辅:吕商隐,字周辅,成都人。乾道二年进士,历任国子监博士、宗正丞等官。
③ 黄门公:即东坡弟苏辙,小字九三。曾官门下侍郎。此职在秦汉曰侍郎。晋始改门下,而后世犹称官门下者为黄门。　④ 梧、藤:地名。广西梧州与藤州。东坡《和渊明移居诗序》:"丁丑岁余谪海南,子由亦谪雷州,五月十一相遇于藤,同行至雷。"丁丑为绍圣四年(1097)。　⑤ 汤饼:汤煮的面食。亦即今之面条。　⑥ 秦少游:秦观,字少游,北宋词人,与二苏友善。饮酒但饮湿:东坡《岐亭五首》之四:"酸酒如荠汤,甜酒如蜜汁,三年黄州城,饮酒但饮湿。我如更拣择,一醉岂易得?"意思是:只要有酒就好,不拘美恶。

【译文】
　　吕周辅说:东坡与他弟弟苏辙同时被贬谪到南方,在广西梧州、藤州一带地方碰到了。路边有卖面条的,二人就各买了一碗来吃。面条粗恶无味,简直没法入口。苏辙放下筷子还在慨叹,东坡却已经吃个精光,还慢慢地对苏辙说:"九三郎,你还想再来一碗吗?"说罢,大笑着站了起来。秦观听到这事情后说:"这就是先生'饮酒但饮湿'的意思罢了。"

黄　鲁　直^①

范寥言^②：鲁直至宜州^③，州无亭驿，又无民居可僦，止一僧舍可寓，而适为崇宁万寿寺^④，法所不许，乃居一城楼上，亦极湫隘，秋暑方炽，几不可过。一日忽小雨，鲁直饮薄醉，坐胡床，自栏楯间伸足出外以受雨，顾谓寥曰："信中，吾平生无此快也。"未几而卒。

① 选自宋陆游《老学庵笔记》。题目为译者所加。黄鲁直：黄庭坚，宋分宁人。字鲁直，号山谷道人。尝谪居涪州，又号涪翁。治平四年进士。调叶县尉。哲宗时预修《神宗实录》，迁著作佐郎，升起居舍人。绍圣初，知鄂州。章惇、蔡京以修《实录》不实，贬涪州别驾。至徽宗初召还。后又以文字罪除名，贬宜州，卒于其地。　　② 范寥：据陆游《老学庵笔记》说："黄鲁直有日记，谓之《家乘》，至宜州犹不辍书。其间数言信中者，盖范寥也。"　　③ 宜州：即今广西宜山县一带。　　④ 崇宁：宋徽宗赵佶的年号。

【译文】

鲁直到了宜州，城里找不到馆驿，又租不到民房，只有一个寺院可以安身，可又碰巧是个崇宁万寿寺，按照国法是不允许居住的，所以只好住在城楼上。这城楼也很潮湿狭窄，初秋还热得厉害，几乎没法过日子。有一天，忽然下起了小雨。鲁直喝酒差不多醉了，就坐在交椅上，把脚伸到栏杆外面，承受雨点的洒打。鲁直对范寥说："信中，我一生中从未遇到过这样痛快的事情呀！"过不了多久，他就去世了。

胡子远之父①

　　胡子远之父，唐安人，家饶财，常委仆权钱②，得钱引五千缗，皆伪也。家人欲讼之，胡曰："干仆已死，岂忍使其孤对狱耶？"或谓减其半价予人，尚可得二千余缗。胡不可，曰："终当误人。"乃取而火之，泰然不少动心。

　　① 选自宋陆游《老学庵笔记》。题目为译者所加。　　② 权钱：铁钱换成纸币。宋真宗时，张泳镇蜀，以铁钱太重，不便贸易，行用交子。初由富商发行，至仁宗时，将发行权收归官府，设交子务，以权出入。徽宗大观元年改四川交子为钱引，至崇宁四年通行诸路，并改交子务为钱引务。

【译文】

　　胡子远的父亲，是唐安地方人，家财万贯，常叫仆人将铁钱贷换成纸币，有五千缗之多，可是都是假的。家里的人要想告官，胡说："当事人已死，难道忍心让他的子孙去坐牢吗？"有的说可以半价卖出去，还可以值二千余缗。胡不同意，说："最后还是害了别人。"就将假券一把火烧掉了，神色泰然，毫无可惜之意。

山　邻①

　　余尝过一山邻，老而嗜花，红紫暎户②，弄孙负日，使人不复知有城居车马之闹，况京都滚滚尘邪？余赠以诗云：

有个小门松下开,堂前名药绕畦栽。

老翁抱孙不抱瓷,恰欲灌花山雨来。

① 选自明陈继儒《岩栖幽事》。题目为译者所加。陈继儒:明华亭人,字仲醇,号眉公,又号麋公。绝意仕途,隐居昆山,专心著述。工诗善文,短翰小词,皆极有风致。又工书,法苏、米,间作山水梅竹。著有《眉公全集》、《晚香堂小品》等。　② 暎:同“映”。

【译文】

我曾经到一户山里的邻居家,老人家酷爱种花,门外全是红的紫的花朵;他一边晒太阳,一边逗弄着孙儿,让人不再想到住在闹市里的喧哗,更不必说是京城里的烟尘抖乱了。我就写了首诗送给他。(略)

欧阳修晚年①

欧阳文忠公晚年,常日窜定平生所为文②,用思甚苦。其夫人止之曰:“何自苦如此,尚畏先生嗔耶③?”公笑曰:“不畏先生嗔,却怕后生笑。”

① 选自明顾元庆《檐曝偶谈》。题目为译者所加。顾元庆:明长洲人,字大有,家阳山大石下,学者称曰大石先生。名其堂曰夷白。藏书万卷。择其善本刻之。其行世者有《文房小说》四十二种、《明朝四十家小说》。著有《瘗鹤铭考》、《云林遗事》、《山房清事》等。　② 窜定:改定。　③ 先生:即老师。嗔:责怪。

【译文】

欧阳修到了晚年,常常将平生所作的文章进行修改,用心良苦。他的夫人加以劝阻,说:“何必自讨苦吃,还怕先生责怪吗?”欧阳修笑着说:“不怕先生责怪,却怕后生笑话。”

谒岳王坟①

六桥花柳妍媚，忽尔松柏威森，则精忠武穆之庙墓也②。山环水潴，醉人狂子，岸帻者整巾，笑喧者习肃，嗟呼！人心尚有血在。白杨碧槚③，鸟亦悲啼。奸桧等铸错接反，头颈俱断。此死铁耳，何不于金牌十二时，效澹庵先生一按哉④？予令茂陵，过汤阴，晤其子孙，即茁发者皆凛凛有生气⑤。垂老分节九江，谒其祠已颓废，捐俸葺之。尝读其词吟笺表，雄伟理密，不但武穆，亦文渊也。丰碑大刻，何足揄扬其万一乎！

① 选自明王思任《文饭小品》。题目为译者所加。王思任：字季重，号谑庵，山阴（今浙江绍兴市）人。万历间进士，曾任九江金事。有《王季重十种》，又有《谑庵文饭小品》，为其子鼎起所编辑。　② 武穆：即岳飞。宋相州汤阴人。字鹏举。以"敢战士"应募，起于行伍。后从开封尹兼东京留守宗泽，与金人战有功，为留守使统制。绍兴五年授镇宁崇信军节度使，镇压洞庭湖地区杨么领导的农民起义军。十年，授少保兼河南北诸路招讨使，复大败金兵，进军朱仙镇。时赵构（高宗）、秦桧力主投降，欲尽弃淮北之地以求和，恐诸将不服，乃设谋尽收诸将兵权。诸将中飞主战最力，屡上表请收复两河、燕云等地。桧知飞志锐不可回，乃一日降十二金字牌召飞还，后又诬飞反，下狱，绍兴十一年十二月被杀害，年三十九。孝宗时谥武穆，宁宗时追封为鄂王。　③ 槚(jiǎ)：木名。

青棠書屋

題天成曰神品俯醜無迹横直相安曰妙品逐迹窮源思力交至曰能

品楚調自歌不謬風雅曰逸象雅有門庭曰佳品妙品以降

各分上下共為九等其人皆以既往為斷就所見而條別之起自國初

乾於道光凡得百有一人惟鄧石如各體兼善獨登神品自餘偏至則

以分屬董包氏以鄧為上蔡中郎非一時一州所得專美劉墉姚

蕭躡亦入之妙品謂與鄧相角猶偏師之撼長城其律鄧可謂至矣康

有為廣包氏之說於鄧固無異詞與鄧同時者則推伊秉綬嗣鄧而起

者則推張裕釗故合伊鄧劉張稱四家以鄧分隸分書之成鄧集隸書

之成劉集帖學之成張集碑學之成且謂鄧猶純乎古體張則兼陶古

今千年以來無與比九為書法中是其律張又過於包氏之筆鄧也

即榎。一名山楸。古人常以做棺椁，或植墓前。　　④ 澹庵先生：胡铨，宋庐陵人。字邦衡，号澹庵。举建炎二年进士，除枢密院编修官，以上疏乞斩王伦、秦桧、孙近等而被谪昭州。桧死，量移衡州。孝宗即位，得归。　　⑤ 苗发：刚长头发，即小孩。苗，草初出貌。

【译文】

刚看了苏堤上桃红柳绿的景色，忽然又来到阴森森的一片松柏当中，这就是尽忠报国的鄂王的陵墓与祠堂啊！青山环抱，绿水潆洄，醉汉狂徒，到此也都肃然致敬，戴歪了帽的整整冠，嘻笑着的沉下脸来，啊呀！好在人还有血气。墓园里，白杨与山楸上有鸟儿在悲啼。奸臣秦桧等反绑着跪在墓前认罪，头颈都被打断了。不过这只是一块毫无知觉的冷铁罢了，当初为什么不在十二块金牌召回岳飞时，像澹庵先生那样反击一下呢？我在担任茂陵知县的时候，有一次路过汤阴，见到了他的子孙，即使是三四岁的小孩也都是虎虎有生气的。晚年在九江佥事任上，看到他的祠堂已快要倒坍，就拿出钱来帮助修缮。我曾经读过他的诗词奏章，文章极有气魄，说理也很致密，不但是武中豪杰，也不愧为文中魁首。再是怎样树碑立传，也表彰不了他功绩的万分之一呢！

郑瑄韬颖①

余家深山之中，每春夏之交，苍藓盈阶，落花满径，门无剥啄，松影参差，禽声上下。午睡初足，汲泉煮茗啜之。随意读《周易》、《国风》、左氏《传》、《离骚》、太史公书及陶、杜诗，韩、苏文数篇。从容步山径，抚松竹，与麛犊共偃息于长林丰草间②。归竹窗下，则山妻稚子，作笋蕨③，供麦饭，欣然一饱。出步溪边，邂逅园翁溪友，问桑麻，说秔稻④，量晴校雨，相与剧谈一饷⑤。归而倚杖柴门之下，则夕阳在山，紫绿万状；牛背笛声，两两来归，而月印前溪矣。

① 选自明郑瑄《昨非庵日纂》。题目为译者所加。郑瑄:福建省福州府侯官县(今福建省福州市)人,明朝政治人物、进士出身。韬颖:犹避锋。
② 麛(mí)犊:小牛。麛,小鹿。　　③ 蕨:菜名。茎叶可食,茎多淀粉。蕨初生时形状像小儿拳,其茎紫色,故又名拳菜、紫蕨。　　④ 秔(jīng):不粘的稻。也作"粳"、"稉"。　　⑤ 一饷:短暂的时间。同"一响"。

【译文】

　　我家住在深山里面,每当春末夏初,阶沿边长满了青苔,路上落花满地,院子里一片寂静。松影点点,鸟声啁啾,午睡醒来,就煮清泉品茗。随便读读《周易》、《国风》、左氏《传》、《离骚》或司马迁的《史记》;有时也把陶潜、杜甫的诗或韩愈、苏轼的文章读上几篇。缓步来到山间的小路,抚抚青松,摸摸修竹,跟牛犊一起在长林丰草间盘桓多时。回到家里,妻儿们正在为午餐忙碌,做菜的做菜,煮饭的煮饭,虽然只是些家常饭菜,我却依旧欣然吃了个饱。出门来到溪边散步,偶尔碰到几个农民朋友,问问桑麻的长势,说说秔稻的收成,天晴雨落,自然也在闲谈之中。回来将手杖安放停当,夕阳却还在西山的顶上,散放出万紫千红的霞光。牧童吹着短笛,三三两两地骑着牛回来,在蹚过前面的溪流时,淡淡的月光已经照在他们的背上。

濮仲谦雕刻①

南京濮仲谦，古貌古心，粥粥若无能者②，然其技之巧，夺天工焉。其竹器，一帚一刷，竹寸耳，勾勒数刀，价以两计。然其所自喜者，又必用竹之盘根错节③，以不事刀斧为奇，则是经其手略刮磨之，而遂得重价，真不可解也。仲谦名噪甚，得其款，物辄腾贵。三山街润泽于仲谦之手者数十人焉④，而仲谦赤贫自如也。于友人座间见有佳竹、佳犀，辄自为之。意偶不属，虽势劫之、利啖之，终不可得。

① 选自明张岱《陶庵梦忆》。张岱：字宗子，号陶庵，又号蝶庵，明末山阴人。出身于仕宦家庭，自己没有做官。在明亡以前，过着游山玩水、读书品兰的豪华生活；在明亡之后，隐居山村著书，文笔清新，汲取公安、竟陵两派之所长，被称为晚小品的集大成者。有《琅嬛文集》、《陶庵梦忆》等。　② 粥粥：委琐貌。　③ 盘根错节：树根盘绕，木节交错。　④ 三山街：街名。在南京城南。

【译文】

南京的濮仲谦，状貌平常，心思古板，畏畏缩缩，像一个平凡人，却不知道他的技术有巧夺天工之妙。他所做的竹器，一把扫帚，一把刷子，一寸来长的竹子，只要勾勒几刀，价格就得用两来计算。不过他最得意的是用盘根错节的竹做成的玩意儿，以不需要多加雕镂为好，只要经过他的手稍稍一刮一磨，也就能获得高价，真是很难得到解释的。仲谦的名气很大，能够得到他的题款，物价就飞涨。三山街靠仲谦手艺吃饭的有几十个人，而仲谦自己却过着贫穷而淡定的生活。在朋友那里看到有好的竹料，好的犀牛角，就立即做成器物。要是心中不快，即使拿势力压迫，拿重利诱惑，也休想得到他的作品。

洗　马①

　　杨文懿公守陈②，以洗马乞假归，行次一驿，其丞不知为何官，与之抗礼，且问公曰："公职洗马，日洗几马？"公曰："勤则多洗，懒则少洗。"俄而报一御史至，丞乃促公让室。公曰："此固宜。然待其至而让未晚。"比御史至，则公门人也，长跽问起居。丞乃蒲伏谢罪③。公卒不较。

　　① 选自明张岱《快园道古》。题目为译者所加。　　② 杨文懿：名守陈，字维新，明弘治时为吏部尚书，后兼詹事府，卒谥文懿。洗马：官名。汉代为太子官属。后世设司经局、左春坊，皆洗马管辖。明代詹事府，亦称洗马。③ 蒲伏：伏地膝行。同"匍匐"。

【译文】

　　杨文懿公任洗马的高官，有一回请假还乡，到了一个驿站，站长不知道洗马是什么官，与文懿公行见面礼后，就问道："您做洗马的工作，不知道一天要洗几匹马？"文懿公说："高兴就多洗几匹，不高兴就少洗几匹。"会儿报告说是有个御史到了，站长就叫文懿公让出位置来。文懿公说："当然。不过等到了再让也不迟。"等御史一到，见了文懿公，纳头便拜，原来他是文懿公的学生。站长也就赶快跪下来赔不是。文懿公却并没把这当作一回事。

失　题①

　　老人家是甚不待动，书两三行，眵如胶矣②。倒是那里有唱三倒腔的③，和村老汉都坐在板凳上，听什么"飞龙闹勾栏"④，消遣时光，倒还使的。姚大哥说：十九日请看唱，割肉二斤，烧饼煮茄，尽足受用，不知真个请不请？若到眼前无动静，便过红土沟，吃碗大锅粥也好。

① 选自明傅山《霜红龛集》。傅山，字青竹，改字青主，别号甚多。明亡，穿朱衣，住土穴，坚决不做清朝的官。文章书画都有盛名，家居以医为生。
② 眵（chī）：目汁凝结，俗称眼屎。　③ 三倒腔：一种民间曲调。
④ 勾栏：宋、元说书、演戏、玩杂技的场所。

【译文】

　　老年人是很经不起动弹的，写两三行字，就感觉到两眼昏花。倒是哪里有唱三倒腔的，和村里的老年人一起坐在板凳上，听什么"飞龙闹勾栏"，消磨时光，倒还可以。姚大哥说：十九日请我看戏，斩二斤肉，还有烧饼煮茄子，滋味也不错，只不知道是真是假？如果到时候不见动静，就到红土沟去，吃一碗大锅粥也好。

小　　能①

　　王丹麓病起畏寒。每当雪夕，闭户谨风。时幼子小能五岁②，坐着膝上，曰："大人寒，故畏风，抑知风亦畏寒。"王问故，答曰："风不畏寒，何由喜扑人怀。"

① 选自清王晫《今世说》。题目为译者所加。王晫：初名棐，号木庵，一号罔丹麓，自号松溪子，浙江仁和人。生于明世宗崇祯九年，卒年不详。顺治间诸生，弃举业，杜门读书，工诗文，有《今世说》、《遂生集》等。　② 小能：丹麓第五子。

【译文】

　　王丹麓生病初愈，最怕冷。特别是在下雪天的傍晚，就往往将门窗紧闭。当时幼子小能五岁，坐在他的

膝上,说:"爸爸冷,所以怕风,岂不知风也怕冷。"王问这怎么说,小
能说:"风不怕冷,为何老向人的怀里扑。"

一说便俗^①

　　倪元镇为张士信所窘辱^②,绝口不言,或问之,元镇
曰:"一说便俗。"

　　① 选自明余怀《东山谈苑》。题目为译者所加。余怀:明莆田人。字澹
心。侨居江宁。尝赋《金陵怀古诗》等。　　② 倪元镇:名瓒,字元镇,无锡
人。有洁癖,工诗,善画山水。张士信:张士诚之弟。张士诚,泰州人,小字九
四,以操舟运盐为业。元末起兵,陷泰州、高邮,自称诚王,国号大周,据有吴
中。又称吴王。

【译文】
　　倪元镇受到张士信的敲打侮辱,连一句话都不说,有人问他,
他说:"一说不成了魇子?"

洪承畴之母^①

　　洪经略入都后,其太夫人犹在也,自闽迎入京。太夫
人见经略大怒骂,以杖击之,数其不死之罪^②,曰:"汝迎我
来,将使我为旗下老婢耶^③? 我打汝死,为天下除害。"经
略疾走得免。太夫人即买舟南归。

　　① 选自清刘献廷《广阳杂记》。题目为译者所加。刘献廷,字继庄,别号
广阳子,顺天大兴人。先世本吴人,以官太医,遂家顺天。继庄十九岁,复寓
吴中。其后居吴江三十年。著作有《广阳杂记》五卷。卷首有王昆绳撰墓志,
称继庄颖悟绝人,博览,负大志,不仕,不肯为词章之学。又说,生平志在利济
天下后世,造就人才,而身家非所计。洪承畴原是明朝的大官,后来投降清

朝,任七省经略,所以又称洪经略。　② 数,数说,即缕述。　③ 旗下:
即旗下营,满洲人军营。

御筆手詔及柔議章疏劄子并制誥日記家集碑
誌行狀諡議事迹之類委守臣躬親詢訪如逐官
其間有已物故者詞其家子孫取索如部秩稍多
差人前去抄錄及委官點對津發赴院仍許投獻
優賜錢帛多者推賞候
指揮五月二十三日三省同奉
聖旨依劄付院當院令訪問得泰州通判王明清
有惲麈前後錄合行點對使須至公文
牒請詳牒內事理遵從巳降
聖旨指揮移文王通判借本差人抄錄委官點對無

【译文】

　　洪承畴投降清朝后回到北京,家里的母亲还活着,就把她从福建老家接到了北京。他母亲一见到他就发怒大骂,还拿拐杖打他,一桩桩把他不为国殉难的罪状说给他听,说:"你接我来,是要我做旗营中的老妈子吗?我打死你,替天下老百姓除害!"幸亏洪逃得快,没有被打着。他母亲随即坐船南下,回到福建老家去了。

郑　三　俊①

　　郑公三俊,池州建德人②,南京户部尚书,转吏部尚书,取入北京吏部尚书,以事充江宁驿徒③。公至南京,青衣小帽④,至驿前,向驿四拜而去,遂归建德。鼎革时⑤,年九十矣,以老得不出⑥。经略洪公,公之门人也,至池州,以舟迎公。公怒骂不纳其使。经略大哭曰:"老师弃我矣。"终不得见而去。

　　① 选自清刘献廷《广阳杂记》。题目为译者所加。　② 池州:古地名。故治在今安徽贵池县。　③ 驿徒:犹驿卒,驿站工人。　④ 青衣小帽:便衣便帽。青衣:卑贱者之服;小帽,便帽。　⑤ 鼎革:改朝换代,指明为清所灭。　⑥ 不出:不应征出去做官。

【译文】

郑三俊老先生，明代池州建德人，任南京户部尚书，兼吏部尚书。调北京后，仍担任吏部尚书，后来因为得罪权贵，被贬为江宁驿站工人。郑老先生到南京后，穿着便衣便帽来到驿站前，向驿站拜了四拜，就回到故乡建德去了。明朝灭亡时，郑老先生已经九十岁，因为年老，就不在清朝的征召之列。有一次，被清朝封为"七省经略"的洪承畴来到池州，就派船去迎接郑老先生，因为他是郑老先生的学生。郑老先生连他派去的人也不接见。洪承畴大哭起来，说："老师不要我了！"到底不能再见老师一面。

郑　芝　龙①

郑芝龙幼逃入日本，为人缝纫，以糊其口，余赀三钱，缝衣领中，失去，旁皇于路以求之②，不得而泣。有倭妇新寡③，立于门内，见而问之。芝龙告以故。妇曰："以汝材力，三百万亦如拾芥④，三钱何至于是。"盖其妇夜有异梦如韩蕲王夫人也⑤。遂以厚赀赠之，而与之夜合。芝龙后得志，取以为室，即赐姓之母也⑥。

① 选自清刘献廷《广阳杂记》。题目为译者所加。郑芝龙：为郑成功之父。初在海上起兵，后受明朝招抚，累官总兵。清兵入闽，不战而降，后为清廷所杀。　② 旁皇：即彷徨。　③ 倭：古代对日本人的称呼。④ 拾芥：捡取地上的草芥，比喻取之极易。　⑤ 韩蕲王：即韩世忠，宋延安人，随高宗渡江，升浙江制置使。孝宗时追封蕲王。　⑥ 赐姓：天子以官吏有功，赐姓以示褒奖。郑成功曾受明唐王赐姓为朱。

【译文】

郑芝龙年轻时逃到日本，以做裁缝糊口，积余了三个铜钿，就藏在衣领当中，不见了，就在路上来回找寻，找不到，就哭了起来。有个日本女人刚死了丈夫，在家门口看见了，就问郑芝龙何故哭泣，郑芝龙如实告诉她，她说："看你身强力壮，不要说三个铜钿，就是三百万也像拾根草一样容易！"因为她夜里做了一个梦，梦见自己成了韩蕲王的夫人了。她就送给郑芝龙一大笔钱，并且以身相许，和芝龙睡在一起。芝龙后来在明朝做了大官，就把她娶回来做了夫人。她就是郑成功的母亲。

唐 打 猎①

族兄中涵，知旌德县时②，近城有虎，暴伤猎户数人，不能捕。邑人请曰："非聘徽州唐打猎，不能除此患也。"（休宁戴东原曰："明代有唐某，甫新婚而戕于虎。其妇后生一子，祝之曰：'尔不能杀虎，非我子也。后世子孙如不能杀虎，亦皆非我子孙也。'故唐氏世世能捕虎。"）乃遣吏持币往。归报唐氏选艺至精者二人，行且至。至则一老翁，须发皓然，时咯咯作嗽；一童子，十六七耳。大失望，姑命具食。老翁察中涵意不满，半跪启曰："闻此虎距城不五里，先往捕之，赐食未晚也。"遂命役导往。役至谷口，不敢行。老翁哂曰："我在，尔尚畏耶？"入谷将半，老翁顾童子曰："此畜似尚睡，汝呼之醒。"童子作虎啸声，果自林中出，径搏老翁。老翁手一短柄斧，纵八九寸，横半之，奋臂屹立。虎扑至，侧首让之；虎自顶上跃过，已血流仆地。视之，自领下至尾闾，皆触斧裂矣。乃厚赠遣之。老翁自言炼臂十年，炼目十年。其目以毛帚扫之不瞬；其臂使壮夫

愧郯録卷第一　十一則

祖宗徽稱

相臺岳珂

國初
親廟謚皆二字　藝祖上賓李丈正
上初謚以六字而後　列聖皆遵用之
大中祥符初符貺洊臻登封降禪文具舉
於是始用開元符貺登之制是年十一月甲申
邲詔太廟二室各增八字爲十四字五年
十月戊午　聖祖降　延恩殿告以　長發

攀之,悬身下缒不能动。庄子曰:"习伏众神,巧者不过习者之门。"信夫!

① 选自清纪昀《阅微草堂笔记》。题目为译者所加。纪晓岚,名昀,清直隶河间府献县(今属河北沧州市)人,乾隆进士,历任学政、侍读,官至协办大学士(副相),谥文达。著作有《纪文达公遗集》、《阅微草堂笔记》等。
② 旌德县:县名。属安徽省徽州府。

【译文】

堂兄中涵,在任旌德知县时,靠近城边出现了老虎,咬死了几个猎人,简直对它毫无办法。县里有人提议:"不请徽州'唐打猎',就没法消除这种祸害。"(休宁的戴东原说:"明代有个姓唐的人,结婚不久就被老虎咬死。他的妻子后来生了个遗腹子,就对儿子祝祷道:'你不能杀老虎,就不是我的儿子;后世子孙如不能杀老虎,也都不是唐家的子孙。'所以这姓唐的人家世世代代都能杀老虎。")于是就派吏胥拿着钱去请徽州的"唐打猎"。吏胥回来禀报说,唐家选派了两个技术最好的,正在路上。到来一看,一个是老翁,头发胡须雪白,还时不时的咳嗽;一个是儿童,十六七岁的样子。中涵大为失望,不过还是吩咐准备饭菜招待他们。老翁看出中涵心中不满,就说:"听说这老虎离城不过五里路,就不如先去收拾了它,再来吃饭不迟。"中涵就叫差役领他们前去。差役到了山谷口,不敢再往前走,老翁笑着说:"有我在,你还怕什么?"进山谷到一半

的地方,老翁对儿童说:"这个畜牲好像还在睡觉,你把它叫醒过来。"儿童摹仿老虎的叫声,老虎果然从树林中出来,直奔老翁,老翁手执短斧(斧子长八九寸,阔为长的一半),举起臂膀屹立不动。老虎扑来,侧着头让它;老虎从头顶上跳过去,但已经血流满地。看时,它已经从下巴到尾部,被斧子剖开了。于是给予厚赏打发他们回去。据老翁自己说,他练手臂用了十年时间,炼眼睛用了十年时间;他的眼睛用苕帚扫都不会眨一下;臂膀攀上一个壮汉,将身子挂在上面也不会动一动。庄子说:"习伏众神,巧者不过习者之门",这话的确可信。

棋　道　人①

　　景城北冈有元帝庙②,明末所建也。岁久壁上霉迹,隐隐成峰峦起伏之形,望似远山笼雾;余幼时尚及见之。庙祝棋道士病其晦昧,使画工以墨勾勒,遂似削圆方竹③。今庙已圮尽矣。棋道士不知其姓,以癖于象戏,故得此名。或以为此姓,误也。棋至劣而至好胜,终日丁丁然不休,对局者或倦求去,至长跪求之。尝有人指对局一着,衔之次骨④,遂拜绿章诅其速死⑤。又一少年偶误一着,道士倖胜,少年欲改着,喧争不许,少年粗暴,起欲相殴,惟笑而却避曰:"任君击折我肱,终不能谓我今日不胜也。"亦可云痴物矣。

　　① 选自清纪昀《阅微草堂笔记》。题目为译者所加。关于棋道士,纪昀在同书中另一篇云:"景城真武祠未圮时,中一道士,酷好此,因共以棋道士呼之,其本姓名乃转隐。一日从兄方洲入所居,见几上置一局,止三十一子,疑其外出,坐以相待。忽闻窗外喘息声,视之乃二人四手相持共夺一子,力竭并踣也。痴嗜乃至于此。"　　② 景城:景城县。故城在今直隶交河县东北六十里。　　③ 削圆方竹:唐李德裕任浙西观察使离任时,送给镇江甘露寺僧一根方竹杖。第二年再到该寺,问和尚竹杖在否。和尚说:"至今宝之。"但拿出来一看,却已经"规圆而漆之矣。"这就是说"变宝为废"了。事见冯翊子《桂

苑丛谈》。　　④ 衔:怨恨。　　⑤ 绿章:旧时道士祈天时用青藤纸朱书所
写的奏文。也叫青词。

【译文】

　　景城县北冈有个元帝庙,明朝末年建造。年深月久,墙壁上霉
迹斑斑,隐隐约约有如山峰起伏,好像笼罩在白雾中的远山。我小
时候还见到它。庙祝棋道士嫌它模糊不清,叫画工用墨勾勒了一
下,就成了削圆的方竹,反而不成体统。如今庙已经彻底倒坍。棋
道士不知道姓什么,因为极爱下象棋,所以有这徽号。有人以为这
是姓,错了。他的棋艺最差而好胜心很强,整天丁丁地下个不停,
对方有时疲倦想要停止,他甚至会跪下来求他。曾经有人教了对
方一着,他恨之入骨,竟写成青词向天祈祷愿那人快死。又有一
次,年轻人偶尔走错一着,道士侥幸赢了一盘,年轻人想要改悔,道
士决不允许,年轻人发怒,站起来想动手打人,道士却一边躲避,一
边说:"就算你打断了我的手臂,也不能不说我今天赢了你一盘。"
真可谓笨蛋一个。

焦 氏 女①

　　吴惠叔言:太湖有渔户嫁女者,舟至波心,风浪陡作,
舵师失措,已欹侧欲沉。众皆相抱哭。突新妇破帘出,一
手把舵,一手牵篷索,折抢飞行②,直抵婿家,吉时犹未过
也。洞庭人传以为奇。或有以越礼讥者,惠叔曰:"此本
渔户女,日日船头持篙橹,不能责以必为宋伯姬也③。"

　　又闻吾郡有焦氏女,不记何县人,已受聘矣。有谋为
媵者,中以蜚语,婿家欲离婚。父讼于官,而谋者陷阱已
深,非惟证佐凿凿,且有自承为所欢者。女见事急,竟倩
邻媪导至婿家,升堂拜姑曰:"女非妇比,贞不贞有明证
也。儿与其献丑于官媒,仍为所诬,不如献丑于母前。"遂

阖户弛服,请姑验,讼立解。此较操舟之新妇更越礼矣,然危急存亡之时,有不得不如是者。讲学家动以一死责人,非通论也。

① 选自清纪昀《阅微草堂笔记》。题目为译者所加。 ② 折抢:船在逆风中扬帆侧行。 ③ 宋伯姬:伯姬者,鲁宣公之女,成公之妹。其母曰繆姜(即穆姜),嫁伯姬于宋恭公。伯姬既嫁於恭公十年,恭公卒,伯姬寡。至景公时,伯姬尝遇夜失火,左右曰:"夫人少避火(少音稍)。"伯姬曰:"妇人之义,保傅不俱,夜不下堂,待保傅来也。"保母至矣,傅母未至也。左右又曰:"夫人少避火。"伯姬曰:"妇人之义,傅母不至,夜不可下堂,越义求生,不如守义而死。"遂逮于火而死。春秋详录其事,为贤伯姬,以为妇人以贞为行者也。

之祥閏月乙亥復加二字 親廟亦衍而四焉
真宗既諡 仁皇以澶淵之功不著 詔益
以武定為八字始用 天聖二年初郊奉冊
因郊增諡蓋昉于此 慶曆七年十一月又
郊遂再增八字於是十六字之制定為不刊
弗復可增益矣然 仁宗 英宗之諡增於
元豐六年郊之際類皆因時制宜而初郊舉典
聖二年大饗之餘 苔宗之諡增於 崇寧
三年冊郊之際類皆因時制宜而初郊舉典

【译文】

吴惠叔说,太湖一家渔户嫁女儿,船到湖中间,风浪突然大作,舵工惊惶失措,船倾斜快要沉没了。船上人都抱着大哭,新娘突然掀开门帘出来,一只手把舵,一只手拉篷绳,船逆风航行如飞,赶到夫婿家,还没耽误结婚的时间。洞庭一带把这事当作奇事宣传。也有人认为新娘不免失礼,因而加以讽刺。惠叔说:"她本来就是渔家的女儿,天天在船上撑篙摇橹,不能要求她一定要像宋伯姬一样。"

又听说我们河间府有个姓焦人家的女儿,不记得是哪个县的人。她已经受过聘礼了,有人想娶她为妾,便用流言蜚语加以中伤。婿家想解除婚约。她父亲到官府控告,可是中伤者布置得很周密,不但证据确凿,还有人出来承认是她的相好。姑娘看到事情紧急,就请隔壁的老大娘领她到婿家,上堂拜见婆婆,说:"姑娘不比已婚妇女,贞洁不贞洁有明显的证据。我与其在官媒面前出丑,仍免不了要被诬陷,不如在婆婆面前出丑。"于是关上门脱了衣服,请婆婆检验。官司就这样得到了结。这比驾船的新娘更加不合礼法了。可是在生死存亡的关键时刻,有时不得不这样做。道学家动不动拿死来要求别人,这是很不合理的说法。

高　凤　翰①

朱青雷言:高西园尝梦一客来谒②,名刺为司马相如,惊怪而寤,莫悟何祥。越数日,无意得司马相如一玉印,古泽斑驳,篆法精妙,真昆吾刀刻也③。恒佩之不去身,非至亲暱者不能一见。官盐场时,德州卢丈雅雨为两淮运使,闻有是印,燕见时偶索观之。西园离席半跪,正色启曰:"凤翰一生结客,所有皆可与朋友共,其不可共者惟二物,此印及山妻也④。"卢大笑遗之曰:"谁夺尔物者,何痴乃尔耶?"

① 选自清纪昀《阅微草堂笔记》。题目为译者所加。　② 高西园:高凤翰,字西园,清代书法家、画家。与郑板桥友善。　③ 昆吾刀:古刀名。旧题汉东方朔《十洲记·凤麟洲》:"昔周穆王西胡献昆吾割玉刀及夜光常满杯,刀长一刀……刀切玉如切泥。"　④ 山妻:对自己妻的谦称。

【译文】

朱青雷说:高西园曾经梦见一个贵客来访,名片上写的是司马相如。一惊醒来,不知道这是什么征兆。过了几天,无意中得到了一颗司马相如的玉印,色泽古老有斑点,篆刻精妙,真的像是用昆吾宝刀所刻。一直佩带在身边,非最亲近的人休想一见。在盐场任职时,德州的卢老先生雅雨任两淮盐运使,听说西园有此玉印,在一次宴会时要他拿出来看看。西园站起身来,一边行礼,一边严肃认真地说:"凤翰平生喜欢交友,只要我有的都可以与朋友共享,不能共享的只有两样东西,这颗印章,还有山妻。"卢老先生笑着将此玉印交还给他,说:"谁想夺你的东西来,何故痴迷到这样!"

羊枣之痛①

病起出汲②,至门不能举步。门故有石条可坐,邻媪劝少憩,吾母曰:"此过路人坐处,非妇人所宜。"倚柱立,邻媪代汲以归。

尝病头晕,会宾至,剥龙眼肉治汤,吾母煎其核饮之,晕少定,曰:"核犹如是,肉当更补也。"后复病,辉祖市龙眼肉以进,则挥去曰:"此可办一餐饭,吾何须此。"固却不食。羊枣之痛③,至今常有余恨。

吾母寡言笑,与继母同室居,谈家事外,终日织作无他语。既病,画师写真④,请略一解颐⑤,吾母不应。次早语家人曰:"吾夜间历忆生平,无可喜事,何处觅得笑来。"呜呼,是可知吾母苦境矣。

① 选自清汪辉祖《病榻梦痕录》。题目为译者所加。汪辉祖,清萧山人,字焕曾,号龙庄,乾隆进士,知湖南宁远县,有善政。著有《病榻梦痕录》等。生母徐氏本是妾,出身微贱,而汪家亦很贫苦。　② 汲:萧山是水乡,妇女多以小木桶取河水食用。　③ 羊枣之痛:丧亲之痛。羊枣,果名。初生色黄,熟则黑,似羊奶,俗称牛奶柿。《孟子·尽心》下:"曾皙嗜羊枣,而曾子不忍食羊枣。"　④ 写真:画肖像。　⑤ 解颐:开颜欢笑。

【译文】

母亲病刚好外出汲水,到门口时跨不开步子。门外原来有块石条可坐,邻居家的婆婆劝她坐下来稍作休息。母亲说:"这是过路人坐的地方,不是妇道人家应该坐的。"就靠着柱子站着。邻居家的婆婆代为她把水汲回来。

母亲有头晕病,正好有客人到来,剥桂圆肉做汤,母亲拿桂圆核煎汤喝,头晕稍微好了点,说:"核既然这样补,肉的效果一定更好。"后来她的病又发,我就买了桂圆肉送去,她却推开说:"这么多肉足够办一餐饭,我哪里用得着。"再三推辞不吃,丧亲之痛,直到今天还念念不忘。

我母亲很少说话,也很少有笑容,与继母同住一间屋子,除了谈些家务,整天纺纱织布默不作声。生病以后,画工为她画肖像,请她略微笑一笑,母亲不答应。第二天早晨对家里人说:"我夜里回忆一生中的事情,没有值得高兴的,哪里笑得出来。"啊呀,从这里可以知道我母亲痛苦的一生!

眼 中 丁①

后唐赵在礼在宋州时人苦之②,及罢去,宋人喜私相谓曰:"眼中丁今拔矣。"寻复受诏居原职,乃籍其部内口率钱一千③,曰"拔丁钱"。此与郑文宝《江表志》载张崇之征"渠伊钱""捋须钱"极肖④,正如乞儿强丐,任尔唾骂,不得残羹冷饭终不去也,可奈何。

①选自清沈赤然《寄傲轩读书随笔》。题目为译者所加。沈赤然：清德清人。字韫山，号梅村。乾隆举人。官丰润知县。有强项名。著《五砚斋诗文抄》、《寒夜丛谈》、《寄傲轩读书随笔》等。　②赵在礼：五代后晋涿州人，字干臣，唐庄宗时为宋州指挥使。宋州：唐改称睢阳郡。故治在今河南商丘县南。　③口率：按人口收税。　④张崇：五代吴慎县人。为庐州观察使，贪纵不法，尝入觐，州民以为将改任，曰："渠伊不复来矣。"渠伊，古吴方言，犹他或他们。崇闻其事，因计口征渠伊钱。又，张崇入觐，盛传罢官，庐民不敢明言，以崇多须，捋须相庆。崇归闻其事，征捋须钱。

【译文】

后唐时，赵在礼在宋州，横征暴敛，人民苦不堪言。等他罢官离任，老百姓高兴地窃窃私语："眼中钉拔掉了！"不久，又受诏官复原职，就勒令在管辖区内每人收钱一千，称为"拔钉钱"。这与郑文宝《江表志》记载张崇的"渠伊钱"、"捋须钱"极其相像。这正像乞丐强要饭，任你怎么辱骂，剩菜冷饭不到手是不肯走的，真是没有办法！

天生豪杰①

昭成帝尝击贼②，为流矢所中③，后得射者，释不问，曰："各为其主也。"石勒擢参军樊坦为章武内史④，入辞，衣服敝甚，勒问之，坦率然对曰："顷遭羯贼无道⑤，货财荡尽。"勒笑曰："羯贼乃尔耶？今当偿卿。"坦悟，大惧叩头谢。勒曰："孤律自防狡吏，不关卿辈老书生也。"竟厚赐之去。此等大度尤人所难。天生豪杰岂限华夷，彼蒂芥睚眦以语言罪人者⑥，视此不适成蚑肝蝇腹耶⑦？

①选自清沈赤然《寄傲轩读书随笔》。题目为译者所加。　②昭成帝：东晋列国（北）燕帝王冯弘，年号太兴。　③流矢：无端飞来的乱箭。④石勒：东晋列国（后）赵的开国君主，年号太和建平。内史：官名。汉以来

诸王国都置内史,负责政务。　　⑤羯:古蒙古族别部。晋时入居羯室。地在今山西左权县境。东晋十六国后赵主石勒,即羯族人。　　⑥蒂芥:果蒂草芥,比喻内心的疙瘩。　　⑦睚眦:怒目而视。借喻小怨小忿。虮肝蝇腹:指事情极小。虮,虱子的卵。

【译文】

　　昭成帝曾经与敌人作战,被流矢所射中,后来抓住了那个射箭的人,竟把他放掉了。说:"你也是为主人效劳啊。"石勒提拔樊坦做章武内史,坦来告辞时,衣衫褴褛,石勒问他,坦直言不讳地说:"近来遭到羯贼的暴虐,钱财被抢劫一空。"石勒笑着说:"羯贼真是这样吗?"坦忽然醒悟,非常害怕,连忙叩头谢罪。石勒说:"我定这些法规,是防止那些狡猾的官吏,跟你们这些老先生没有关系。"竟然还给了他厚厚的赏赐,然后让他离开。天生的豪杰哪里分汉人夷人,那些为了芝麻般的小事就记在心上的人,与石勒等人相比,岂不就成了虮肝蝇腹了吗?

司马温公①

　　士生秦、汉后,佛固不必佞②,亦正不必辟③,盖立身自有本末④,非仅撒粪佛头即可上侪颜、孟也。昔司马温公不好佛,谓其微言不出儒书⑤,而家法则曰"十月斋僧诵经⑥",可见温公亦未尝尽排斥也,况远不及温公者乎?

　　① 选自清沈赤然《寄傲轩读书随笔》。题目为译者所加。司马温公:司

马光，字君实，北宋陕州夏县涑水乡人。宝元元年进士，历任仁宗、英宗、神宗三朝。熙宁间王安石推行新法，他竭力反对，出外。哲宗即位，入朝为相，尽改新法，恢复旧制。死谥文正，追封温国公。著有《涑水纪闻》、文集等。与刘恕、刘攽、范祖禹等所编的《资治通鉴》二百九十四卷，为我国重要的编年史著作。　②佞：奸巧的谄媚，花言巧语。　③辟：排除。　④本末：事物的始终、原委。　⑤微言：精辟的话。　⑥家法：士大夫家治家的规章制度。

【译文】

　　读书人生在秦代、汉代之后，对佛教固然不必奉承，但也不必排斥，因为做人原有自己的立场，不一定要把粪土撒在佛菩萨头上才可以配得上颜回、孟子。从前司马温公不相信佛教，说它精辟的言论也超不出儒家的经典，可是他的《家法》却说十月里要请和尚念经，可见温公也不曾完全排斥呀，何况那些远不及温公的人。

许 有 介①

　　君大腹，无一茎须，望之类乳媪，面横而肥，不似文人，字画诗文恒多逸致，见其手笔者拟其貌若美好妇人，亦异事也。

　　①选自周亮工《印人传》。题目为译者所加。周亮工：字元亮，一字缄斋，号栎园，清河南祥符人。崇祯十三年进士，官御史。多铎下江南，亮工降，授两淮盐运使，累擢福建左布政使。著作有《赖古堂诗钞》、《因树屋书影》、《闽小记》等。许有介：清代画家诗人。初名宰，改友，又名眉，以字行；一作友介，号瓯香，福建福州人。孝廉不仕。

【译文】

　　许君大腹便便，没有一根胡须，看上去像个奶妈，面孔横阔而且肥胖，不像是个文人，但是字画诗文多有超绝的风致，看到他作品的人想像他总是个貌似天仙的人，真是一桩奇事！

削发一山农①

　　余将从天竺至龙井，僧言逾棋盘岭②，取道较近，遂从其言。舆轿逾岭，上、下各三里，舁夫颇以登陟为艰；然山径曲折，苍翠四合，若无路者，亦山行之胜致也。登其巅，则钱塘江在前，西湖在东，湖中游船，了了可数，距余所居诂经精舍③，若在咫尺矣。山岬有僧寺，不知何名。壁具一灯，书"安隐堂"，殆即其名也。有老僧以采樵为业，时方拣择新茶，因取极细者烹以供客，即龙井茶矣。僧自言不知佛法，亦无布施，终岁自食其力，乃削发一山农耳。然其人颇不觉可厌，视丛林大和上④，或转胜之也。

　　① 选自清俞樾《春在堂笔记》。题目为译者所加。俞樾：清浙江德清人。字荫甫，号曲园。道光三十年进士，官编修。后任河南学政，以出题不谨罢。研究经学，旁及诸书，以高邮王念孙、引之父子为宗。曾主讲苏州紫阳、上海求志各书院，主讲杭州诂经精舍至三十余年。著有《春在堂全集》、《群经平议》、《诸子平议》、《春在堂笔记》等。　　② 棋盘岭：即棋盘山，在灵石山南，原名"仙人棋台"。　　③ 诂经精舍：书院名。故址在今浙江杭州西湖孤山麓。清嘉庆八年浙江巡抚阮元创建。延王昶、孙星衍为主讲。学生学习十三经、三史疑义、小学、天部、地理、算法等。刻有《诂经精舍文集》。其后俞樾继为主讲，以通经致用教众，在职前后三十一年。　　④ 和上：僧徒。梵语邹波地耶，义为近诵。于阗、疏勒等地音讹为鹘社，又转为和上、和尚。

【译文】

我准备从天竺到龙井去，和尚说翻棋盘岭，走这条路比较近便，就听从了他的话。轿子翻岭，上下各三里，轿夫很感到吃力。不过山路曲曲折折，四周一片苍翠，像是没有路可通的样子，也是走山路难得遇到的好风景。爬上山顶，看见钱塘江就在前头，西湖在东面，湖中的游船，一只只数得清清楚楚。离我的诂经精舍，就像只有尺把远的样子。山坞里有一个寺，不知道叫什么名称，墙壁上挂着一盏灯，写着"安隐堂"三个字，大概就是寺的名称吧。有个老和尚以砍柴为生，当时正是制茶时节，就拿极细的茶叶泡来给客人喝，这就是地道的龙井茶。和尚自己说不懂得佛法，也没有人来布施，整年靠自己劳动吃饭，是一个剃了发的山农罢了。不过这个人一点都不感到俗气，比起那些大寺院里的大师来，或者反倒更好接近些。

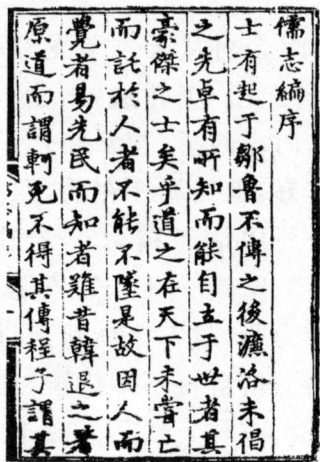

莫 疯 子①

莫切崖元英行七，浙江山阴县人也。其人古貌古心，不修边幅，见人辄跪拜不已，虽仆役亦然，以此人皆以莫疯子呼之。然其学问渊博，凡医卜、星相、堪舆之术，以及诗、古文、词，无不通晓，尤精于医，多不循古方，寓京师已三十余年矣。诗不多作，曾记其一联云：

五月杨梅三月笋，

为何人不住山阴？

其不克还乡之苦况，已露于言表。

　　① 选自清遐龄《醉梦录》。题目为译者所加。遐龄：清宗室，号菊潭老人，祖籍长白。生于道光六年，光绪十五年六十四岁时仍健在。著有《醉梦录》。

【译文】

　　莫切崖，字元英，排行第七，浙江山阴县人。状貌心思，都属于旧派，衣著仪表，也随随便便，见了人就不住地跪拜，即使是仆人、差役也不例外，所以人们都叫他莫疯子。不过他知识丰富，学问渊博，凡是医病、卜卦、看相、风水这些技艺以及做诗、写文章、填词，没有一样不精通的，特别擅长医病，大多数不遵循古方，流寓在北京已经三十多年了。诗做得不多，曾经记得有这样两句（略）。他不能回乡的苦衷，已经明明白白地写在诗里了。

清波雜志

煇早侍先生長者與聆前言往行每呵傳范槐螺晚空

忘十不二三暇日因筆之非旦著速忘戔無所用心

賢於博弈去爾時居都下清波門目爲清波雜志

熙壬子六月淮海周煇識

清波雜志卷第一

高宗緣康邸使虜庭開大元帥府於相州繼登寶位

再造王室一時覇府縶附自汪丞相伯彥而次建炎

初詔省記事跡成書來上付之史館其間所紀符瑞

如冰泮復凝紅光如火雲覆華蓋其類不一獨諸路

文書申帥府或曰　康王或曰靖王有解垽靖康二

字乃立十二月而立　康王祥㷿灼灼如此時識者

俞 理 初①

理初先生,黟县人,予识于京师,年六十矣。口所谈者皆游戏语,遇于道则行无所适②,南北东西,无可无不可。至人家,谈数语,辄睡于客座。问古今事,诡言不知,或晚间酒后,则原原本本,无一字遗③。予所识博雅者无出其右④。

① 选自清戴醇士《习苦斋笔记》。题目为译者所加。戴醇士:即戴熙。清钱塘人。字醇士,号莼溪、鹿床、榆庵等。道光十二年进士,官至兵部右侍郎。诗书画并有名于时,山水师王翚,尤为世重。著有《粤雅集》、《习苦斋画絮》等。俞理初:即俞正燮。清安徽黟县人。字理初。道光举人。学问渊博,对经史、诸子、天算、医学、佛、道都有研究。著作有《癸巳类稿》、《存稿》、《四养斋诗稿》等。　② 行无所适:行路无目的。适,归。　③ 原原本本:即原本。追溯事物的由来。　④ 博雅:渊博典雅。典雅,文章有柢,高雅而不浅俗。

【译文】

理初先生,安徽黟县人,我在北京认识他时,他已经六十岁了。嘴里说的都是开玩笑的话,在路上遇到他,也没有一定的方向,南北东西都可以。到了别人家里,没谈上几句话,就睡熟在座位上。问他古往今来的事,就推说不知道,有时候晚上喝醉了酒,就原原本本没漏下一个字。我所认识有学问有修养的人当中,没有一个比得上他的。

宽 容①

张庄懿巡按山东,至临清行香,过酒肆,帘拂其冠坠地②。公色弗动,徐命拾冠着之而去。诸长吏惶恐,系卖酒備待戟门③。公见之，第谕曰："自后而帘可高悬④。"竟遣之去。

张庄懿为大司寇⑤，途遇一醉人夺藤棍去。公止莫问也。其人比酒醒，捧棍跽长安街候公过，叩头请死。公命收棍，亦不问。

① 选自清李延昰《南吴旧话录》。题目为译者所加。据《松江府志》云："延昰字辰山，上海人，初名彦贞，字我生。师事同郡举人徐孚远，为其高第弟子，尝从孚远入浙闽，后隐于医，居平湖佑圣院中为道士。其卒也，以书籍二千五百卷赠秀水朱彝尊。彝尊为志其墓，叙次详尽。著有《放鹇亭集》《南吴旧话录》。"　② 帘：旧时酒店的招帘，即酒旗。又称望子。　③ 戟门：《周礼·天官·掌舍》"为坛壝宫棘门"汉郑玄《注》："郑司农（众）云：棘门，以戟为门。"唐制，官、阶、勋俱三品得立戟于门，因称显贵之家为戟门。
④ 而：代词。汝，你，你们。
⑤ 大司寇：官名。《周礼·秋官》大司寇，主管刑狱。清代俗称刑部尚书为大司寇。

【译文】

张庄懿任山东巡按时，有一天到临清烧香，经过一家酒店，帽子被酒旗拂落在地。庄懿神色不变，只是慢慢地叫仆役把帽子拾起来戴在头上走了。几个属下的官吏大为恐惶，把酒保捆绑了带到衙门里。庄懿见了，只是吩咐酒保说："以后你把酒旗挂得高一点。"竟然放了他回去。

张庄懿任大司寇时，路上碰到一个醉汉，居然抢走了侍卫手中的藤棍。庄懿也叫手下不要责罚他。等醉汉酒醒，他捧着藤棍跪在长安街上向庄懿叩头谢罪。庄懿就叫手下收下藤棍,也没说别的。

高 念 东①

　　王尚书阮亭②,尝述高公念东三事:公少宰家居时③,夏月独行郊外,于堤边柳荫中乘凉,一人载瓦器抵堤下,屡拥不得上,招公挽其车,公欣然从之。适县尉张益至,惊曰:“此高公,何乃尔?”公笑而去。

　　达官遣役来候公,公方与群儿浴河内,役亦就浴,呼公为洗背,问:“高侍郎家何在?”一儿笑指公曰:“此即是。”役于水中跪谢,公亦水中答之。

　　公赋诗,兀坐斋中④。一无赖子与公族人相角,走诉公,且以头撞公,家人奔赴,劝之去。公徐问曰:“此为谁,所言何事?”盖公酣吟,毫不挂念,其胸次为何等物邪⑤!

　　① 选自清宣鼎《夜雨秋灯录》。题目为译者所加。宣鼎:字子九,又字素梅;号瘦梅,又号邋遢书生、金石书画乞,安徽天长人。是晚清著名的小说家、戏剧家、诗人、画家。高念东,即高珩,字葱佩,一字念东。明崇祯进士。入清后官至刑部侍郎。　　② 王尚书阮亭:即王士禛,号阮亭,官至刑部尚书。　　③ 少宰:吏部侍郎的别称。　　④ 兀(wù)坐:端正地坐着,形容凝神构思的样子。　　⑤ 胸次:胸中。次,中间。

【译文】

　　王士禛曾经谈到高念东的三件有趣的事:高公任吏部侍郎在家休息时,夏天独自在郊外散步,在堤边柳树下乘凉。有个人推着一车瓦器来到堤边,怎么推也推不上去,就招呼高公来帮忙拉一把,高公很乐意为他效劳。恰好县尉张益走来,吃惊道:“这是高公,你怎么能这样呢!”高公笑了笑走了。

　　有个高官派差役来向高公问候,高公正在与一些小孩子在河里洗澡,那差役也一同洗澡,还叫高公为他擦背,问道:"高侍郎家在哪里?"一个小孩子笑着指高公说:"他就是。"差役立即在水中行礼道谢,高公也在水中答礼。

　　一天高公赋诗,端坐在书斋中。有个粗汉与高公的族人殴斗,走来向高公诉说,而且还拿头撞高公,接着家里人赶来,才把他劝走。高公慢慢问道:"这人是谁,说的是什么事?"因为高公喝醉了酒在吟诗,根本没注意到这事,试想他的胸怀有多宽!

扬州人物志①

一

　　郑玉本,仪征人②,近居黄珏桥。善大小诸曲,尝以两象箸敲瓦碟作声,能与琴筝箫笛相和③。时作络纬声④、夜雨声、落叶声,满耳萧瑟⑤,令人惘然⑥。

　　① 选自清李斗《扬州画舫录》。题目为译者所加。李斗:字艾塘,又字北有。江苏仪征人。所著有《永报堂集》三十三卷,而《扬州画舫录》即占十八卷,可见其一生精力之所萃。自序云:"斗幼失学,疏于经史,而好游山水。尝三至粤西,七游闽浙,一往楚豫,两上京师。退而家居,则时泛舟湖上,往来诸工段间。阅历既熟,于是一小巷一厕居,无不详悉。又尝以目之所见,耳之所闻,上之贤士大夫流风余韵,下之琐细猥亵之事,诙谐俚俗之谈,皆登而记之。"　② 仪征:市名,今属江苏省。　③ 筝:乐器名,古有弹筝、搊筝,

今均失传。　④ 络纬：虫名。即莎鸡。俗名络丝娘、纺织娘。　⑤ 萧
瑟：秋风声。亦作寂寞凄凉解。　⑥ 惘然：失意貌。不知所以。

【译文】

郑玉本是仪征人，这两年住在黄珏桥附近。他擅长唱大小各
种曲子，曾经用象牙筷敲打碟子，发出各种声音，能够和琴筝箫笛
一起伴奏。他还常常模仿纺织娘叫声，夜里的雨声，落叶纷飞声，
满耳秋气萧瑟，教人不知如何是好。

二

徐广如始为评话①，无听之者，在寓中自掴其颊②。有
叟自外至，询其故，自言其技之劣，且告以将死。叟曰：
"姑使余听之可乎？"徐诺。叟听之，笑曰："期以三年③，当
使尔技盖于天下也。"徐随侍叟，令读汉魏文三年，曰："可
矣。"故其吐属渊雅④，为士大夫所重也。

① 评话：亦称平话。曲艺的一种，
即说书。　② 寓：寄居，暂居。掴
(guō)其颊：打自己的耳光。　③ 期
以三年：以三年为期。也即用三年时
间。　④ 吐属：言论，文章。渊雅：深
远高雅。

【译文】

徐广如刚开始说书，没有谁听
他的，他在客栈里责打自己的耳
光。有个老人从外面进来，问为什
么要这样做。广如说他说书的技
巧太差，还告诉老人再不愿活在这

个世上。老人说:"你不妨让我听听,可以吗?"广如答应老人的要求。老人听了广如说的书,笑着说:"用三年的时间,我可以使你的技术超过普天下的说书人。"广如从此伴随着老人。老人叫广如读了三年汉魏人的文章,然后说:"可以了。"所以广如说书,言语深刻高雅,受到读书人的重视。

三

　　吴天绪效张翼德据水断桥①,先作欲叱咤之状②,众倾耳听之,则唯张口怒目,以手作势,不出一声,而满室中如雷霆喧于耳矣。谓其人曰:"桓侯之声,讵吾辈所能效③,状其意使声不出于吾口,而出于各人之心,斯可肖也。"虽小技④,造其极⑤,亦非偶然矣。

　　① 张翼德:张飞,字翼德。谥桓侯。据水断桥:事见《三国演义》。
② 叱咤:怒斥声。　③ 讵:岂,哪里。通詎。　④ 小技:微不足道的技艺。　⑤ 造其极:达到顶峰。

【译文】

　　吴天绪说《三国》故事,模仿张飞占领当阳、喝断长板桥,他先是装出想要大喝一声的模样,听众就竖起了耳朵静听。可是他却只是张大了嘴,瞪着双眼,借手势做样子,不发出一点声音来,而听的人却又像是响雷贯耳,屋子里都充满了轰隆隆的响声。他对同行说:"桓侯的声音,我们哪里模仿得来,只能根据意思做个样子,声音不从我的嘴里发出,而是从每个人的心里发出,这才能达到唯妙唯肖的地步呀。"说书虽然是小玩艺儿,可是要登峰造极,也不是靠碰碰运气的。

四

　　大松、小松,兄弟也,本浙江世家子①,落拓后卖歌虹桥②。大松弹月琴,小松拍檀板,就画舫互唱觅食。逾年,小松饥死。大松年十九,以月琴为燕赵音,人多与之③。尝游京师,从贵官进哨④,置帐中;猎后酒酣,令作壮士声,恍如杀虎山中,射雕营外,一时称为进哨曲,又尝为《望江南》曲,如泣如诉;及旦,邻妇闻歌而死。过东阿⑤,山水骤长,同行失色,大松匡坐车中歌《思归引》⑥,闻者泣下如雨。晚年屏迹⑦,不知所终。

① 世家:古称世代显贵的家族为世家。 ② 落拓:穷困失意。
③ 与:接交,亲近。 ④ 贵官:尊显之称。常指帝王。进哨:军队出发到防守之处。防守之处叫哨。 ⑤ 东阿:县名。属山东省。 ⑥ 匡坐:正坐。 ⑦ 屏迹:敛迹,避匿。

【译文】

　　大松和小松是弟兄俩,原是浙江大户人家的子弟,败落后在虹桥靠唱歌卖钱生活。大松弹奏月琴,小松敲打拍板,在湖船上换口饭吃。第二年,小松饿死了,大松十九岁,拿月琴弹奏北方曲子,得到许多人的赞赏。曾经漂流到京城,跟着贵官出发到边防巡视,住在军营中,贵官打猎回来,酒喝醉了,就叫他表演战士冲杀声,仿佛在山里面杀老虎,在营门外射大雕,当时称为"进哨曲"。又曾经演奏《望江南》的曲子,像在哭泣,又像在诉说哀怨;等到天亮时,隔壁的妇女竟因听歌悲哀而死。路过东阿,山洪暴涨,同行都吓得变了脸色,大松却端坐在车上唱着《思归引》的曲子,听的人都感动得泪流满面。晚年他隐居起来,所以也不知道他此后的情况。

五

　　匼子驾小艇游湖上,以卖水烟为生①。有奇技,每自吸十数口不吐,移时冉冉如线②,渐引渐出,色纯白,盘旋空际;复茸茸如髻③,色转绿,微如远山,风来势变,隐隐如神仙、鸡犬状,须眉衣服,皮革羽毛,无不毕现;久之色深黑,作山雨欲来状,忽然风生烟散。时人谓之"匡烟",遂自榜其船曰"烟艇"④。

①水烟:烟草的一种。叶与枇杷叶相似。吸时以水注特制的烟袋中,令烟从水中通过,故称。
②冉冉:渐进的样子。　③茸茸:毛发浓密柔细貌。　④榜:匾额。通"牓"。此处作动词用。

【译文】

匡子划着一只小艇在湖面上,靠卖水烟作为营生。他有一种特别的技能,常常自己吸烟十多口不吐出烟来,过一会儿渐渐引出一条线,愈引愈长,颜色雪白,盘旋在空中,浓密柔细得像个发髻,颜色变成了绿色,有点像远远的山峰;风吹过来变了形状,隐隐约约就像神仙、鸡犬的样子,胡须衣服,皮革翎毛,没有不全都清清楚楚的。好久之后,颜色变成深黑,现出山雨欲来的样子,忽然风起烟散,无影无踪。当时人把它叫做"匡烟",他也就把自己的小艇取名为"烟艇"。

罗处士誌

襄陽有隋處士羅君墓誌曰君諱靖字禮襄陽廣昌人
高祖長卿齊饒州刺史曾祖弘智梁殿中將軍祖養父
靖學優不仕有名當代碑字畫勁楷類褚河南然父子
皆名靖爲不可曉拓拔魏安同父名屈同之長子亦名
屈祖孫同名胡人無足言者但羅君不應爾也

唐平蠻碑

成都有唐平南蠻大酋長梁波浪州刺史揚盛顥爲
敬忠所立時南蠻開元十九年劍南節度副大使張
明皇遣内常侍高中信爲南道招慰處置使以討之技

范　啸　风①

范寅字啸风,别号扁舟子,前清副榜②,居会稽皇甫庄,与外祖家邻。儿时往游,闻其集童谣,召邻右小儿,令竞歌唱,酬以果饵,盖时正编《越谚》也。尝以己意造一船，仿水车法，以轮进舟，试之本二橹可行，今须六、七壮夫足踏方可，乃废去不用，余后登其舟，则已去轮机仍用篙橹矣。晚年老废，辄坐灶下为家人烧火，乞糕饼、炒豆为酬。盖畸人也。《越谚》虽仍有遗漏，用字亦未尽恰当，但搜录方言，不避粗俗，实空前之作，亦难能而可贵。往岁章太炎先生著《新方言》，蔡谷清君以一部进之③，颇有所采取。《越谚》中收童谣可五十章，重要者大旨已具，且信口记述，不加改饰，至为有识，贤于吕氏之《演小儿语》远矣④。

① 选自周作人《越中文献杂录》。　　② 副榜：科举时代会试分正榜、副榜。正式录取的名列正榜；在正榜之外，另取若干，名列副榜。据周作人在《越谚跋》中说："他中副榜时心里正很懊恼，有一老妪来贺他道：'今年中了半边举人，明年再中半边，合起来便是一个，岂不很好。'但是下一科他是否真又中了半边，这却有点记不清楚了。"　　③ 蔡谷清：绍兴人，蔡元培的堂弟。鲁迅的朋友。　　④ 吕氏：即吕坤，字叔简，号心吾，宁陵人。万历三年（1574）进士，历官山西巡抚，擢刑部侍郎，立朝持正，为小人所嫉，欲中伤之，遂致仕。著作有《去伪斋文集》、《演小儿语》等。

【译文】

范寅，字啸风，别号扁舟子，清代副榜，家住会稽皇甫庄村，与我外祖父家是邻居。我小时候到那里去，听说他收集歌谣时，召集邻居家的小孩，叫他们竞相歌唱，拿水果、糕饼作为报酬，因为这时候他正在编《越谚》呀。曾经根据自己的想法造了一只船，仿照水车的办法，用轮子使船前进，试了一下，本来只要用二支橹可以前进的，现在需要六七个汉子脚踏才可以，于是就只得抛弃不

用。晚年老而又病,常坐在灶下替家人烧火,讨一点糕饼、炒蚕豆作为酬劳。看来也是一个怪人呀。《越谚》虽然还有遗漏,用字也不完全恰当,但是搜录方言,不避粗俗,实在是前无古人的著作,也是难能可贵的。从前章太炎先生著《新方言》,蔡谷清君拿了一本《越谚》给他,章先生也采纳了不少。《越谚》中收童谣大约有五十首,重要的大部分都已收录进去,而且是随口记录,不加修改润饰,颇有见识,比吕善宝的《演小儿语》要高明得多了。

叙　事

刘惔见王导①

刘真长始见王丞相②,时盛暑之月,丞相以腹熨弹棋局③,曰:"何乃淘④!"刘既出,人问见王公云何,刘曰:"未见他异,唯闻作吴语耳。"

① 选自南朝宋刘义庆《世说新语》。题目为译者所加。　② 刘真长:刘惔,字真长,世称"刘尹",沛国相人。生卒年不详,约晋穆帝永和元年前后在世。简文帝初作相,与王濛并为谈客,累迁丹阳尹,为政清廉。王丞相:王导,字茂弘,晋元帝即位后任丞相。　③ 弹棋:汉魏时博戏。棋,古写作棊或碁。《后汉书·梁统传》附梁冀:"能挽满、弹棊、格五……之戏。"《注》引《艺经》:"弹棊,两人对局,白黑棊各六枚,先列棊相当,更先弹之。其局以石为之。"　④ 淘(qìng):凉而不寒。吴中方言。周作人《冬至九九歌》:"《世说新语》里说王家子弟作吴语,有这个字,意思是说凉而不寒,夏天就棋枰(大概是漆器)去靠肚皮,这一句最能表得出这种感觉。"

【译文】
　　刘惔初见丞相王导,当时是大热天,王导把肚皮贴在棋盘上,说:"多么淘凉啊!"刘惔辞别出来,有人问他见了丞相的印象如何,刘惔说:"没有别的特别之处,只是会讲吴语而已。"

新 亭 对 泣①

过江诸人②,每至美日,辄相邀新亭③,藉卉饮宴。周侯中坐而叹④,曰:"风景不殊,正自有山河之异。"皆相视流泪。唯王丞相愀然变色⑤,曰:"当共戮力王室,克复神州⑥。何至作楚囚相对⑦?"

① 选自南朝宋刘义庆《世说新语》。题目为译者所加。　② 过江:西晋末,五胡之乱,刘曜攻陷长安,晋愍帝被掳,中原人士相率过江避难,琅邪王叡过江即帝位于建业(即今南京),是为东晋元帝。　③ 新亭:在今南京市。　④ 周侯:即周颛,字伯仁,汝南安城人。父浚以平吴功封成武侯,颛袭父爵,故称周侯。　⑤ 王丞相:王导,字茂弘,临沂人,晋元帝即位,他为丞相。　⑥ 神州:战国时邹衍称中国曰赤县神州,后人把它割裂开来,称中国曰神州,或者叫赤县。　⑦ 楚囚:《左传·成》九年:晋侯观于军府,见钟仪,问之曰:"南冠而絷者,谁也?"有司对曰:"郑人所献楚囚也。"本指被俘的楚国人,后用以借指处境窘迫的人。

【译文】

　　到江南避难的那些人,每逢风和日丽的日子,总是互相邀约到新亭去,坐在草地上喝酒作乐。有一次,成武侯周颛在饮宴中叹息道:"这里的风景和中原没啥不同,只是山河不一样了!"大家都你看看我,我看看你,凄然流泪。只有丞相王导听了很不高兴,沉下脸来说:"大家应该齐心协力为朝廷出力,收复中原,怎么倒像囚犯似的相对哭泣呢!"

桓公北征①

　　桓公北征,经金城②,见前为琅邪时种柳,皆已十围③,慨然曰:"木犹如此,人何以堪!"攀枝执条,泫然流泪。

① 选自南朝宋刘义庆《世说新语》。题目为译者所加。桓公:桓温。桓温在太和四年伐燕。 ② 金城:地名。南琅邪郡郡治。在今江苏句容县北,桓温于咸康七年任琅邪国内史,镇守金城。到伐燕时已过了快三十年。 ③ 围:两手的拇指和食指合拢的圆周长为一围。

【译文】

桓温北伐的时候,路过金城,看见从前任琅邪内史时所种的柳树,都已经有十围那么粗,就感慨地说道:"树木尚且这样,人怎么经受得住!"攀着树枝,抓住柳条儿,泪流不止。

三　上①

钱思公虽生长富贵②,而少所嗜好。在西洛时③,尝语僚属言:"平生惟好读书,坐则读经史,卧则读小说,上厕则阅小辞。"盖未尝顷刻释卷也。谢希深亦言④:"宋公垂同在史院⑤,每登厕必挟书以往,讽诵之声琅然闻于远近。其笃学如此。"余因谓希深曰:"余平生所作文章,多在三上,乃马上、枕上、厕上也。盖惟此尤可以属思尔⑥。"

① 选自宋欧阳修《归田录》。题目为译者所加。 ② 钱维演:字希圣,吴越王钱俶之子,曾任保大军节度使,加同中书门下,谥文僖,后为避讳,称文思。 ③ 西洛:指洛阳。洛阳在北宋东京汴梁(今开封)以西,为北宋西京。钱维演晚年曾以使相身份留守西京。 ④ 谢希深:谢绛字希深,仁宗时官知制诰,欧阳修的朋友。 ⑤ 宋公垂:宋授,字公垂,仁宗时参知政事,欧阳修的朋友。史院:宋代史馆称为国史实录院,有修撰、编修、检讨等官。 ⑥ 属思:构思。属,连缀。

【译文】

钱思公虽然生长在富贵人家,却没有别的嗜好。在西京任留守时,曾经对属下说:"我生平只喜欢读书,白天读经史,晚上读小说，上厕所就看小词。"可见不曾有片刻抛开过书本。谢希圣也说：
"与宋公垂同在史馆时，他每次上厕所，一定要挟着书去，琅琅的书
声远处都可以听到。他就是这样好学不倦的。"我因此对希深说：
"我平生所作的文章，大多数是在三上，即马上，枕上、厕上。因为
那些地方最适宜于构思。"

刁氏善对^①

　　梅圣俞以诗知名，三十年终不得一馆职。晚年与修
《唐书》，书成未奏而卒，士大夫莫不叹息。其初受勅修
《唐书》，语其妻刁氏曰："吾之修书，可谓'猢狲入布袋'
矣^②。"刁氏对曰："君于仕宦，亦何异'鲇鱼上竹竿'耶^③。"
闻者咸以为善对。

　　① 选自宋欧阳修《归田录》。题目为译者所加。梅圣俞：名尧臣，宋宣城
人。仁宗时赐进士出身，官至尚书都官员外郎。工诗，与欧阳修为诗友。
② 猢狲入布袋：喻失掉了自由，像猴子被塞进布袋一样。　　③ 鲇鱼：鱼
名。身滑无鳞，其涎黏滑，故名。成语有"鲇鱼上竹"，意谓鲇鱼粘滑，势难
上行。

【译文】
　　梅圣俞因为诗文写得好出名，但三十年来始终得不到一个馆
职。他晚年奉旨参与编写《唐书》，书编成还未上奏他就死了。士
大夫没有不为他惋惜的。他刚奉命编写《唐书》时，曾对妻子刁氏
说："我这次参与修史，就好比是猢狲钻进了布袋。"刁氏回答道：
"你的出仕做官，也与'鲇鱼上竹竿'没啥区别。"听到这话的人都以
为刁氏善于答对。

玉 堂 盛 事^①

　　学士院玉堂^②，太宗皇帝曾亲幸^③，至今唯学士上日许

正坐④,他日皆不敢独坐。故事,堂中设视草台,每草制,则具衣冠据台而坐。今不复如此,但存空台而已。玉堂东承旨阁子⑤,窗格上有火燃处。太宗尝夜幸玉堂,苏易简为学士⑥,已寝遽起,无烛具衣冠,宫嫔自窗格引烛入照之。至今不欲更易,以为玉堂一盛事。

① 选自宋沈括《梦溪笔谈》。题目为译者所加。 ② 学士院玉堂:宋代学士院全称翰林学士院,学士亦称翰林学士,但为独立机构,不隶翰林院,且实际地位远高于翰林院。掌起草制、诰、诏、令等朝廷文件。宋人仍沿唐俗,称学士院正厅为玉堂,宋太宗曾赐其匾额,题为“玉堂之署”。 ③ 太宗皇帝:即宋太宗赵炅。亲幸:亲临。古人称皇帝至某处专用“幸”字。 ④ 上日:上任之日。 ⑤ 承旨:指翰林学士承旨。为翰林学士之首。 ⑥ 苏易简:字太简,绵州盐泉(今四川绵阳东南)人。太宗时进士第一,历翰林学士承旨,官至参知政事。

【译文】

学士院玉堂,太宗皇帝曾亲自到过,至今只有学士上任那天才可以坐到大堂的正位上,其余的日子都不敢擅自坐上去。按旧例,堂上有起草文件用的台子,学士每起草诏制,就穿戴好官服端坐在台前。现在不再这样做,就只剩了一个空台子。玉堂东面翰林学士承旨的阁子,窗格上有一块被火烧灼的地方。太宗曾夜间来到玉堂,苏易简为学士,已经睡下而匆忙起床,无烛火照明穿戴官服,随从太宗的宫女就从窗格子里伸进蜡烛给他照明。至今学士院不打算更换这扇被烧灼过的窗子,以为它代表了玉堂的一件盛事。

庞安常善医^①

　　黄州东南三十里为沙湖,亦曰螺师店^②,予买田其间。因往相田得疾^③,闻麻桥人庞安常善医而聋,遂往求疗。安常虽聋,而颖悟绝人。以纸画字,书不数字,辄深了人意。余戏之曰:"余以手为口,君以眼为耳,皆一时异人也。"疾愈,与之同游清泉寺,寺在蕲水郭门外二里许^④,有王逸少洗笔泉^⑤,水极甘。下临兰溪,溪水西流。余作歌云:

　　　　山下兰芽短浸溪,
　　　　松间沙路净无泥,
　　　　萧萧暮雨子规啼。

　　　　谁道人生无再少?
　　　　君看流水尚能西。
　　　　休将白发唱黄鸡^⑥!

是日剧饮而归。

　　① 选自宋苏轼《东坡志林》。题目为译者所加。宋神宗元丰二年,苏轼被指控作诗讽刺朝廷,下狱。出狱后,贬为黄州团练副使。游兰溪约在元丰五年三月。　② 螺师店:即螺蛳店。在黄冈城东面。　③ 相:占视。④ 蕲(qí)水:县名。即今湖北浠水县。　⑤ 王逸少:即王羲之,字逸少。⑥ 黄鸡:黄鸡催晓,白发催年都是催人老的意思。白居易《醉歌》云:"谁道使君不解歌,听唱黄鸡与白日。黄鸡催晓丑时鸣,白日催年酉前没。"

【译文】
　　黄州城东南三十里叫沙湖,又叫螺蛳店,我在那里买了些田产。在前去察看田产时生了病;听说麻桥有个擅长医病的聋子医生叫庞安常的,所以就过去请他诊视一下。庞安常虽则两耳失灵,人却绝顶聪明,我把话写在纸上,不须几个字他就完全明白我的意思。我同他开玩笑,我说:"我把手当作嘴巴,你把眼睛当作耳朵,都是世界上的奇人。"病好后,我与他同游清泉寺,寺在蕲水城外二里多路的地方,有一个王羲之的洗笔泉,水味极其甘甜。寺在兰溪边上,溪水向西流去。我写了首《浣溪沙》的词(略)。这一天,我喝个痛快回来。

坡翁喜客谈①

坡翁喜客谈,其不能者强之说鬼,或辞无有,则曰:"始妄言之。"闻者绝倒②。

① 据《东坡事类》卷十三神鬼类引《癸辛杂志序》。题目为译者所加。周煇:字昭礼,淮海人。《四库总目》云"周邦彦之子"。生于宋钦宗靖康元年,卒年不详。曾试宏词奏名,又曾至金国。晚年,隐居杭州清波门。嗜学工文,当世名公卿多折节下之。藏书万卷,父子自相师友。煇著有《清波杂志》十二卷,《别志》三卷,行于世。　②绝倒:俯仰大笑。

【译文】

坡老先生喜欢听客人闲聊,对那些不善于此道的就硬叫他们说鬼故事,有的人推说不会,坡老先生就说:"随便乱说一通也无妨。"听到这话的人都笑得前仰后合。

彼 众 我 寡①

李学士世衡多藏书②,有一晋人墨迹在其子绪处。长安石从事尝从李君借去,窃摹一本,以献文潞公,以为真迹。一日潞公会客,出书画,而李在坐,一见此帖,惊曰:

"此帖乃吾家物,何忽至此?"急令人归取验之,乃知潞公所收乃摹本。李方知为石君所传,具以白潞公,而坐客墙进③,皆言潞公所收乃真迹,而以李所收为摹本。李乃叹曰:"彼众我寡,岂可复伸?今日方知身孤寒。"

① 选自宋沈括《梦溪笔谈》。　② 李世衡:有人说即士衡(一作任衡)。李士衡:字天均,秦州成纪(今甘肃天水)人。官至尚书左丞。　③ 墙进:指人多拥挤如墙。

【译文】

　　学士李世衡藏书很多,有一幅晋人的墨迹在他儿子李绪那里。长安人石从事曾从李绪那里借了去,偷偷临摹了一本,把它献给文潞公(彦博),潞公以为是真迹。有一天潞公会客,向客人展示书画,而李世衡恰好在座,一见这幅帖子,吃惊地说:"这帖子是我家藏品,怎么忽然到了这里?"匆忙叫人回家取来对证,始知潞公所收藏的是摹本。李世衡这才发觉摹本是从石从事传出去的,就把事情的经过告诉了潞公,而坐客一窝蜂地围上来,都说潞公收藏的是真迹,而以李氏所收的为摹本。李世衡于是感叹道:"他们人多势众,我孤家寡人,怎能向他们说得清楚?今天我才知道身份的孤寒。"

树倒猢狲散①

宋曹咏依附秦桧,官至侍郎,显赫一时。依附者甚众。特其妻兄厉德斯不以为然,咏百般威胁,德斯独不屈。及秦桧死,德斯遣人致书于曹咏。启封,乃《树倒猢狲散赋》一篇。

① 选自宋庞元英《谈薮》。题目为译者所加。庞元英:字懋贤,单州成武(今属山东)人。官朝散大夫。所著《文昌杂录》,可以证《宋史》之舛漏。

【译文】

宋人曹咏投靠秦桧,做到侍郎的官,一时十分得意,奉承拍马的人不计其数,只有他妻子的哥哥厉德斯不去巴结他。曹咏对德斯百般威胁利诱,德斯就是不买账。后来秦桧死了,德斯就派人送了一封信给曹咏,曹咏拆开来一看,却是一篇叫《树倒猢狲散》的赋。

藏 于 家①

晏尚书景初作一士大夫墓志②,以示朱希真③。希真曰:“甚妙。但似欠四字,然不敢以告。”景初苦问之,希真指“有文集十卷”字下曰:“此处欠……”又问:“欠何字?”曰:“当增‘不行于世’四字。”景初遂增“藏于家”三字,实用希真意也。

① 选自宋陆游《老学庵笔记》。题目为译者所加。 ② 晏尚书:即晏敦复,字景初,晏殊曾孙。大观进士。官至吏部尚书兼江淮等路经制使。③ 朱希真:朱敦儒,字希真,南宋著名词人。

【译文】

晏敦复替一个士大夫写了篇墓志,给朱希真看。希真说:“很好。只是少了四个字,不过我不好对你说。”晏敦复再三问是哪四个字,希真指着"有文集十卷"底下说:"这里欠……"晏敦复再问:"欠什么字?"希真说:"应当增添'不行于世'四个字。"晏敦复就增添了"藏于家"三个字,实在还是朱希真的意思。

不 了 事 汉①

秦会之当国②,有殿前司军人施全者③,伺其入朝,持斩马刀邀于望仙桥下,斫之,断轿子一柱而不能伤,诛死。其后秦每出,辄以亲兵五十人持梃卫之④。初,斩全于市,观者甚众,中有一人朗言曰:"此不了事汉⑤,不斩何为!"闻者皆笑。

① 选自宋陆游《老学庵笔记》。题目为译者所加。　② 秦会之:秦桧,字会之。　③ 殿前司:官署名。殿前军起于五代后周世宗,至宋,殿前司与侍卫司马军、马军为三衙;殿前司包括都指挥司、副都指挥司、都虞侯司、副都虞侯司,掌殿前诸班值与步骑诸指挥的名籍,以及训练等事。　④ 梃:木棒。　⑤ 不了事:不懂事,糊涂。

【译文】

在秦桧霸占朝政那期间,有一个殿前司军人叫施全的,在秦桧上朝的时候,拿着斩马刀,等在望仙桥下狙击,砍断轿子一根柱子,却没有伤到秦桧,因而被处以极刑。以后秦桧每次出门,就用贴身卫兵五十人拿着木棍保卫他。当初把施全在广场上斩首时,围观的人很多,其中有一个人高声说道:"这个不懂事的家伙,不斩他斩谁!"听到这话的人都笑

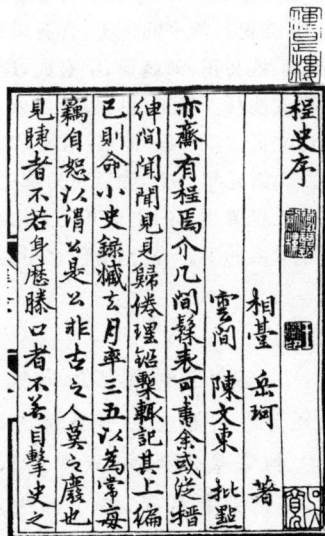

起来。

过魏文公旧庄①

张芸叟过魏文公旧庄②，居者犹魏氏也。为赋诗云：

> 破屋居人少，柴门春草长。
> 儿童不识字，耕稼郑公庄。

此犹未失为农。

神宗夜读《宋璟传》③，贤其人，诏访其后，得于河朔，有裔孙曰宋立，遗像、谱牒、告身皆在④。然宋立者，已投军矣。欲与一武官，而其人不愿，乃赐田十顷，免徭役杂赋云⑤。其微又过于魏氏，言之可为流涕。

---

① 选自宋陆游《老学庵笔记》。题目为译者所加。　　② 张芸叟：张舜民，字芸叟。治平间进士，官襄乐令。喜论事，以直言称，曾上书反对王安石新法。魏文正：即魏征，字玄成，唐曲城人。尝以十策干李密，随密降唐，为太子建成洗马。秦王（世民）杀建成，引征为詹事主簿，官至谏议大夫、秘书监。卒谥文贞。　　③ 神宗：明神宗朱翊钧，在位四十八年。宋璟：唐刑州南和人。调露元年进士，武后时为御史中丞。睿宗时任宰相。玄宗时复任宰相，开元八年罢相。旧史称开元之治姚、宋之功为多。　　④ 谱牒：记述氏族或宗族世系的书。告身：委任官职的文凭。　　⑤ 徭役：劳役、力役。

【译文】

张芸叟到过魏征的老家郑公庄，村庄上还都是姓魏的人家。他还为这件事写过一首诗。诗云（略），他们还能守住务农这一行。

神宗皇帝夜读《宋璟传》，佩服宋璟的为人，就下令找寻他的后代，在河北找到了，有子孙叫宋立的，遗像、谱牒、告身都还保存着。不过，宋立这个人却已经参了军。神宗想要封他一个武官，那人却不想做官，于是就给了他田十顷，免去了徭役杂税。宋璟的后代比魏征的后代还要贫穷，说起来真教人伤心。

汉　子①

　　今人谓贱丈夫曰汉子，盖始于五胡乱华时②。北齐魏恺自散骑长侍迁青州长史③，固辞之。文宣帝大怒④曰："何物汉子，与官不受！"此其证也。承平日，有宗室名宗汉⑤，自恶人犯其名，谓汉子曰兵士，举宫皆然。其妻供罗汉，其子授《汉书》，宫中人曰："今日夫人召僧供十八大阿罗兵士，大保请官教点《兵士书》。"都下哄然传以为笑。

　　① 选自宋陆游《老学庵笔记》。题目为译者所加。　　② 五胡乱华：西晋末年，匈奴、鲜卑、羯、氐、羌等五族的人纷纷进入中原，旧史称为五胡乱华。
③ 魏恺：北齐兰根族弟。抗直有才辩。天保中自散骑常侍拜青州长史。固辞。帝怒曰："何物汉子，与官不就。死与长史，任卿所择。"答曰："能杀臣者陛下，不受长史者愚臣。"放还。青州：州府名。旧治在今山东益都县。
④ 文宣帝：北齐文宣帝高洋。年号天宝。　　⑤ 赵宗汉：宋英宗幼弟。封东阳安康郡王。善画，尝作《八雁图》。徽宗时加太尉卒。追封景王，谥孝简。

【译文】

　　现在人们称贱男子为汉子，大概是从五胡乱华开始。北齐的魏恺从散骑常侍升任青州长史，再三推辞，文宣帝大怒道："哪一个贱男人，给他官做他不要！"这就是证据。宋徽宗那时候，有个宗室名叫宗汉，不愿别人叫他这个名字，就把"汉"字改为"兵士"，整个宫里都用这办法。

他的夫人供奉罗汉,他的儿子教读《汉书》,官中人就说:"今天夫人召僧供十八大阿罗兵士,大保请官教点《兵士书》。"京城里就把它当作笑话广为流传。

白　席①

北方民家,吉凶辄有相礼者②,谓之白席③,多鄙俚可笑。韩魏公自枢密归邺④,赴一姻家礼席,偶取盘中一荔支,欲啖之。白席者遽唱言曰:"资政吃荔支,请众客吃荔支。"魏公憎其喋喋⑤,因置不复取。白席者又曰:"资政恶发也,却请众客放下荔支。"魏公为一笑。恶发,犹云怒也。

① 选自宋陆游《老学庵笔记》。题目为译者所加。　②相礼者:犹今之司仪者。　③白席:古代北方民间宴会相礼的人。宋孟元老《东京梦华录》四《筵会假赁》:"凡民间吉凶筵会⋯⋯以至托盘、下请书、安排坐次,尊前执事歌说劝酒,谓之白席人。"　④韩魏公:韩琦,宋相州安阳人。仁宗时,琦任陕西经略招讨使,与范仲淹率兵拒战。西夏和成,入为枢密副使,英宗立,封魏国公。邺:地名。故城在今河北临漳县北。　⑤喋喋:多言。

【译文】

北方的老百姓家,遇到红白事体就有司仪者,叫作白席,大多庸俗可笑。韩魏公任枢密副使回到邺县,参加一个姻亲的酒宴,偶尔拿了盘中的一颗荔支,正想吃时,白席就唱道:"资政吃荔支,请各位客人吃荔支。"韩魏公嫌他多嘴,就放下荔支不再拿。白席又唱道:"资政发怒了,请各位客人也放下荔支。"韩魏公不觉好笑。恶发,意思是发怒。

王　百　一①

　　二十八日。泊方城②。有嘉州人王百一者,初应募为船之招头。招头,盖三老之长③,顾直差厚,每祭神,得胙肉倍众人④。既而船户赵清改用所善程小八为招头,百一失职怏怏,又不决去,遂发狂赴水。予急遣人拯之,流一里余,三没三踊,仅得出。一招头得丧,能使人至死,况大于此者乎!

　　① 选自宋陆游《入蜀记》。题目为译者所加。　② 方城:也称万城,古代楚国的要塞。《荆州府志》:"在郡城西,俗谓之方城。《水经注》:沮水东流经方城,东注于江。按《左传》方城以为城,古本作万,盖万字也。"　③ 三老:川江峡中称篙师为长年,舵工为三老。　④ 胙:祭肉。

【译文】

　　船停泊在方城。有嘉州人名王百一的,先时被招聘为船上的招头。所谓招头,是船工的首领,工资比较多,每当祭神时,分到的祭肉也超过别的人一倍。后来船主赵清改用了他的朋友程小八做招头,王百一失去了职务心里不痛快,又没有决心离开这条船,于是就发疯跳进江水。我急忙派人救他,顺水流了一里多,三次沉没三次浮起,才获救。一个招头的得失,能够让人投江自杀,何况比招头大得多的事呢!

杨　罗　洑①

　　二十一日。过双柳夹②,回望江上,远山重复深秀。自离黄③,虽行夹中,亦皆旷远,地形渐高,多种菽粟荞麦之属。晚泊杨罗洑④。大堤高柳,居民稠众,鱼贱如土,百钱可饱二十口；又皆巨鱼，欲觅小鱼饲猫，不可得。

① 选自宋陆游《入蜀记》。题目为译者所加。　② 双柳夹：地名。夹，江河支港可泊船的地方。陆游《剑南诗稿》十二《长歌行》："朝浮杜若洲，暮宿芦花夹。"　③ 黄：黄州。　④ 杨罗洑：地名。洑，水流回旋处。

【译文】

经过双柳夹，回望长江上，远山重叠幽深秀丽。自从离开黄州，虽然航行在夹港中，视界也多开阔平远，这里地势逐渐高峻，农田多种大豆、小米、荞麦之类。晚间船停泊在杨罗洑。大堤上柳树高大，居民繁盛众多，鲜鱼价廉得同泥土一样，一百个铜钱可以让二十个人饱吃一顿，而且都是大鱼。要想找几条小鱼喂喂猫，也找不到。

泊　严　州①

三日泊严州。渡江上浮桥，游报恩寺，中有萧洒轩，取吾家文正公"萧洒桐庐郡"之句以名②。浮桥之禁甚严，歙浦杉排③，毕集桥下，要而重征之④，商旅大困，有濡滞数月不得过者⑤。余掾歙时⑥，颇知其事。休宁山中宜杉⑦，土人稀作田，多以种杉为业，杉又易生之物，故取之难穷。出山时价极贱，抵郡城已抽解不赀⑧，比及严，则所征数百倍。严之官吏，方曰："吾州无利孔⑨，微歙杉，不为州矣⑩。"观此言，则商旅之病，何时为瘳⑪。盖一木出山，或不直百钱，至浙江乃卖两千⑫，皆重征与久客费使之。

① 选自宋范成大《骖鸾录》。题目为译者所加。范成大：宋吴兴人，字致能，号石湖居士。绍兴二十四年进士。隆兴六年奉命使金，初进国书，词气慷慨，几于见杀，卒全节而归。累官广西经略安抚使、四川节置使。参知政事。有文名，尤工诗。与陆游、杨万里齐名。著有《石湖集》《骖鸾录》等。
② 文正公：范仲淹。宋苏州吴县人。仲淹为秀才时，尝言以天下为己任。官至陕西四路安抚使，参知政事。卒谥文正。曾作《严先生祠堂记》，"萧洒桐庐郡"便是其中的名句。 ③ 歙浦：地名。在今安徽歙县东南，为新安江与练溪会合处。 ④ 要：强迫，要挟。 ⑤ 濡滞：停留、迟滞。 ⑥ 掾：本为佐助之义，后通称副官佐贰吏为掾。 ⑦ 休宁：县名。汉歙县地。清属安徽徽州府。 ⑧ 不赀：数量很大，不能以资财计算。 ⑨ 利孔：经济利益的来源。 ⑩ 不为州矣：不成其为州了。意即无歙杉的税收，本州的开销将无处着落。 ⑪ 瘳：病愈。 ⑫浙江：即浙江。

【译文】

正月初三，船停泊在严州。从浮桥上过江，游览了报恩寺，寺内有萧洒轩，以我家文正公"萧洒桐庐郡"的句子作为名称。浮桥的管制很严格，从歙浦下来的杉木排都集中在这里，强迫征收很重的税，使商贩大受其苦，竟有停留几个月不能通过的。我代理歙县官时很清楚这些事。休宁山中适宜种杉，当地人少种田，大多以种杉为生，杉木是容易生长的木材，所以取之不尽。出山时价钱很低，到了徽州府已经花费不少，等到了严州，缴的税就达到百倍。严州的官吏都异口同声地说："我们严州没有别的资源，要是没有歙杉的税收，一州的开销将如何着落。"从这句话里，就可以知道商贩的痛苦，将永远没有消除的可能。大概一根木头出山时，也许价值不到百钱，等到到了浙江就卖两千，都是繁重的税收与沿途滞留所造成的啊！

魏珰生祠①

河南为魏珰建祠,树旌曰崇德报功。兴工破土,诸当事者咸往祭告,独提学曹履吉仰视长叹②,称病不去拜。力役日千人,昼夜无息。当砌脊时,督工某大参以匠役张三不预禀以红氍毹包裹上兽而俟展拜③,怒加责惩,盖借上兽阿奉为上寿也。工未毕,即拆毁,督工某急令先搬兽掷下,三忽跪禀曰:"讨红氍毹裹下兽以便展拜。"督工者复怒责之。或谓三多言取责,三曰:"吾臀虽苦楚,彼督工者面皮不知几回热矣。"

① 选自无名氏《如梦录》。题目为译者所加。周作人《药堂语录·如梦录》:"《如梦录》一卷,不著撰人姓名,记明季开封繁华情形,自序云,俾知汴梁无边光景,徒为一场梦境,故以为名。"生祠,为活着的人所立的祠庙。魏忠贤:明河间肃宁人。少无赖,喜赌博,不胜,为群恶少所苦,恨而自阉,改名李进忠。后复姓,赐名忠贤。万历时入宫。朱由校(熹宗)立,勾结熹宗乳母客氏,专权乱政。副都御史杨涟举发忠贤二十四大罪,反为忠贤所杀。后大戮东林党人,党羽满朝,生祠遍于各地,谄媚者呼九千岁。朱由检(思宗)立,贬于凤阳,道死,诏磔尸。　② 曹履吉:字元甫,当涂人。万历四十四年进士,崇祯时,官至河南提学佥事,致仕。著作有《博望山人稿》二十卷传于世。③ 氍毹(qú shū):毛或毛麻混织的毛布、地毯之类。兽:即兽脊。饰有兽形的屋脊。上兽,即将兽装在屋脊上。

【译文】

河南省为太监魏忠贤建造生祠,树立牌坊叫"崇德报功"。破土动工时,各个发起人都去拜祭祷告,只有提学曹履吉对天长叹,借有病不去祭拜。每天上千人参加劳动,日夜不停。在砌屋脊时,督工某大参因为匠人张三不预先禀报用红布包裹上兽而让诸当事者展拜,所以受到怒责。这是因为借"上兽"奉承为"上寿"。工程尚未结束,就将屋脊拆掉,督工某立即叫匠人先将兽丢下来,张三忽然跪着禀告说:"给我一块红布好裹着下兽以便展拜。"督工某更大为发怒,将张三打了几十大板。有人说这是张三多嘴惹的祸,张三说:"我的屁股虽然吃了点苦,那个督工的面皮不知道要热上几回哩。"

来 苏 渡①

　　脩水深山间有小溪②,其渡曰来苏。盖子由贬高安监酒时③,东坡来访之,经过此渡。乡人以为荣,故名以来苏。呜呼!当时小人媒蘖摧挫④,欲置之死地,而其所经过之地,溪翁野叟亦以为光华⑤,人心是非之公,其不可泯如此!所谓"石压笋斜出"者是也。

　　① 选自宋罗大经《鹤林玉露》。罗大经字景纶,庐陵人,生卒年均不详,约宋宁宗嘉定前后在世,尝登第,为容州法曹掾。大经著有《鹤林玉露》十六卷。　② 脩:县名。汉周亚夫封邑,在今河北景县南。脩,音条。
③ 子由:苏辙字子由。高安:县名。属江西省。本汉建成号。唐改今名。
④ 媒蘖:媒,酒母;蘖,曲。媒蘖,酝酿之意。比喻构陷诬害,酿成其罪。
⑤ 光华:光采明丽。

【译文】

　　脩县深山里有一条小溪,有个渡口叫来苏,这是苏辙贬官高安监酒时,东坡来看望他,经过这渡口。当地人把这件事看成是光荣,所以就起了这个名称。啊呀!当时东坡受小人的构陷诬害,想要把他往死里整,而他所经过的地方,穷乡僻壤的山民反觉得脸上有光,可见老百姓的心里自有公理存在,竟是这样的坚定不移！这就是所谓"石压笋斜出"呀。

不　护　短①

　　讲学者群攻阳明②，谓近于禅③，而阳明之徒不理为高也，真是憋杀攻者。若与饶舌争其是非，仍是自信不笃，自居异端矣④。近有祖阳明而力斥攻者之陋，真阳明亦不必辄许可，阳明不护短望救也。

　　① 选自明傅山《霜红龛集》。题目为译者所加。　　② 讲学：这里的学是指"理学"。即指宋明儒家哲学思想。也称性理学、道学。汉儒治经，侧重训诂制度。宋儒则附会经义而说天人性命之理，故曰理学。阳明：王阳明，浙江余姚人，字伯安，弘治十二年进士。正德初因忤宦官刘瑾，谪龙场驿丞。瑾诛，移庐陵知县，累擢右佥都御史，巡抚南赣，总督两广。曾平定宁王宸濠之乱，官至南京兵部尚书，封新建伯，卒谥文成。阳明主张以心为本体，提倡"良知良能"，"格物致知，自求于心"，反对宋朱熹的"外心以求理"，提出"求理于吾心"的知行合一说。世称姚江学派，以其曾筑室故乡阳明洞，学者称阳明先生，也称阳明学派。　　③ 禅：梵语"禅那"的省称。义译为"思维修"。禅定，静思息虑之意。　　④ 异端：古代儒家称其他持不同见解的学派为异端。

【译文】

　　讲理学的人都一起攻击王阳明，说他的理论接近佛教的禅，但阳明学派的人不加理睬是很高明的，真是憋杀了对方。如果多嘴多舌跟他们争论不休，仍然是自己的信念不够坚定，把自己看成是异端了。近来有些崇尚阳明而竭力驳斥对方错误的，真正的阳明学派也不必就这样认可，阳明学派不会掩盖自己的错误而希望别人的救助的。

四　市①

　　东粤有四市：一曰药市，在罗浮冲虚观左②，亦曰洞天药市。有捣药禽,其声玎珰如铁杵臼相击。一名红翠,山中人视其飞集之所,知有灵药,罗浮故多灵药,而以红翠为导,故亦称药师。一曰香市,在东莞之寮步③,凡莞香生熟诸品皆聚焉。一曰花市,在广州七门,所卖止素馨④,无别花,亦犹洛阳但称牡丹曰花也。一曰珠市,在廉州城西卖鱼桥畔⑤,盛平时,蚌壳堆积,有如玉阜。土人多以珠肉饷客,杂姜齑食之,味甚甘美,其细珠若粱粟者,亦多实于腹中矣。语曰:"生长海隅,食珠衣珠。"

① 选自明屈大均《广东新语》。题目为译者所加。屈大均:明末番禺人。初名绍隆,字翁山,又字介子。清兵入粤时,曾参加抗清队伍,明亡,削发为僧;中年还俗,改名大均。以诗文著名,与陈恭尹、梁佩兰合称为岭南三大家。著作有《翁山诗文集》、《广东新语》等。 ② 罗浮:山名。在广东增城、博罗、河源等县之间,长达百余公里,峰峦四百余,风景秀丽,为粤中名山。相传罗山之间有浮山,为蓬莱之一阜,浮海而至,与罗山并体,故曰罗浮。冲虚观:在罗浮山东麓朱明洞南。初称都虚,建于东晋咸和年间,是葛洪所建四庵中的南庵,也是他修道炼丹行医采药之所。北宋元祐二年哲宗赐"冲虚观"额。 ③ 东莞(guǎn):县名。在广东省珠江三角洲东部、东江下游。 ④ 素馨:植物名。佛书中称鬘华。花白色,香气芳冽,畏寒,养于温室中,供观赏。 ⑤ 廉州:府名。辖境相当今广西合浦、灵山等县地。

【译文】

广东省东部有四个集市:一个叫药市,在罗浮山冲虚观东边,又叫洞天药市,有一种捣药鸟,鸣声叮当很像铁杵与捣臼相碰击;又叫红翠,山里人看它停息在哪里就知道生长着灵药,罗浮山本来有许多灵药,就以红翠作为向导,所以又叫药师。

宂莫能详也特询於卿王公对曰臣於三教经典
窃常遍览向者二字群书未之见也未审天颜何
文而得周穆王传有蹇兔二字经百儒但言古
马名不敢分於飞兔騕褭千今廉有详之者也上
笑曰知卿凤儒学综朝野偶为此二字相试非於
经籍而得之遂赐金绵等乃知王公三学之中无
不通晓我唐之孔郑乎

南阳录

李筌郎中为荆南节度判官集阙外春秋十卷既
成自部之曰常文也乃注黄帝阴符兼成大义

一个叫香市,在东莞县的寥步,凡是东莞出产的香料无论是生的熟的都聚集在这里。一个叫花市,在广州的七门,所卖的只有素馨一种,没有别的花卉,这好像洛阳只称牡丹为花一样。一个叫珠市,在廉州卖鱼桥边,和平兴旺时期蚌壳堆积,好像一座洁白的玉山。当地人往往拿蚌肉请客,与老姜斋菜同煮,吃起来滋味极为鲜美,当然那些像高粱小米似的小珍珠也一起被吞下了肚子。所以俗语说:"生长海隅,食珠衣珠。"

水 乡 陈 村①

顺德有水乡曰陈村②,周围四十余里,涌水通潮,纵横曲折,无有一园林不到。夹岸多水松③,大者合抱,枝干低垂,时有绿烟郁勃而出。桥梁长短不一,处处相通,舟入者咫尺迷路,以为是也,而已隔花林数重矣。居人多以种龙眼为业,弥望无际,约有数十万株,荔支、柑、橙诸果,居其三四。比屋皆焙取荔支、龙眼为货,以致末富④。又尝担负诸种花木分贩之,近者数十里,远者二三百里。他处欲种花木及荔支、龙眼、橄榄之属,率就陈村买秧,又必使其人手种搏接⑤,其树乃生且茂,其法甚秘,故广州场师⑥,以陈村人为最。又其水虽通海潮,而味淡有力,绍兴人以为似鉴湖之水也。移家就之,取作高头豆酒,岁售可数万瓮。他处酤家亦率来取水,以舟载之而归。予尝号其水曰酿溪。

① 选自明屈大均《广东新语》。题目为译者所加。　　② 顺德:县名。清代属广东省广州府。　　③ 水松:树名,即杉。多生水旁。晋嵇含《南方草木状》中:"水松,叶如桧而细长,出南海。"　　④ 末富:指经营工商业而致富。　　⑤ 搏:换取。　　⑥ 场师:管理场圃的人。

【译文】

顺德县有水乡叫陈村，周围四十多里，水波腾涌，海潮涨落，河渠纵横，曲折潆洄，没有一处园林不能到达。岸边多种水松，大的两人合抱，枝干低低下垂，常有浓厚的绿色烟雾从那里冒出来。桥梁长短不一，道路四通八达，坐船跑到那里，很快就会迷路，有时候以为找到路了，却已经岔入歧途，隔了好几层花丛树林了。农民大多以种植龙眼作为职业，一眼望不到边际，大约有几十万株，荔支、柑子、橙

子等果品占其中的十分之三四，左邻右舍没有不烘烤龙眼、荔支的，常常因此而成为巨富。他们还用担子挑着各种花木到四处售卖，近的几十里，远的二三百里，别处想要种植花木和荔支、龙眼、橄榄之类的，大多向陈村买秧苗，并且还一定要他们亲手下种或嫁接，这样树木才能种活而且枝繁叶茂。他们的方法非常秘密，因此广州苗圃的管理员以陈村人居多数。陈村的水虽然与海潮相沟通，却滋味和淡而有劲，绍兴人以为和他们鉴湖里的水相像，所以就迁居到这里来，用水酿造高头豆酒，每年要卖掉几万坛。别地方的酒厂也大都到这里来取水，用船装了回去。我曾经把这水叫作酿溪。

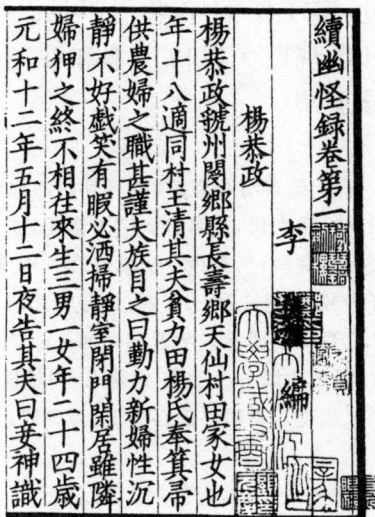

续幽怪录卷第一

杨恭政

李　　编

杨恭政虢州阌乡县长寿乡天仙村田家女也年十八适同村王清其夫贪力田杨氏奉箕帚供农妇之职甚谨夫族目之曰勤力新妇性沉静不好戏笑有暇必洒扫静室闭门闲居虽隣妇狎之终不相往来生三男一女年二十四岁元和十二年五月十二日夜告其夫曰妾神识

随老母游天竺①

予四十以前，目力尚强，独瞑后稍晦，若鸡眚然②。尝随老母游天竺归，夜次湖寺，寺壁书和韩蕲王词③，母令诵

听,予略视间误以为蕲王词也,信口诵所记蕲王本词一
过,实于壁间字毫芒不见。盖不敢自居老眼故然耳。次
日母视壁大怒曰:"本和蕲王词,而故诵本词以谩我,不亦
异乎?"

　① 选自清毛奇龄《西河诗词话》。题目为译者所加。毛奇龄:清浙江萧
山人。字大可,又名甡。明季诸生,明亡,窜身城南山,读书土室中。康熙时
授翰林院检讨,充《明史》纂修官。素晓音律,博览群书,所自负者在经学,然
好为驳辨,他人所已言者,必力反其词。著述甚多,后人编为经集、文集二部,
凡二百三十四卷。学者称西河先生。　② 鸡眚(shěng):俗称"鸡盲眼"。
眚,眼睛生翳。　③ 韩蕲王:即韩世忠。宋延安人,字良臣。从高宗南渡,
屡立战功。孝宗时追封蕲王,谥忠武。

【译文】

　　我在四十岁以前,眼光还挺不错,只有傍晚时稍微感到有点模
糊,好像俗语所说的鸡盲眼。有一次跟母亲游天竺回来,经过西湖
边的一个寺院,寺院壁上写着一首和韩蕲王词,母亲叫我读给她
听,我粗粗看了一下,误以为是蕲王自己写的词,就随口将记得的
一首蕲王词背了一遍,对壁上的字实在丝毫都看不到。这是因为
在母亲面前不敢以老眼昏花自居才造成的。第二天母亲看了壁上
的词就大为发怒,说:"明明是和蕲王词,却拿本词来骗我,这不是
很奇怪的吗?"

网　船　婆①

　　家乡名渔家之船曰网船②,渔妇曰网船婆。夏秋鱼虾
盛时,网船婆蓑笠赤脚,与渔人分道卖鱼虾,自率儿女携
虾桶登岸,至所识大户厨下卖虾,易钱回船,不避大风雨。

　① 选自清谢墉《食味杂咏》。题目为译者所加。谢墉:清嘉善人。字昆

城,号金圃。又号东墅。乾隆进士。官至吏部左侍郎。作文以经史小学为本,有《安雅堂诗文集》。　　② 网船:即渔船。

【译文】

我们那里把渔船叫作网船,渔夫的妻子叫网船婆。夏秋之间鱼虾旺盛,网船婆穿戴着蓑衣笠帽,赤着脚,跟渔夫分头叫卖鱼虾,自己带着儿女提着虾桶上岸,到所熟识的大客户家厨房里卖虾,换了钱回到船上,即使是大风大雨的天气也不例外。

题　　画①

一、玉版师

时雨夜过,春泥皆润,晓起碧翁忽开霁颜。玉版师奋然露顶自林中来②,白足一双未碍其行脚也。刘宋沈道虔屋后生大笋。或窃之,乃笑止之曰:"惜欲令成林,更有佳者相与买送。"此语颇蕴藉也③。予偶画竹,并画进士戢戢欲出之状④。傥逢朵颐物色人⑤,可能从纸上掘去,烧之作午食也。

① 选自金农《冬心先生题画记》。题目为译者所加。金农:字寿门,号冬心,又号稽留山民,清钱塘(今属杭州市)人。布衣,晚寓扬州,以书画自给。著有《冬心先生题画记》等。　　② 玉版:指竹笋。又称"玉版笋"。原产江西吉安白鹭洲,以皮洁白如玉而名。宋惠洪《冷斋夜话》七《东坡戏作偈语》:"(苏轼)尝要刘器之(安世)同参玉版和尚……至廉泉寺烧笋而食,器之觉笋味胜,问此笋何名,东坡曰:'即玉版也,此老师善说法,要能令人得禅悦之味。'于是器之乃悟其戏。"　　③ 蕴藉:含蓄宽容。　　④ 进士:疑为"进土"。即从土中暴发出来。戢戢:整齐貌。　　⑤ 朵颐:鼓动腮颊,嚼食的样子。

【译文】

　　春天的好雨，夜里刚下过，道路是潮湿的，我早晨起床，只见竹林忽然开了笑颜。新笋从地下钻出头来，玉版和尚露着光头从树林中走来，光着脚也不碍行程呀！南朝宋的沈道虔屋后有粗大的笋，有人偷了它，道虔笑着阻止道："可惜我还想让它长大成竹林，别的有好的我就送给你。"话说得多么含蓄幽默呀！我偶尔画了这幅竹子，而且画得那么蓬勃有力，倘若遇到嘴馋的人，就不妨从纸上掘了去，做成菜当作午餐的美食。

　　颇不安，闻人语尝于静室举之，请君与兄女暂居异室，其夫以田作困，又保无他，因以许之。不问其故，杨氏遂沐浴着新衣，扫酒其室，焚香闭户而坐，若蝉蜕然。身已去矣，但觉异香满屋，香酷烈遍数十里，村吏以告县令，李邪遣吏民远近之，稍稍上去闻村皆听之。其家闻否而异香有天乐从西而来似若云中下。於君家奏乐久惊以告其父母共戴之。次隣人来曰昨夜夜半床上若明讶其起遽开门视之衣服委於

二、新　篁

　　野蒲出水，雏鸭唼萍①。初夏新篁，已解粉箨②，窥人作微笑矣。南朝官纸③，滑如女儿肤。晨起写此一竿，世无文殊④，谁能见赏？香温茶熟时，只好自看也。

　　① 唼（shà）：水鸟或鱼儿吃食叫唼。　② 粉箨（tuò）：带白粉的竹壳。③ 南朝：东晋以后，中国分裂为两部分，据有南方的，为宋齐梁陈四朝，称为南朝。但这里似指南唐，所产的澄心堂纸甚为有名。　④ 文殊：菩萨名。比喻有识之士。

【译文】

　　野外的菖蒲刚刚露出水面，小鸭吞食着碧绿的浮萍。初夏的新竹已经褪下嫩壳，仿佛微笑着在那里偷偷窥人。南唐的澄心堂

纸光滑得好像少女的皮肤。早晨起来画上这么几笔,即使得不到有识之士的赏识,在香温茶熟时自我欣赏一番有何不可?

三、九龙山人

九龙山人尝于月下隔船闻箫声①,欣然写竹一枝相报。越日,估客奉红氍毹一端,复请山人画为配。山人索取前画裂之,其事颇为美谈。予今年四月十五夜泊舟九龙山前②,缅想高风,漫兴画此长幅。何地无月?何时无箫声?即估客比比皆是。红氍毹岂少邪③?然求之今之世,万无其人耳。言之可发一笑。

① 九龙山人:王绂,字孟端,号友石。明江苏无锡人。别号九龙山人。
② 九龙山:山名。似在江苏无锡。 ③ 氍毹(qú shū):毛或毛麻混织的毛布、地毯之类。

【译文】
九龙山人曾在月下听了邻船的箫声,一时间高兴起来,就画了张竹送过去。第二天,一个商人捧了一条红色的地毯作为酬劳,要求山人再给他画一幅配配对。山人要回昨天那幅画把它撕碎了,这就成了人们乐于称道的趣事。今年四月十五日夜里,我停船在九龙山前,缅怀山人高尚的风貌,乘兴画了这幅画,哪里没有月亮?哪里没有箫声?就是商人也到处都是。红色的地毯难道还少吗?然而看看当今世上,像这样的高人却是万难找得到了。说起来真教人发笑。

四、竹 声

秋声中惟竹声为妙,雨声苦,落叶声愁,松声寒,野鸟声喧,溪流之声泄①。予今年客广陵,绕舍皆竹,萧萧骚骚,历历屑屑②,非苦愁寒喧之声,而若空山绝粒人幽吟之不辍也③。晨起清盥毕画此,满幅恍闻竹声出纸上。世有太拙薛先生自能知之耳④。塞豆者乌得辨听其妙者邪⑤。

① 泄:杂。　　② 历历:分明可数。屑屑:琐碎繁细。　　③ 绝粒人:修道的人。道家以不食火食,不进五谷为修炼方法,称绝粒。　　④ 太拙薛先生:薛能,字大拙,唐汾洲人。会昌进士,累官至工部尚书。　　⑤ 塞豆者:指缺乏艺术真趣的人。

【译文】

秋天的种种响声,只有竹子摇动的声音最好听,雨声凄苦,落叶声愁惨,松声清寒,野鸟声烦闹,溪流声杂乱。我今年客居扬州,屋子四周全是竹子,窸窸窣窣的,不是愁苦寒冷嘈杂的声音,而是像深山中的隐士终日吟哦个不停。早晨起来盥洗后画了这幅图画,只感到像有一片竹声从纸上传出来。世上只有像薛大拙这样高明的人才能欣赏,那些塞聪蔽明的人自然是不相干丝毫。

持 器 作 声①

百工杂技,荷担上街,每持器作声,各为记号。修脚者所摇折叠凳,曰"对君坐",剃头担所持响铁,曰"唤头",医家所摇铜铁圈,曰"虎撑",星家所敲小铜锣,曰"报君知",磨镜者所持铁片②,曰"惊闺",锡匠所持铁器,曰"闹街",卖油者所鸣小锣,曰"厨房晓",卖熟食者所敲小木梆,曰"击馋",卖闺房杂货者所摇,曰"唤娇娘",卖要货者所持,曰"引孩儿"。他如店铺招牌,面馆之用面样,犹酒家之插酒标③,亦可入竹枝歌咏。

① 选自清无名氏《皆大欢喜》。题目为译者所加。另有《韵鹤轩笔谈》一书，据说为《皆大欢喜》的一部分，为清道光年间苏州无名氏所著。
② 镜：古代的镜子是用铜做的，所以到时候需要打磨，有专门的磨镜匠，有如今天的磨刀工。　　③ 插标：旧时人出售物品，于物上插茅草为标以示出售，曰插标。

【译文】

　　各种工匠，挑着担子上街，常常拿着一样东西敲出声音来，作为记号。修脚的所摇的折叠凳，叫作"对君坐"，剃头担所拿的响铁，叫作"唤头"，郎中所摇的铜铁圈，叫作"虎撑"，算命的所敲的小铜锣，叫作"报君知"，磨镜的所拿的铁片，叫作"惊闺"，锡匠所拿的铁器，叫作"闹街"，卖油的所敲的小锣，叫作"厨房晓"，卖熟食的所敲的小木梆，叫作"击馋"，卖闺房杂货的所摇的，叫作"唤娇娘"，卖玩具的所拿的，叫作"引孩儿"。其他如店铺的招牌，面馆的面样，等于是酒店的插酒标，也可以写进竹枝词里去。

唱　龙　眼①

　　龙眼枝甚柔脆，熟时赁惯手登采②，恐其恣啖，与约曰："歌勿辍，辍则弗给值。"树叶扶疏③，人坐绿阴中，高低断续，喁喁弗已④。远听之，颇足娱耳。土人谓之唱龙眼。

① 选自清周亮工《闽小记》。龙眼：通称桂圆。　　② 赁(lìn)：雇佣。

惯手:熟手。　　③ 扶疏:繁茂纷披貌。　　④ 喁(yú)喁:随声附和。

【译文】

　　龙眼枝条十分柔软脆弱,成熟时就请熟手上树采摘,怕他们任意吞吃,就跟他们约法三章,说:"要不停地唱歌,否则就不给工钱。"树叶繁茂纷披,人坐在绿树阴中,歌声高低断续,此起彼落。远远听起来,非常悦耳。当地人把它叫作"唱龙眼"。

返 朴 归 真①

　　大兄云,满洲掳去汉人子女,年幼者,习满语纯熟,与真女直无别②。至老年,乡音渐出矣,虽操满语,其音则土,百不遗一云。予谓人至晚年,渐归根本,此中有至理,非粗心者所能会也。予十九岁去乡井,寓吴下三十年,饮食起居与吴习,亦自忘其为北产矣③。丙辰之秋④,大病几死,少愈,所思者皆北味,梦寐中所见境界,无非北方幼时熟游之地。以此知汉高之思丰沛⑤,太公之乐新丰⑥,乃人情之至,非诬也。

　　① 选自清刘献廷《广阳杂记》。题目为译者所加。　② 真女:女真族的女子。女真,我国古代少数民族名,即后来满洲族,简称满族。　③ 北产:出生于北方。　④ 丙辰:清康熙十五年(1676)。　⑤ 丰沛:沛县丰邑,为汉高祖刘邦故乡。　⑥ 新丰:县名。在陕西省临潼县东北,本名骊邑。汉高祖因父亲思乡,遂按丰县街里格式改筑骊邑,亦迁来丰民,故称新丰。

【译文】

　　大哥说,满洲人掳去的汉族子女,年幼时,学习满语相当纯熟,简直与满洲人难以分别。可是到了老年,乡音就显露出来,即使讲的是满语,声音里却带着土音,一百个人当中不会有一个是例外。

我说,人到老年,返朴归真,里面有个很深的道理,不是粗心人所能领会的。我十九岁那年离开故乡沈阳,在苏州已经住了三十年,对苏州的饮食起居都已习惯,自以为早已忘记是个北方人了。丙辰那年一场大病,几乎把命都丢了,后来逐渐康复,脑子里想的都是北方的食品,梦里梦见的也都是小时候的旧游之地。由此可知,汉高祖思念丰沛,他父亲见了新丰乐而忘返,都是人真挚的感情,不是骗人的话。

汉 阳 渡 船①

汉阳渡船最小,俗名双飞燕,一人而荡两桨②,左右相交,力均势等,最捷而稳。且其值甚寡,一人不过小钱二文③,值银不及一厘④,即独买一舟亦不过数文。故谚云:"行遍天下路,惟有武昌好过渡。"信哉。

① 选自清刘献廷《广阳杂记》。题目为译者所加。　② 荡:往来摇动。
③ 小钱:铜钱。　④ 厘:小数名。单位之百分之一。

【译文】

汉阳的渡船体积最小,俗称双飞燕,一个人划着两支桨,左右平衡,用力均匀,速度最快,也最安稳。而且价钱极其低廉,一个客人不过付出铜钱两枚,折合银子还不到一厘,就是独自雇一条船,也不过铜钱数枚。所以俗语说:"走遍天下路,只有武昌好过渡。"

的确如此。

桃　源①

　　广东韶州府乳源县有地曰梅花,潦水峻险不与外通②,居人数百千家,有张、邓二老为之主,皆听其指挥。二老明季诸生,鼎革后不薙发③,据险自守,官不得入,而租赋输纳不缺,追呼者山下遥呼之,缒租而下,如数不少欠。平西之变④,胡国柱过乳县⑤,二老以野服见,事后二老已死矣。众以地归本朝,朝廷以其地建置花县,属广州府。今人所谓梅花洞者,即其地矣,产良马。

　　① 选自清刘献廷《广阳杂记》。题目为译者所加。　　② 潦水:积水。
③ 鼎革:《易·杂卦》:"革,去故也;鼎,取新也。"后因以鼎革指改朝换代或重大的改革。薙:同"剃"。不剃发表示不愿服从清朝。　　④ 平西之变:吴三桂,明辽东人,字长白。崇祯时为总兵,镇守山海关。李自成攻破北京,崇祯自杀。三桂勾引清兵入关,封平西王,守云南。康熙十二年议撤藩,吴又起兵反清,自称周帝,后病死长沙。　　⑤ 胡国柱:明末清初人,为吴三桂女婿,也是其麾下主要战将之一。

【译文】

　　广东韶州府乳源县有个地方叫梅花,多水而且险阻,跟外界很少接触,居民千百家,由姓张姓邓两个老人作为主管,大家都听他俩的指挥。二老都是明朝的秀才,明亡后不愿剃发,就占据了这块险阻的地方自己保护自己,官吏进不去,但赋税钱粮是不缺的,催租的人在山下远远叫喊,他们就把粮食用绳索从山上吊下去,如数缴纳,从不拖欠。吴三桂起兵反清时,胡国柱曾到过乳源,二老穿着老百姓的衣服见过他,等到此事平息,二老也早已亡故。居民将这块地方归还给清朝,清朝就把它设立了花县,属于广州府。如今人们所说的梅花洞,就是这块地方,以产好马出名。

《鲊话》四篇①

一

县署无头门二门，勉强向败墙下设门一合②，以蔽道路往来者。无大堂，有墙三面，横以竹，覆以草，无栋梁门柱。前令设木屏高五尺，阔二尺有五，以别内外，伟夫孟浪③，撤而易以门，再八步计步弓四步④，即令君妻下榻处也⑤。

① 选自清佟世思《鲊话》。佟世思：清国正次子。字俨若，一字葭沚。又字退庵。康熙间以任子为临贺知县，调思恩。有《与梅堂遗集》，附《耳书》、《鲊话》。鲊（zhǎ）：经过加工制作便于贮藏的鱼食品，如醃鱼、糟鱼之类。
② 一合：犹一扇。 ③ 伟夫：作者三弟佟世男。孟浪：鲁莽，轻率。
④ 步弓：量地器，木制，似弓形，有柄，两足相距一步（相当于旧时营造尺五尺）。
⑤ 令君：县令的尊称。下榻：住宿。

【译文】

知县衙门没有头门二门，勉强在破墙下开一扇门，用来遮蔽路上来往的行人。没有大厅，只有东西北三堵墙壁，上面搁着几根竹竿，盖上草，没有栋梁门柱。前任知县做了一座木屏风，五尺高，二尺五寸宽，以便有个内外之分。伟夫做事鲁莽，撤掉屏风换成门，再后退八步（合步弓四步），就是县官夫人的卧室了。

二

    士子无城居者^①，来则跣足骑牛，至城下就河水洗足，着屐而后入。每来谒，伟夫必与饮食，无一人知进退周旋之节者^②，伟夫多事，必捉襟曳肘而教之。予亲见伟夫以白面微髭之知县教白头诸生^③，拜揖酬酢^④，始终不能而罢焉。

    ① 士子：旧时应考的读书人的通称。　　② 周旋：应酬，打交道。
③ 诸生：明清时经省各级考试入府、州、县学者，称生员。生员有增生、附生、廪生、例生等名目，统称诸生。　　④ 酬酢（zuò）：朝聘应享之礼，主客相互敬酒。

【译文】
    读书人没有住在城里的，进城来就赤脚骑牛，到城墙下用河水洗脚，套上木屐后再走进县署。他们每次来拜见县官，伟夫一定请他们吃饭，没有一个人是懂得应酬的礼节的。伟夫特别要好，一定要拉扯着他们教导一番。我亲眼看见伟夫以一个白面微须的年轻知县教着白头的诸生，如何作揖下拜，如何行礼，终于因为屡教不会而作罢。

三

    堂置木架一座，上置鼓一面，即以乱棕缚云板于下^①，此伟夫升堂号召胥役之具也^②。夜间，一老人身不满二尺，蹲鼓下司更，或自三鼓交五鼓，或自四鼓又交二鼓，从来无伦序^③，但随其兴会耳。闻伟夫曩者怒，命易之，询通邑无可代者,因仍之。

① 云板:报时报事之器。即"云版"。　　② 胥役:小吏及差役。
③ 伦序:同"伦次"。条理顺序。

【译文】

　　县署大堂上放着一座木架,上头搁一面鼓,就用乱棕缚云板一块在下面,这就是伟夫升堂时用来招呼胥吏差役的工具。夜里,有个老人身不到二尺,蹲在鼓下敲更报时,有时三更敲五更,有时四更打二更,从来没有把次序弄准确,只是根据他的兴致罢了。听说以前伟夫发过怒,命令调换人,可是问遍全县找不到可以代替的,只好仍旧让他担任下去。

四

　　通城无三尺平净地,处处皆瓦砾①,生野慈姑于上②。予与槃十步城上,小立,谓此地恐多蛇。言未已,一蛇丈许,窜胯下过③。

① 瓦砾:碎瓦片。　　② 槃十:当是人名。　　③ 胯(kuà)下:两股之间。

【译文】

　　全城找不到三尺平坦干净的地方,到处都是断砖碎瓦,上面长满了野慈姑。我同槃十两人在城墙上散步,稍稍站立一会儿,我说:"这里怕有很多蛇罢。"话未说完,一条丈把长的蛇从我的胯下窜了过去。

采 棉 花①

前岁自西山归湖上，携稚儿采棉于村北。秋末阴凉，黍稷黄茂②，早禾既获，晚菜始生，循田四望，远峰一青，碎云千白。蜻蜓交飞，野虫振响，平畴良阜，独树破巢，农者锄镰异业，进退俯仰，望之皆从容自得。稚儿渴，寻得余瓜于虫叶断蔓之中，大如拳，食之生涩。土礤飞掷③，翅有声激激然，儿捕其一，旋令放去。晚归，稚儿在前，自负棉徐步随之，任意问答，遥见桑枣下夕阳满扉，老母倚门而望矣。

① 选自清史震林《西青散记》。题目为译者所加。史震林：字岵冈，号瓠冈居士，江苏金坛人，生卒年均不详。约清高宗乾隆十七年在世，年八十七岁。乾隆二年(1737)进士，官淮安教授。著作有《西青散记》、《华阳散稿》等。② 黍稷：谷物名。黍黏，稷不黏。 ③ 土礤：虫名，又名土螽、土蛄蚧。即灰蚱蜢。（礤，原文作虫字旁。）

【译文】

前年我从西山回到湖上，带着小儿子在村北摘棉花。晚秋的天气十分凉爽，丰硕的黍稷已经黄熟，早稻也已收割，晚菜刚好下种，眺望田畈四周，远处的山峰碧绿苍翠，云彩像鱼鳞片片洁白，蜻蜓来往飞舞，野虫吱吱鸣叫，无论平原或土丘，总有那么一棵树孤零零地站着，上面还筑了个破鸟窝，农民有的高举锄头锄地，有的挥动镰刀割草，一举一动，悠闲自得。小儿子口渴了，就从那老叶枯藤中找个剩余的瓜儿解渴，那瓜儿只有拳头般大，吃起来苦涩乏味。灰蚱蜢到处飞蹦，双翅发出激激的响声，小儿子捕了一只，一会儿又让它飞走。傍晚时回家去，小儿子走在前面，我背了棉筐慢慢地跟着，随便说些话儿，不知不觉已经到了村边，远远看见桑树下枣树旁的板门正满照着斜阳，而我的老母亲也早已站在门口等我们回去。

儿时回忆①

忆三四岁时最喜猬。猬刺如栗房,见人则首尾相就如球,啼时见猬即喜笑,以足蹴之辘辘行②。获乳兔二,抱而眠,饲以豆叶,不食而死,哭之数日。

八九岁独负筐采棉,怀煨饼③,邻有兄名中哥,长一岁,呼中歌为伴,坐棉下分煨饼共食之。棉内种芝麻,生绿虫,似蚕而大,撚之相恐吓④,中哥作骇态,蹙额缩颈以为笑。后虽长,常采棉也。采棉日宜阴,日炙败叶,屑然而脆,粘于花;天晴每承露采之,日中乃已,或兼采杂菽⑤,棉与菽相和筐中,既归乃别之。幼时未得其趣。

① 选自清史震林《西青散记》。题目为译者所加。　② 辘辘:象声词。原指车声。　③ 煨饼:米饼。置饼火中,煨之令熟。　④ 撚:执,以手指持物。　⑤ 菽:泛指豆类。

【译文】

记得我三四岁时最喜欢刺猬。刺猬像一个栗苞,见了人就把头尾缩起来,极像一个圆滚滚的球。我哭泣时要是见了刺猬就高兴得笑起来,还用脚踢着它辘辘地往前滚。有一次,我得到了两只小兔子。晚上抱着它们一起睡觉,拿豆叶饲养它们,后来小兔子不肯吃东西饿死了,我哭了好几天。

八九岁时我独自背着萝筐采

棉花,衣袋里装了个煨饼,隔壁有个阿哥叫中哥,比我大一岁,我就叫他作伴,一起坐在棉花蓬下分煨饼吃。棉花蓬里还种着芝麻,上面生一种绿色的虫儿,比蚕还要大,我们用手指头撮着它互相恐吓,中哥装作害怕的样子,皱皱眉头缩缩头颈引得我哈哈大笑。后来我虽然长大了,可还是常常去采棉花。采棉花的日子最好是阴天,太阳猛烈会晒焦叶子,碰一碰就粉碎,还粘在棉花上,所以晴天往往是在露水未干的时候开始采摘,到日中就结束。有时候附带采豆子,棉花与豆子一起放在箩筐里,回家后再把它们分开来。这种乐趣小孩子是体会不到的。

结　　缘①

都南北多名刹,春夏之交,士女云集,寺僧之青头白面而年少者著鲜衣华履,托朱漆盘,贮五色香花豆,蹀躞于妇女襟袖之间以献之②,名曰结缘③,妇女亦嬉取者。适一僧至少妇前奉之甚殷,妇慨然大言曰:"良家妇不愿与寺僧结缘。"左右皆失笑,群妇赧然缩手而退④。

① 选自清刘青园《常谈》。题目为译者所加。　② 蹀躞:小步貌。
③ 结缘:范寅《越谚·风俗门》:"结缘,各寺庙佛生日散钱与丐,送饼与人,名此。"敦崇《燕京岁时记·舍缘豆》:"四月八日,都人之好善者取青黄豆数升,宣佛号而拈之,拈毕煮熟,散之市人,谓之舍缘豆,预结来世缘也。谨按《日下旧闻考》,京师僧人念佛号者辄以豆记其数,至四月八日佛诞生之辰,煮豆微撒以盐,邀人于路请食之以为结缘,今尚沿其旧也。"刘青园:名玉书,汉军正蓝旗,故书署辽阳玉书,生于乾隆三十二年,所著有《青园诗抄》四卷,《常谈》四卷,行于世。　④ 赧然:因惭愧而面赤。

【译文】

北京的城南城北有不少著名的寺庙,每到春末夏初,许多善男信女都集中在那里,寺僧中一些青头白面而又年轻的和尚穿着颜色鲜明的衣服和鞋子,手里托着红漆的木盘,木盘里装着五色香花豆,慢慢地来到妇女身边将豆献上,称为结缘,妇女也乐意地接受了。其中有个和尚走到一个少妇的面前,正想殷勤地将豆献上时,那个少妇却激动得大声地说道:"正派的妇女不愿与和尚结缘。"身边的人都笑了起来,一些正在接受缘豆的妇女都红着脸把手缩了回去。

东涧老人墓①

　　虞山钱受翁②,才名满天下,而所欠惟一死,遂至骂名千载,乃不及柳夫人削发投缳③,忠于受翁也。嘉庆二十年间,钱塘陈云伯为常熟令,访得柳夫人墓在拂手岩下④,为清理立石,而受翁之冢,即在其西偏,竟无有人为之表者,第闻受翁之后已绝,墓亦荒废。余为集刻苏文忠书曰"东涧老人墓"五字碣,立于墓前,观者莫不笑之。记查初白有诗云⑤:"生不并时怜我晚,死无他恨惜公迟。""君子之泽⑥,五世而斩",信哉。

　　① 选自清钱泳《履园丛话》。东涧老人:钱谦益,清常熟人。字受之,号牧斋,晚年自号蒙叟,又号东涧遗老。明三十八年进士,授编修,累官至礼部侍郎。福王立,谄事马士英,为礼部尚书。顺治三年,清兵定江南,谦益出降,命以礼部侍郎兼管秘书院事。旋归乡里,以著述自娱。为文博赡,谙悉朝典,诗尤擅长,与吴伟业、龚鼎孳称江左三大家。钱泳:字立群,一字梅溪,江苏金匮人。享年八十六岁。官府经历。工八法,尤精隶古,兼长诗画。泳著述甚多,有《兰林集》、《履园丛话》等。　　② 虞山:山名。在今江苏常熟县西北。为县主山。　　③ 柳夫人:柳如是,钱谦益妾。初为吴江名妓,字蘼芜。本姓杨名爱。后改名。色艺冠一时。有河东君之名。构降云楼居之,酬唱无虚日。明亡,劝谦益殉国,谦益不能从。谦益死,殉之。　　④ 拂水岩:在江苏常熟县虞山之锦峰西南。有拂水禅院。　　⑤ 查初白:查慎行,清浙江海宁人。初名嗣琏,字夏重。后更名慎行,字悔余。晚号初白。康熙四十二年进

士,授编修。曾受业于黄宗羲。工诗,古体学苏轼,近体似陆游。著有《敬业堂集》等。 ⑥ 君子之泽,五世而斩:语出《孟子·离娄下》。宋朱熹《集注》:"泽,犹言流风余韵也。"斩:断绝。

【译文】

常熟的钱谦益,特异的诗才名满天下,所缺的只有没能为国一死,这就遭到世人千秋万代的唾骂,而不及柳夫人能削发投环殉情,忠于谦益了。嘉庆二十年时,钱塘的陈云伯任常熟县令,找到了柳夫人的墓在拂水岩下,就为它清理干净,并立上石碑,而谦益的墓就在柳墓的西边,却无人理睬,还听说谦益没有后代,所以墓也荒芜不堪。我为它从苏轼的字迹中收集到"东涧老人墓"五个字,刻了一块碑石,立在墓前,看到的人没有不讥笑的。记得查初白的诗道:(略)古人说:"君子之泽,五世而斩",真是一点不错。

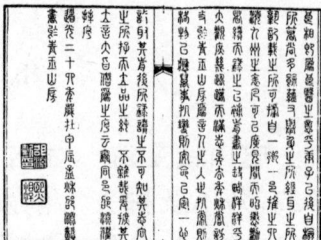

开门迎敌①

阅《流寇长编》②,卷十七纪甲申三月甲辰日一事云,京官凡有公事,必长班传单,以一纸列衔姓,单到写知字。兵部魏提塘,杭州人,是日遇一所识长班急行,叩其故,于袖出所传单,乃中官及文武大臣公约开门迎贼③,皆有知字,首名中官则曹化淳,大臣则张缙彦。此事万斯同面问魏提塘所说④。按京师用长班传送知单,三百年来尚沿此习,特此事绝奇,思宗孤立之势已成,至中官宰相倡率开门迎敌,可为痛哭者矣。

① 选自清吴庆坻《蕉廊脞谈》。题目为译者所加。吴庆坻:字子修,又字敬疆,号补松老人。钱塘(今杭州)人,光绪十二年进士,改翰林院庶吉士,散馆后授编修。历任四川学政,湖南提学。 ②《流寇长编》:清初戴笠撰,吴殳删定。戴笠初名鼎立,字则之,江苏吴江县人,明诸生。 ③ 中官:宦官,太监。 ④ 万斯同:清浙江鄞县人。字季野,学者称石园先生。博通诸史,尤熟明代掌故,少年时即以著《明史》为己任。康熙十八年,开《明史》馆,斯同以布衣参加编修,不署衔,不受俸,《明史稿》五百卷大半出其手。

【译文】

看《流寇长编》,在第十七卷上纪载崇祯十七年三月十九日的事说,京城里的官员凡有什么公事,必定由长班传送通知单,在一张纸上列叙职衔、姓名,接到单子就写上知字。兵部尚书魏提塘,杭州人,这一天碰到一个熟识的长班急忙地走来,问他何事匆忙,他从袖口中拿出一张通知单,却是宦官和文武大臣大家约定开门迎敌的事,一个个都写着知字,第一个是宦官曹化淳,大臣却是张缙彦。这件事万斯同当面问魏提塘说的。关于京城里用长班传送通知单,三百年来还是用这办法,只是这件事特别新奇,崇祯皇帝孤立的局面已经形成,至于由宦官、宰相大家约定开门迎敌,就不能不为之痛哭了。

送 婆 岭①

吾邑西门外②,有瞒公桥,云昔有妇人出私资建桥,不欲使其翁知之,故有瞒公之名矣。余每岁上先大夫冢,必乘小舟过此桥下。今年镇海县修志书,属余审定。其山川中有名送婆岭者,旧志云:"明嘉靖间,有严乐氏,早寡,为其姑改嫁于城中,有女十岁随之往。而乐氏至孝,凡遇时物③,必遣女逾岭馈其姑。夏日,女度岭,中暑死,即葬山侧,岭由是名。"送婆岭与瞒公桥可云绝对矣。

① 选自清俞樾《春在堂笔记》。题目为译者所加。　② 吾邑:浙江德清县。　③ 时物:即时新、应时的新鲜食品。

【译文】

　　我县西城门外,有一座瞒公桥,说是从前有妇人用私房钱建造的,不想给公公知道,所以有瞒公桥的名称。我每年到外祖父坟上扫墓,一定坐小船从桥下经过。今年镇海县修志书,教我审定。书中山川项中有名叫送婆岭的,过去的志书中是这样说的:"明朝嘉靖年间,有个姓乐的妇女,早年死了丈夫,为减轻婆婆的负担改嫁到城里去,有一个十岁的女儿也跟着嫁过去。而乐氏十分孝顺,凡是有时新的食品,一定叫女儿翻过一条岭送给婆婆吃。一年夏天,女儿翻岭时中暑死了,就埋葬在山边,送婆岭因此得名。"送婆岭与瞒公桥,再比这搭配得好没有了。

且　看①

　　《西湖志》引《寒夜录》云②:"钱塘祝吉甫,居西湖上,构小楼,眺尽湖山之胜。有富家筑墙数仞蔽之。吉甫因郁郁不乐。赵松雪为书二字匾③,曰"且看"。无何邻以通番簿录,家徙,垣屋摧毁,小楼内湖山如故。"因吾诗用且看楼事④,附记于此。《寒夜录》,未知何人所作,惜未见原书也。

① 选自清俞樾《茶香室丛抄》。题目为译者所加。　②《寒夜录》:书名。明陈宏绪作。宏绪字士业,江西新建人。明末,以任子荐授晋州知州。

时阁臣刘宇亮出督师，欲移师晋州，拒不纳，遂被劾缇骑逮问。士民颂其保城功，得释出。谪湖州经历，署长兴、孝丰二县事，有惠政。清，屡荐不起。移居章江，辑《宋遗民录》以见志。另著有《酉阳藏书记》、《寒夜录》等。　　③赵松雪：即赵孟𫖯。字子昂，号松雪，浙江吴兴人。　　④吾诗：《茶香室丛抄·懊来桥》："元吴自牧《梦粱录》云：临安府治前，曰州桥。俗名懊来桥。盖因到讼庭者，到此心已悔也。故以呼之。按此名，极有意义。余在杭时，见有人以细故将成讼者，赋诗晓之曰：好从且看楼头看，莫向懊来桥上来。二事皆杭州故事。自谓用事颇切，然不存于集中。"

【译文】

《西湖志》抄录《寒夜录》里的话说："钱塘的祝吉甫，住在西湖边，造了一幢小楼，湖山的美景尽收眼底。有个富人家筑了道高墙挡住了他的视线，使吉甫很不快乐。赵松雪替他写了幅两个字的匾额，叫作'且看'。没多长时间，那个富人因为里通外国的罪被抄了家，全家从这里搬走，屋子围墙也都倒坍，所以站在小楼上看风景还跟从前一样。"我因为在一首诗里曾经用到过这个典故，所以在这里附上一笔。《寒夜录》不知道是谁写的，可惜没能读一读他的原著。

北京琐谈①

一

京师屋制之美备，甲于四方。以研究数百年，因地因时，皆有格局也。户必南向，廊必深②，院必广，正屋必有后窗，故深严而轩朗。大家入门，即不露行，以廊多于屋也。夏日，窗以绿色冷布糊之③，内施以卷窗，昼卷而夜垂，以通空气。院广以便搭棚，人家有喜庆事，宾客皆集于棚下。正房必有附室。曰套间，亦曰耳房，以为休息及储藏之所。夏凉冬燠，四时皆宜者是矣。

① 选自清夏仁虎《旧京琐记》。题目为译者所加。夏仁虎：江苏江宁人，字蔚如，号啸庵、枝巢子等。清举人，官御史。民国后历任北洋政府财政部次长、代总长、国务院秘书长等。著作除《枝巢四述》、《旧京琐记》外，有《啸庵诗稿》、《啸庵词稿》、《啸庵近稿》、《金陵艺文志》等。　② 廊：开拓。
③ 冷布：织得很疏的布。夏天用以糊窗，通风透明。

【译文】

北京的屋子造得很完美，比全国各地都好。因为积数百年的经验，因地因时置宜，都合乎一定的规格。门一定朝南，范围一定宽阔，院子一定要大，正屋一定要开后窗，所以深沉而又高爽明亮。大户人家进门以后，就不走湿路，因为走廊比屋子还多。夏天，窗上糊上绿色的冷布，里面配上卷帘，白天卷起，夜里放下，以便通风透气。院子宽广便于搭棚，家里有喜庆的事，来客就聚集在棚子里。正房一定有附室，叫套间，也叫耳房，是休息和储藏杂物的地方。冬暖夏凉，四季适宜的啊。

二

　　中下之户曰四合房、三合房。贫穷编户①，有所谓杂院者，一院之中，家占一室，萃而群居，口角奸盗之事出焉。然亦有相安者，则必有一人焉，或最先居入，或识文字，或擅口才，若领袖然。至于共处既久，疾病相扶，患难相救，虽家人不啻也②。

　　① 编户：编入户籍的平民。　　② 不啻：犹不及。

【译文】

　　中下层人家住的叫四合房、三合房。穷困的百姓，有所谓杂院的，一院之中，每家只有一间屋子，大家挤着一起住，争吵偷盗的事也时有发生。不过也有相安无事的，这就必须有这样一个人：或者是最先住在这里的，或者是知书识理的，或者是能说会道擅长交际的，他好像是个领导者。至于相处日久，有病彼此相扶，患难共同相救，就是一家人也比不上他团结。

三①

　　交际场中，亦多虚伪之风。昔于筵中晤一人，谈悉为世交。彼则极意周旋，坚约来日一饮。即而曰："明日有内廷差，后日如何?"方逊谢②，彼已呼笔书柬，议地议菜，碌乱不已。席将终,彼忽拍膝曰:"后日有家祭,奈何?"他客为解曰:"想见正长,何必急急。"余恶其扰,亦谢曰:"此月中鄙人方有俗冗③,得暇再趋扰耳。"后终不晤。友人曰:"彼之延饮,面子也。君应逊谢,亦面子也。君竟不坚辞,彼只有自觅台阶以下耳。"

① 选自清夏仁虎《旧京琐记》。题目为译者所加。　② 逊谢:婉言谢绝。　　③ 俗冗:杂务。冗,烦忙。

【译文】

　　在交际场合中,也存在许多虚伪的东西。从前在一次宴会中遇到过一个人,谈话中知道是个世交。那人却竭力与我打交道,定要约我明日在一起喝酒。但随即又说:"明日有一件官廷的差使要办,后天如何?"我正想婉言谢绝,他却已经招呼人拿笔来写请柬,商量地点和菜肴,忙得个不亦乐乎。宴会快将结束,他忽然拍拍腿说:"后天家中有祭祀,怎么办呢?"另有客人劝解道:"相见的日子多着呢,何必如此性急。"以后就不再会晤。朋友说:"他的请你喝酒,是为了面子;你向他婉言谢绝,也是面子。你竟然没有坚决拒绝,他也就只好自己找个台阶下下了。"

四

　　懒惰之习,亦所不免。《顺天府志》谓:"民家开窗面街,炕在窗下,市食物者以时过,则自窗递入。人家妇女,匪特不操中馈①,亦往往终日不下炕。"今过城中曲巷,此制犹有存者。熟食之叫卖,亦如故。

① 中馈:古时指妇女在家主持饮食之事。

【译文】

　　懒惰的风气，也就难以避免。《顺天府志》上写着："平民家的窗子朝着街道，暖炕就在窗下。叫卖食品的小贩随时经过，就从窗子里递进来。这些人家的妇女，不但不愿做饭，也往往整天不下暖炕。"今天我从城里的小巷经过，上面说的情况依旧存在。叫卖熟食的，也跟从前一样。

写 景

黄 牛 滩①

　　江水又东经黄牛山下，有滩名曰黄牛滩。南岸重岭叠起，最外高崖间有石色如人负刀牵牛，人黑牛黄，成就分明②；既人迹所绝，莫得究焉。此岩既高，加以江湍纡回，虽途经信宿③，犹望见此物。故行者谣曰：

> 朝发黄牛，暮宿黄牛。
>
> 三朝三暮，黄牛如故。

言水路纡深，回望如一矣。

　　① 选自南北朝郦道元《水经注》。题目为译者所加。郦道元：北魏范阳涿县人。字善长。为御史中尉，后任关右大使。淮州刺史萧宝寅反，被执遇害。著作有《水经注》。　　② 成就：作出成绩，完成。　　③ 信宿：连宿两夜。

【译文】

　　长江向东流过黄牛山下，有沙滩名叫黄牛滩。在南岸重重叠叠的山岭当中，最外面的高崖有一块岩石的颜色极像一个人带着刀、牵着牛的样子，人是黑色的，牛是黄色的,显得十分明确。既然是人迹不到的地方,也就无法对它追根究底了。这块岩石已经很高,再加水流湍急迂迴,所以即使经过两天时间,还是望得见它。因此旅客有这样几句歌谣(略):这是说水路迂回曲折,回头望望,老是在一个地方。

巫　　峡①

　　自三峡七百里中,两岸连山,略无缺处。重岩叠嶂,隐天蔽日,自非亭午夜分不见曦月②。至于夏水襄陵③,沿溯阻绝,或王命急宣,有时朝发白帝,暮到江陵。其间千二百里,虽乘奔御风④,不似疾也。春冬之时,则素湍绿潭,回清倒影。绝𪩘多生怪柏⑤,悬泉瀑布,飞漱其间⑥,清荣峻茂⑦,良多趣味。每至晴初霜旦,林寒涧肃,常有高猿长啸,属引凄异⑧,空谷传响,哀转久绝⑨。故渔者歌曰:

　　　　巴东三峡巫峡长,
　　　　猿鸣三声泪沾裳。

　　① 选自南北朝郦道元《水经注》。题目为译者所加。　② 亭午夜分:正午和夜半。亭,正值,刚刚。曦月:日月。　③ 襄:驾,升到高处。　④ 乘奔御风:乘奔马,御长风。　⑤ 绝𪩘:陡峭的山峰。　⑥ 漱:冲刷。　⑦ 清荣峻茂:水清,山峻;树木繁荣茂盛。　⑧ 属引:连续不断。　⑨ 哀转:哀啼。

【译文】

　　从整个三峡七百里地当中,两边岸旁都是山连着山,一点空隙都没有。一堆堆的岩石,一座座的山峰,遮住了天空,挡住了太阳,如果不是正午或半夜,看不到太阳和月亮。到了夏天发大水,漫过江岸,上下的船只都已停航,碰上朝廷紧急召唤,有时候大清早从白帝城出发,日暮时就到了江陵。这中间有一千二百里路,就是骑着快马、驾着长风,也比不上它迅速。春天和冬天的时候,雪白的浪花,明净的深潭,两岸的山峰都倒影在回流当中。高山上生长着古怪的翠柏,瀑布清泉从上面冲刷下来。树木那么莽苍,山水那么清奇,实在有趣极了。每逢雨刚停或有霜的早晨,树林阴寒,溪涧肃杀,常常有猿猴在高处悲啼,鸣声连接不断,辗转久久不歇。所以打鱼的人就这么唱着(略)。

记承天寺夜游①

　　元丰六年十月十二日夜,解衣欲睡,月色入户,欣然起行。念无与为乐者,遂至承天寺寻张怀民②。怀民亦未寝,相与步于中庭。庭下如积水空明,水中藻荇交横③,盖竹柏影也。何夜无月,何处无竹柏,但少闲人如吾两人者耳。

　　① 选自宋苏轼《东坡志林》。题目为译者所加。　② 张怀民:王文诰《苏诗编注集成总案》:"张梦得,清河人,时亦贬居黄州。"　③ 藻荇(xìng):两种水生植物。藻,俗称蕴藻。荇:荇菜。嫩时可供食用。这里藻荇泛指水草。

【译文】

　　宋神宗元丰六年十月十二日,夜里正想脱衣睡觉,看见月光照进窗户,高兴得又坐了起来。心想无人与我作伴,就跑到承天寺找张怀民,怀民也还未睡,就跟他在庭园中散步。地上如积着一片空荡荡的水,水里直一条横一条地交织着藻荇,实在是竹子和柏树的影子。哪夜没有月亮,哪里没有竹柏,只是没有像我们这样的闲人罢了。

题白水山①

绍圣二年三月四日,詹使君邀予游白水山佛迹寺②,浴于汤泉,风于悬瀑之下。登中岭,望瀑所从出。出山,肩舆节行观山③,且与客语。晚休于荔浦之上,曳杖竹阴之下。时荔子累累如芡实矣。父老指以告予曰:"是可食,公能携酒复来?"意欣然许之。同游者柯常,林卞④,王原,赖仙芝。詹使君名范,予盖苏轼也。

① 选自宋苏轼《东坡志林》。　② 詹使君:即詹范,宋崇安人。字器之,知惠州,从苏轼游。使君:汉以后对州郡长官的尊称。白水山:山名。在广东增城县东二十里,山巅有瀑布如练。故名。　③ 节行:以次前进。④ 姓林,本单名,即木字旁一个"卞和"的"卞"字。

【译文】

绍圣二年三月四日,詹使君邀请我到白水山佛迹寺游玩,在汤泉洗澡,在瀑布下吹风。爬上中岭,找到了瀑布的源头。出山时坐着兜子以次前进,一边还与朋友们聊天。晚上宿在荔浦旁边,带着手杖在竹林中散步。当时荔子树上果实累累,正长得有鸡头那么大。老人指着这些果实对我说:"等到成熟了,先生还能带着酒来吗?"我高兴地答应他们。一起游玩的有柯常,林卞,王原,赖仙芝。詹使君名范,我,就是苏轼呀!

小孤山①

过澎浪矶、小孤山,二山东西相望,小孤属舒州宿松县,有戍兵。凡江中独山,如金山、焦山、落星之类②,皆名天下,然峭拔秀丽,皆不可与小孤比,自数十里外望之,碧峰巉然孤起,上干云霄,已非他山可拟,愈近愈秀,冬夏晴雨,姿态万变,信造化之尤物也③。但祠宇极于荒残,若稍饰以楼观亭榭,与江山相发挥,自当高出金山之上矣。

　　庙在山之西麓,额曰惠济,神曰安济夫人。绍兴初,张魏公自湖湘还④,尝加营葺,有碑载其事。又有别祠在澎浪矶,属江州彭泽县,三面临江,倒影水中,亦占一山之胜。舟过矶,虽无风亦浪涌,盖以此得名也。昔人诗有"舟中估客莫漫狂⑤,小姑前年嫁彭郎"之句,传者因谓小孤庙有彭郎像,澎浪庙有小姑像,实不然也。

　　晚泊沙夹,距小孤一里。微雨,复以小艇游庙中,南望彭泽、都昌诸山⑥,烟雨空濛,鸥鹭灭没,极登临之胜,徙倚久之而归。方立庙门,有俊鹘抟水禽,掠江东南去,甚可壮也。庙祝云:"山有栖鹘甚多。"

　　①选自宋陆游《入蜀记》。题目为译者所加。　②金山、焦山在镇江,落星山在南京,三座山从前都在长江中。　③造化:又称造物,指天地、自然,古人认为天地创造万物。　④张魏公:宋张俊,封魏国公,是坚持抗金的将领,高宗绍兴初官川陕京西诸路宣抚使,因被诬陷,召回临安,经过长江。　⑤估客:商人。　⑥彭泽、都昌:都是县名。今属江西省。

【译文】

　　经过澎浪矶、小孤山,两山隔

江东西相对。小孤山在舒州宿松县境内,有士兵驻守。凡是长江中屹然独立的山峰,像金山、焦山、落星山等,都是天下闻名,可是山势的峭拔秀丽都不能和小孤山比并。从几十里以外远望小孤山,碧绿的山峰像刻削成似的独自挺出,高接蓝天,已经没有别的山可以相比,越接近越觉得秀丽,随着冬天夏天晴天雨天的不同,山的姿态千变万化,确实是大自然中最特出的景色。可是山上的庙宇十分荒凉残破,如果稍稍点缀一些亭台楼阁,和江山风物相互衬托,一定能够远远超过金山了。

小姑庙在西边的山脚上,匾额称惠济庙,供奉的神像称安济夫人。高宗绍兴初年,张俊从湖南回到临安时,曾经加以修葺,有石碑记载着这件事。小姑神还在澎浪矶奉祀,澎浪矶隶属江州彭泽县,三面都靠近长江,山影倒映水中,也占有全山最优美的景色。船过澎浪矶,即使没有风仍然浪涛汹涌,原来是因此得澎浪之名的。前人的诗中有"舟中估客莫漫狂,小姑前年嫁彭郎"的句子,于是传说小孤庙内有彭郎的神像,澎浪庙内有小姑的神像,实际上不是这样。

晚上船停泊沙夹,距离小孤山有一里路。天下起小雨,又乘小舟到庙中游览,南望彭泽县和昌都县的群山,都笼罩在轻烟细雨中,白色的水鸟在江上出没,领略到了登山临水所能见到的最美妙的景致,徘徊了很久才回去。刚走到庙门停留时,见到一只矫健的鹘攫获了水鸟,掠过江面向东南方飞去,真是十分壮观。庙里的香火道士说:"山中有不少鹘栖息。"

雪 满 千 山①

三十日,发富阳,雪满千山,江色沉碧②。但小霁风急寒甚,披使金时所作绵袍,戴毡帽,坐船头纵观,不胜清绝③。剡溪夜泛④,景物未必过些。

① 选自宋范成大《骖鸾录》。题目为译者所加。　　② 沉碧:深绿色。

③ 不胜:受不了。　　④ 剡溪:水名。在浙江嵊县南。《太平寰宇记》九六《剡县》:"剡溪在县南一百五十步,一源出台州天台县,一源出婺州武义县,即(晋)王子猷(徽之)雪夜访戴逵之所也。亦名戴溪。"

【译文】

三十日那天,从富阳坐船沿富春江南下,一场大雪覆盖了两岸的群山,江水呈深绿色。只是雪后的风特别急,也格外冷,我披着从前出使金国时穿过的丝棉袄,戴上毡帽,坐在船头尽情观赏,风景清丽到了极点。坐着船夜游剡溪,景色也未必能超得过它。

越　中　山　水①

越中山水幽远②,予数上下西兴、钱清间③,襟抱清旷。越人善为舟,卷篷方底,舟师行歌徐徐曳之,如偃卧榻上,无动摇兀势,以故得尽情骋望。予欲家焉而未得,作《征招》寄兴。

① 选自宋姜夔《白石诗词集》。题目为译者所加。姜夔:字尧章,号白石道人,饶州鄱阳人。父噩,绍兴庚午(1150)进士,知汉阳县。他从幼年起,随父到汉阳,后来他的全家就流落在夏口,他的姊姊也嫁在那里。张俊之孙曾有名鉴字平甫的,居杭州;夔中年后,依之十年。鉴卒,旅食浙东、嘉兴、金陵间,卒于西湖。贫不能葬,吴潜诸人助之葬于钱塘门外西马塍。② 越中:指古越国之地,即今浙江萧山、绍兴一带。　　③ 西兴、钱清:地名。西兴属萧山县。钱清属绍兴县。

【译文】

　　越中的山水沉静深远,我多次来往于西兴、钱清之间,心情颇感爽朗。越中人擅长造船,弯弯的篷,平平的底,船老大一边唱歌,一边摇着船前进,乘客好像仰卧在榻上,没有摇晃颠簸的感觉,所以能够尽情地观赏两岸的景色。我本打算在那里安家,终于没有成功,所以作这篇《征招》抒发感情。

行 吟 白 湖①

　　予女须家沔之山阳②,左白湖,右云梦③。春水方生,浸数千里。冬寒沙露,衰草入云。丙午之秋,予与安甥,或荡舟采菱,或举火置兔④,或观鱼簏下⑤。山行野吟,自适其适。凭虚怅望⑥,因赋此阕。

　　① 选自宋姜夔《白石诗词集》。题目为译者所加。　　② 女须:《楚辞·屈原·离骚》:"女媭之婵媛兮,申申其詈予。"《说文》引贾逵说,楚人称姐为媭。后人用媭作姐的代称。也作"女须"。沔(miǎn):汉水上游。山阳:山的南面。　　③ 云梦:泽名。　　④ 置(jū)兔:用网捕兔。置,捉兔子的网。　　⑤ 簏(sài):以竹木编成的鱼簖,截水捕鱼。　　⑥ 虚:大丘,土山。

【译文】

　　我姐姐家在沔水的山南,左边是白湖,右边是云梦泽。春天水涨,几千里白茫茫的,冬天河水低落,沙滩便露了出来,枯草连绵不断。丙午那年秋天,我与外甥安在一起,要么划着船采菱,要么举着火捕捉野兔,要么在簖下等鱼来上钩。走在山道上吟吟诗唱唱歌,由着性子想干什么就干什么。如今我只能站在山坡上怅然远眺,因而就写了这首词。

西 湖 好 处①

　　江西有张秀才者,未始至杭。胡存斋携之而来,一日泛湖,问之曰:"西湖好否?"曰:"甚好。"曰:"何谓好?"曰:"青山四围,中涵绿水②,金碧楼台相间,全似著色山水。独东偏无山,乃有鳞鳞万瓦,屋宇充满,此天生地设好处也。"此语虽粗俗,然能道西湖面目形势,为可喜也。

① 选自宋周密《癸辛杂识》。周密,字公谨,号草窗、苹洲、四水潜夫等,富春(今浙江富阳)人,南宋末曾任义乌令,宋亡后隐居不仕。周密为南宋著名词人。 ② 涵:包容。

【译文】

江西有个张秀才,不曾到过杭州。胡存斋把他带了来,有一天坐船游西湖,问他:"西湖好吗?"说:"很好。"又问:"好在哪里?"说:"四面青山环抱,中间绿水荡漾,金碧辉煌的亭台楼阁穿插在中间,极像一幅著色的山水画。只有东边没有山,却有千万家人家屋连着屋,宇连着宇,真是天造地设的好去处!"话虽粗俗,却能说出西湖的状貌,所以让人喜欢。

荷 花①

出偏门至三山多白莲②,出三江门至梅山多红莲。夏夜香风率一二十里不绝,非尘境也,而游者多以昼,故不尽知。

① 选自《嘉泰会稽志》。题目为译者所加。 ② 偏门:偏门以及下文三江门,都是旧绍兴的城门。三山:三山以及下文梅山,都是绍兴的地名。

【译文】

　　从偏门出城到三山，看到的大多是白莲花，从三江门出城到梅山，看到的大多是红莲花。夏天夜里大抵一二十里不会断绝，这样的风景真不是人间所有，只是人们大多在白天出门，所以不很知道。

南宋故宫①

　　是日，游大般若寺。寺在凤凰山之左，即旧宫地也。地势高下，不可辨其处所。次观杨总统所建西番佛塔②，突兀二十丈余，下以碑石甃之，有先朝进士题名，并故宫诸样花石，亦有镌刻龙凤者，皆乱砌在地，山峻风寒，不欲细看而下。

　　次游万寿尊胜塔寺，亦杨其姓者所建。正殿佛皆西番形像，赤体侍立，虽用金装，无自然意。门立四青石柱，镌凿盘龙，甚精致，上犹有铜钟一口，上铸淳熙改元曾觌篆字铭文在，皆故物也。行至左廊，记得壁上一诗云：

　　　玉辇成尘事已空，惟余草木对春风。
　　　凭高花鸟无穷恨，目断苍梧夕照中③。

① 选自元郭畀《客杭日记》。题目为译者所加。郭畀：字天锡，号云山，元丹徒（一作京口）人。工书画，作窠木竹石，极有天趣。学书为赵孟頫，妙得其法。为平江路吴江儒学教授，未上。浙江行省辟充掾。所著有《快雪斋集》，又有《客杭日记》一卷，并传于世。　② 杨总统：杨琏真加，元代僧人。加，也作"伽"。世祖（忽必烈）时为江南释教总统，杀害平民，掠夺财物，无恶不作。　③ 苍梧：山名。又名九疑。相传舜葬于苍梧之野。这里借指凄凉荒废的南宋故宫。

【译文】

至大元年(1308)十月十八日,游览大般若寺。寺在凤凰山的左边,也就是南宋故宫的所在。地势高高低低,没法辨认原先模样。接着,看了江南释教总统杨连真伽建造的西藏式佛塔,平地隆起二十多丈,下面用些旧碑石打底,碑石上有前朝进士们的题名。还有旧宫殿里的各式各样的雕花的石块,也有刻着龙和凤的,都乱七八糟地堆砌在地上。山势陡峭,风又寒冷,不想再细看就下了山。

接着,又游览了万寿尊胜塔寺,也是那姓杨的建造的。大殿上的佛像都是西藏式的,赤身裸体地站立在两旁,虽说涂上了黄金,却没有一点自然的意味。门口竖着四根青石的柱子,上面雕镂着盘龙,刻工十分精细。还有前朝遗留下来的铜钟一口,钟上还清清楚楚地铸着淳熙元年(1174)曾觌写的篆字铭文,这些都是旧的文物呀。走过左边一条长廊,记得壁上写着一首诗(略)。

项　脊　轩①

项脊轩②,旧南阁子也。室仅方丈,可容一人居。百年老屋,尘泥渗漉③,雨泽下注;每移案,顾视无可置者。又北向,不能得日,日过午已昏。余稍为修葺,使不上漏;前辟四窗,垣墙周庭④,以当南日。日影反照,室始洞然。又杂植兰、桂、竹、木于庭,旧时栏楯⑤,亦遂增胜。借书满架,偃仰啸歌,冥然兀坐⑥,万籁有声。而庭阶寂寂,小鸟时来啄食,人至不去。三五之夜⑦,明月半墙,桂影斑驳,风移影动,珊珊可爱。

---

① 选自明归有光《震川文集》。归有光:明昆山人。字熙甫,人称震川先生。嘉靖四十四年进士,官南京太仆丞。有光为古文,好司马迁《史记》,反对前后七子文必秦、汉的复古主张,推崇唐、宋古文,为明中叶以后一大作家。

有《三吴水利录》、《震川集》四十卷。　　② 项脊轩:宋朝的归隆道是归有光的远祖,曾在江苏太仓县项脊泾居住,项脊轩或者以此取名。　　③ 渗漉:渗漏。　　④ 垣墙周庭:墙壁围着庭院。　　⑤ 栏楯:栏杆。　　⑥ 冥然:静默的样子。兀坐:犹端坐。　　⑦ 三五之夜:阴历十五日夜里。

【译文】

项脊轩,就是以前的南阁子。屋子一丈见方,只能住上一人。百年的老屋,尘泥脱落,雨水下注;每次想移动桌子,看看又无处可移。屋子朝北,照不到太阳,中午以后就已昏暗。我为它稍作修缮,使得上面不漏雨;前面开了四扇窗子,还用垣墙把庭院围起来,拦住南边的日光,日影反照,室内才明亮,这使过去的栏杆也增色不少。借来了满满的几架书籍,有时俯仰歌吟,有时默默独坐。庭院中静寂无声,小鸟有时飞来啄食,人来了也不飞走。十五那天夜里,明月照在墙上,桂花树的影子斑斑驳驳,风吹影动,寥寥窣窣地非常可爱。

白　杨①

古人墓树多植梧楸②,南人多种松柏,北人多种白杨。白杨即青杨也,其树皮白如梧桐,叶似冬青,微风击之辄淅沥有声,故古诗云:

白杨多悲风,
萧萧愁杀人。

予一日宿邹县驿馆中③,甫就枕即闻雨声,竟夕不绝,侍儿曰:“雨矣。”予讶之曰:“岂有竟夜雨而无檐溜者?”质明视之,乃青杨树也。南方绝无此树。

① 选自明谢在杭《五杂组》。题目为译者所加。谢肇淛：字在杭，福建长乐人。生卒年均不详。万历二十年进士，除湖州推官。累迁工部郎中。官至广西布政使。著有《小草斋诗集》、《北河纪略》、《文海披沙》、《五杂俎》等。② 楸：木名。木材可造船、制棋盘等器物，种子可入药。 ③ 邹县：属山东省。

【译文】

古人墓上多种梧桐、楸树，南方人多种松树、柏树，北方人多种白杨。白杨就是青杨，它的树皮颜色白得像梧桐，叶子像冬青，微风吹来常发出浙浙沥沥的声音，所以古诗说（略）。

我一天宿在邹县的馆驿中，刚睡下就听到雨声，整夜都没停止。书童说："下雨了。"我感到很奇怪，说："哪有整夜下雨而听不到檐溜声的？"天亮后起来一看，却是青杨树。南方绝对没有这种树。

桥 梁①

闽中桥梁最为巨丽。桥上架屋，翼翼楚楚②，无处不堪图画。吴文中落笔即仿而为之。第以闽地多雨，欲便于憩足者，两檐下类覆以木板③，深辄数尺，俯栏有致，游目无余，似畏人见好山色，故障之者。予每度一桥，辄为怅叹④。

① 选自清周亮工《闽小记》。 ② 翼翼：整饬貌。楚楚：鲜明貌。 ③ 类：大都、大抵。 ④ 怅叹：感叹，怅，叹息。

【译文】

福建的桥梁特别高大壮丽。桥上建造屋子，整齐鲜明，没有不可以画成图画的。吴文中一落笔就摹仿着画桥。但是因为福建地方雨水很多，为了息脚休憩者的便利，两边屋檐下大都拿木板覆盖着,常常深达几尺,凭栏固然有趣,远眺就显得局促。好像是怕人见到好风光,所以才把它遮蔽起来。我每次经过一座桥,常常为这事而慨叹。

榕　树①

　　闽中多榕树,垂须入地辄复生根,常有一树作十数干,有即榕为门者。相传千年榕其上生奇南香②。余每见老榕树,爱其婆娑③,辄徘徊不能去。高云客时谑余曰④:"公欲觅奇南香耶?"

　　① 选自清周亮工《闽小记》。　　② 奇南香:即"伽南香"。又叫"檀香"。③ 婆娑:茂盛。　　④ 谑(xuè):戏言,开玩笑。

【译文】

　　福建榕树最多,须根倒垂在地里长出根来,常有一棵树长出十几根树干的,也有利用榕树当作大门的。相传千年老榕树上面长着奇南香。我每次见到老榕树,喜欢它枝叶茂盛,往往恋恋不舍不愿离开。高云客经常跟我开玩笑说:"想必您是要找奇南香吧。"

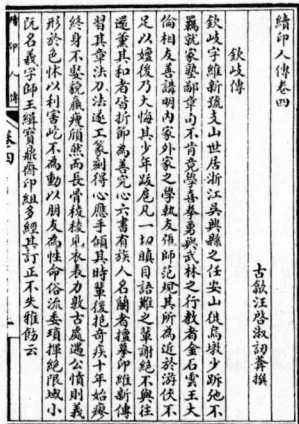

夜　景①

　　夜中偶起,似可三更时分也。潎流薄岸②,颓萝压波,白月挂天,蘋风稳树③,四顾无声,遥村吠犬,渔棹泼剌④,萤火乱飞,极夜景之幽趣矣。

① 选自明叶绍袁《甲行日注》。题目为译者所加。叶绍袁:明吴江人。字仲韶,号天寥道人。天启进士,官工部主事。不耐吏职,乞归养。妻沈宛君,工诗。五子三女,并有文藻,一门之中,更相唱和。乙酉之变,弃家为僧。自号粟庵。有《湖隐外史》《甲行日注》。　　② 沈流:暗流。亦即夜潮。③ 蘋风稳树:蘋,浮萍,着眼点在动;稳,稳固,不动。蘋风稳树,意谓虽有风而不大。　　④ 泼剌:鱼跃声。

【译文】

　　夜里偶尔起床,估计已是半夜三更。暗潮涌动,河水已接近堤岸,鬈然下垂的藤萝碰到了水面。朗彻的月亮挂在天空,微风吹不动树枝,四周一片寂静,只听到村庄上的狗叫声,还有鱼网边鱼儿的跳跃声,都从远远的地方传来:夜景之美到了无以复加的地步。

西湖古迹考①

一、宝石塔

　　康熙四十年三月,予同朱竹垞诸子过湖上②,作三日游,第一日舟中问宝叔塔故迹,嫌旧志不实,一谓僧宝所建塔,所叔形误。一谓钱王俶入觐③,民建塔保之,呼保俶,俶叔误声。然皆无据之言。考是塔甚古。《郡国志》云④:宝石山上有七层宝塔,王僧孺称其巧绝人工⑤,则其来旧矣。且是塔以山得名,宝叔者宝石之误。盖山本多石,有巾石、甑石、落星石、缆船石。旧名山足曰石塔头是也。今湖多增胜,而是塔久坏,谁其修之。

　　① 选自清毛奇龄《西河诗词话》。题目为译者所加。　　② 朱竹垞:朱彝尊,字锡鬯,号竹垞,清代文学家。　　③ 钱王俶:吴越国王钱镠之孙,宏俶,亦单称俶。觐(jìn):古代诸侯秋朝天子称觐。　　④《郡国志》:秦之郡

县,到汉又分为郡与国。郡直辖于朝廷,国分封于诸王侯。《汉书》称《地理志》,《后汉书》称《郡国志》。　⑤ 王僧孺:南朝梁文学家,官至御史中丞。

【译文】

康熙四十三年三月里,我和朱竹垞等人来到西湖,打算游玩它三天,第一天在船里问到宝叔塔从前的情况,嫌过去的地方志记载不确实,有的说塔是和尚宝所建筑,"所""叔"在字形上搞错了。有的说钱王傲北上朝见宋天子,百姓希望他平安归来,所以在佛前许下造塔的愿心,称为保傲,"傲""叔"在读音上容易混淆。其实这些都是无根之谈。查考这座塔很古。据《郡国志》记载:宝石山上有一座七层宝塔,王僧孺称赞它手艺高超到极点,可知它的来历已经很久。这座塔其实是由山得名,所谓宝叔是宝石之误。山上原来多石头,有巾石、瓶石、落星石、缆船石。过去把山脚叫作石塔头,可以作为旁证。如今西湖上增添了不少名胜古迹,可是这座塔已经荒残很久,又有谁来修复它呢?

二、钱王祠①

是日,有言《表忠观碑》在钱王祠者,因过观之。考表忠观在龙山之麓②。观毁,迁其碑来祠,然碑皆露立,且有仆者。及观毕欲憩,祠右一废寺不得入。按是地当涌金门外,为钱王故苑③,苑曾产灵芝④,因舍苑宅作灵芝寺。南渡后建祠寺傍。新进士放榜讫⑤,每题名于寺而开宴焉,真胜地也⑥。今祠止三楹,坐钱氏三世五王,而寺已颓然不可问矣。

① 钱王祠:吴越王钱镠的祠堂。在杭州涌金门外西湖边。　② 龙山:在西湖南岸。　③ 苑:古代养禽兽的园林。　④ 灵芝:菌类植物。古以芝为瑞草,故名灵芝。　⑤ 放榜:公布考试录取的名单及名次。⑥ 胜地:名胜之地。

【译文】

这一天,有人说《表忠观碑》在钱王祠,因此想去观看一下。查考表忠观在龙山脚下。观倒坍了,就把碑迁移到祠堂里。不过碑都站立在露天,有的还扑倒在地上。看完碑准备休息,发现祠堂右面有一个破寺进不去。原来这破寺在涌金门外面,是钱王养过禽兽的园子,园子里曾经出产灵芝草,因此把园子里的屋子改建为灵芝寺。南宋时在寺边造了祠堂。新进士在公布考试录取的名单后,总要在寺壁上题写自己的名氏,同时在这里大摆宴席表示庆祝,真是一个值得纪念的地方啊。如今祠堂只剩了屋子三间,坐着钱氏三代五个皇帝,而寺却早已倒坍找不到了。

三、西马塍

次日,竹垞赴李都运席未至。因登岸,从溜水头迤北①,有西马塍在昭庆寺左②,与湖墅东马塍相对。相传五代时东西马氏种花之所。旧志谓钱王马垌非也③。吴越故城圈东西马塍入北关内,焉得有垌,且塍者畦稜之名,第可艺植④,牧兽非其事矣。今人家屋傍尚有花,第无艺花者。

① 溜水头:即"溜水桥"。在昭庆寺前。　② 昭庆寺:在钱塘门外,为杭州古代四大名刹之一。　③ 垌(jiōng):郊野。马垌,牧马场。④ 第:但,且。艺植:耕种,种植。

【译文】

第二天,朱竹垞因为赴李都运筵席没有来。接着上了岸,从溜水头往北,有地名叫西马塍的在昭庆寺左面,与湖墅的东马塍面对面。传说这是五代时东西马氏种花的地方。据旧的地方志说是钱王的牧马场,怕是不准确的。吴越国时杭州旧城把东西马塍圈进北关范围。哪里会有牧马场呢?况且塍是田埂的名称,只可耕种,牧马是不适宜的。如今人家的屋边还有花，但是见不到种花的人了。

四、回峰塔①

南屏山前回峰，以山势回抱得名。吴越王妃建塔其上，本名回峰塔，俗作雷峰，以回雷声近致误。而淳祐、咸淳旧志造一雷姓者当之②，可笑甚矣。宋有道士徐立之筑室塔傍，世称回峰先生。此明可验者。是日日将西，久坐望塔。及访小南屏观石壁，所书家人卦《学记》《中庸》③，摩挲延伫④，而日已衔岫矣⑤。石壁锓司马温公书⑥，此是旧迹。宋史高宗谕大臣已明道及此书。而作《武林遗事》者反辨谓唐人所作八分⑦，非是。

① 书迹：字迹，亦即题字。　② 淳祐、咸淳：南宋理宗、度宗的年号。当：对等。译作应付。　③ 家人卦：家人《易》卦名。学记：书名。中庸：书名。相传为孔子的孙子子思作所。　④ 摩挲：抚摩。延伫：久立等待。⑤ 衔岫：太阳下山。岫，山谷。　⑥ 锓（qǐn）：刻。　⑦《武林遗事》：书名。八分：汉字书体名，即八分书。也称分书。字体似隶而体势多波磔。相传为秦时上谷人王次中所造。

【译文】

南屏山前的回峰，是由于山势回抱得名。吴越王的妃子在上头建了座宝塔，原名回峰塔，老百姓叫做雷峰，是由于"回""雷"声音相近，以致发生错误。可是，淳祐、咸淳旧志却造出一个姓雷的人来应付它，可笑得很。宋代有个道士徐立之在塔边造了间屋子，当时称为回峰先生。这是最明显的证据。这一天太阳即将下山,望着宝塔坐了好一会。等到访问小南屏观看石壁上所写的家人卦,《学记》、《中庸》,站着抚摸了很久,太阳已经下山。石壁上刻着司马温公的字,这是原来的遗迹。宋史高宗(赵构)在告示大臣的手谕中就已经明白地说到这字迹。可是作《武林遗事》的人反而说这是唐代人所写的八分书,这是很错误的。

长沙小西门外①

长沙小西门外,望两岸居人,虽竹篱茅屋,皆清雅淡远,绝无烟火气②。远近舟楫,上者下者,饱张帆者,泊者,理楫者,大者小者③,无不入画。天下绝佳处也。

① 选自清刘献廷《广阳杂记》。题目为译者所加。长沙:今湖南长沙市。② 烟火气:道家语。烟火,指熟食。道家修炼,主张绝粒却谷,不食世间烟火物,因引申烟火为俗气。　　③ 舟楫:船只。楫,划船的桨。下文"理楫者"的"楫"是指桨。

【译文】

站在长沙小西门外面,望见湘江两岸的住户,虽然只是些竹篱笆茅草屋,却都是那么地清雅淡远,一点烟火气都没有。远远近近的船只,有驶上驶下的,有挂着吃饱了风的布篷的,有停泊在那里的,有忙着整理划桨的,大的小的,没有一样不可以画进图画里去。这是天底下风景最美的地方啊。

玉　泉　寺①

余在西湖,从未尝一识玉泉寺。前在汉上,王鹿田先生极言玉泉观鱼之妙。乙亥春特往观之。寺在岳坟之西,池中鱼色异常,多蓝青色,有极大者飞鱼二,皆四翼。又有白鱼,遍身青花,俨如江西景德镇所烧窑器,瑰玮可观②,可谓名下无虚矣③。

① 选自清刘献廷《广阳杂记》。题目为译者所加。玉泉寺:在杭州市西湖西北面,为有名风景区之一。寺初建于南齐建元年间。　② 瑰玮:同"瑰伟"。魁异。　③ 名下无虚:即"名下无虚士"。意谓名实相副。

【译文】

我住在西湖边的时候,从来就不曾参观过一次玉泉寺。前些时候在汉口,王鹿田先生竭力称赞玉泉观鱼的妙处。康熙三十四年春天我特地跑去看了一下。寺院在岳坟的西面,池塘里鱼的颜色与平常的不同,大多是蓝青色,有两条极大的飞鱼,都有四张翼翅膀,还有一种白鱼,浑身有青色的花纹,很像江西景德镇烧制的瓷器,奇怪美丽得很,真所谓名不虚传啊。

七　里　泷①

七里泷山水幽折,非寻常蹊径,称严先生之人②。但所谓钓台者远在山半③,去江约二里余,非数千丈之竿不能钓也。二台东西峙,覆以茅亭,其西台即宋谢皋羽痛哭之处也④。下有严先生祠,今为营兵牧马地矣,悲哉。

① 选自清刘献廷《广阳杂记》。题目为译者所加。七里泷:又叫七里滩、七里濑、富春渚。在今浙江桐庐县严陵山西,长七里。两山夹峙,水流湍急。民间有"有风七里,无风七十里"的谚语。　② 严先生:即严光。字子陵,会稽余姚人。少曾与光武帝(刘秀)同游学,有高名。秀称帝,光变姓名隐遁,秀派人见访,征召到京,授谏议大夫,不受,退隐于富春渚。　③ 钓台:俗称钓鱼台。传说是严子陵垂钓处。有东西两台,各高数十丈。　④ 谢皋羽:名翱,字皋羽,宋长溪人。曾为文天祥咨事参军,后别去。宋亡,天祥被俘不屈死。翱悲痛不已,行至浙水东,设天祥神主于子陵钓台以祭,并作楚歌《登西台恸哭记》以招之。

【译文】

七里泷山幽水深，曲曲折折，不是一般的风景，符合严光先生的为人。但是所谓钓台却远在半山腰里，离江面大约有二里多路，除非有几千丈的钓竿没法钓鱼。钓台分东西两座耸立着，上面覆盖着茅草的亭子，那西台就是宋代谢皋羽痛哭文天祥处。下面有一座严子陵祠堂，如今却成了屯兵养马的地方，真是可悲叹啊！

快　轩①

汉口三元庵后有亭曰快轩，轩后高柳数百株，平野空阔，渺然无际。西望汉阳诸山，苍翠欲滴。江南风景秀丽，然输此平远矣②。

① 选自清刘献廷《广阳杂记》。题目为译者所加。　② 输：失败，与"赢"相对。犹言比不上。

【译文】

汉口的三元庵后面有个亭子叫快轩。快轩后面有几十棵高大的杨柳树，平坦的原野空旷辽阔，迷迷茫茫望不到边际。向西眺望汉阳的那些山峰，深绿的颜色像要从上头滴下来。江南的风景固然秀丽，可是说到平坦辽阔，就比它不上。

杏　花　村①

贵池有杏花村②，以杜牧'牧童遥指'之句得名也。金陵亦有杏花村，在城中西南隅凤凰台下，无所谓村也。然居民丛集,烟火万家,机杼之声相闻,染练之砧不断③,锦绣成坊,足胜杏花春色。又余地傍城闉者,或为园囿,或种松竹,亦微有城市山林之意。昔亦曾种杏百余株,以拟佳名,但开谢不常,盛衰迭见,惟因其名以髣髴之云耳。

　　　　红雪笼花坞,青烟扑酒帘。
　　　　茅屋四五家,新苫悬步檐。
　　　　清旷屏氛杂,稔知非闾阎④。
　　　　但见春骀荡,不见雨兼霰⑤。

　　① 选自清吴敬梓《金陵景物图诗》。吴敬梓:字敏轩,号粒民,晚年又号文木老人,安徽全椒人。父亲吴霖起是康熙丙寅(1686)年的拔贡,做过赣榆县的教谕,为人耿直。吴敬梓十三岁丧母,十四岁随父亲至赣榆任所。十八岁考取秀才,从此经常来往南京,涉足风月繁华的城市。后来索性在南京住下来,过着十分贫苦的生活。"日惟闭门种菜,借佣保杂作",有时甚至常常无米下锅。冬日苦寒,到野外散步,叫做"暖足"。据说他和朋友五六人,"乘月出城南门,绕城堞行数十里,歌吟啸呼,相与应和,逮明,入水西门,各大笑散去,夜夜如是。"仅管生活贫苦,而他的性格愈加坚强,决不向贫苦低头。十年后,乾隆皇帝"南巡",许多人都去迎拜,他却"企脚高卧向栩床",表现出他对最高封建统治者的蔑视,也表现出他对富贵利禄的淡漠。著作有《文木山房诗文集》和小说《儒林外史》。《儒林外史》特别有名。　　② 贵池:县名。属安徽省。《中国名胜词典》:"杏花村在安徽贵池县西郊。古有酒肆,产名酒。唐诗人杜牧任池州刺史时,有'清明时节雨纷纷,路上行人欲断魂。借问酒家何处有,牧童遥指杏花村'一诗,即指此。"　　③ 砧:捣衣石。亦作炼丝炼绸之用。南京以产"宁绸"闻名。　　④ 闾阎(yán):泛指民间。　　⑤ 兼霰:上面原有"雨"字头。

【译文】

　　安徽贵池县有杏花村,是由杜牧"牧童遥指杏花村"诗句得名。金陵也有杏花村,在城内西南方凤凰台下面,说不上是村。不过居民丛集,烟灶万家,听到的是纺纱织布的声音,看到的是染丝炼绸的场面,机坊染坊,五彩缤纷,错杂其间,胜过春天杏花艳发的美景。城边还有空余的地块,不是种菜蔬,就是种松竹,也很有城市乡村的况味。从前也有人种过百余株杏花,可是开谢无常,盛衰不一,只是借了"杏花村"这三个字像煞有这回事罢了。(诗略)

燕 子 矶①

观音山东北,一石吐江渍,三面悬壁嶾绝②,势欲飞去,则燕子矶也。观音岩怪石礌垂③,苍黛参差,上接云霄,而大江自龙江关西来,直过其下。观音阁亦傍岩就江,朱栏凭之,瞰江若在楼船顶上立。行客至此,入观音港,舍舟登岸,即壮缪庙。先至水云亭,入祠,左则大观亭,坐石磴,临江已觉苍茫无际。又扪松萝拾级以上④,矶巅有小亭名俯江,从石罅下窥,犹见江转矶底。盖至此金陵地脉已尽,其上则采石矶之险,下则金、焦、北固之胜,北趋邗沟⑤,则平衍无山。故北行者多勾留,而南归者至多喜色也。

> 石戴土山砠,凌空飞燕子。
> 孤根荡地轴,不信深五里。
> 归客一开颜,太息江山美。
> 亭亭阁上松,森森岩下水。

① 选自清吴敬梓《金陵景物图诗》。 ② 嶾(è)绝:山崖陡削。
③ 礌垂:石块倒挂。 ④ 松萝:地衣类植物。常寄生松树上,丝状,蔓延下垂。 ⑤ 邗沟:水名。即邗江,为江苏境内自扬州市西北至淮安县北入淮河的运河。

【译文】

　　观音山东北，有块大石头突出在江边，三面石壁陡削，像要飞去的样子，这就是燕子矶。观音岩怪石磊磊，石色黝黑，大小不一，高得像要碰到了天。长江从西面的龙江关下来，一直从岩石下流过去。观音阁就是在矶边江畔，人站在栏干边，就像站在大船的顶上。游客来到这里，进了观音港，舍舟登岸，望望长江，就已经觉得苍茫一片，无边无际。攀着松萝沿石级上去，矶顶有个小亭叫俯江，从石缝中下窥，只见江水在底下旋转。到这里金陵的地脉已经结束，在它上面有险要的采石矶，在它下面有秀丽的金山、焦山和北固山，再向北望，邗沟出现在宽广的平原上。难怪北上的人到此留连不走，而南下的人也没有不面带喜色的。（诗略）

莫　愁　湖①

　　出三山门外半里许，有莫愁湖，相传妓名莫愁者居此，因以为名。然梁武帝诗云"洛阳女儿名莫愁"，则不应在此。其所以传闻者，以石城二字②。按楚有石城，莫愁居之，亦非此石城也。今其地广数顷，水色潆洄，石城横亘于前，江外诸峰，遥相映带。中有梁氏园亭，盛夏轩窗四启，清风徐来，令人忘暑，殊不羡渊明北窗下也③。又按湖在前明为徐中山王园④，盖与贺鉴后先可媲美云。

美人不可见，搔首望天末，

蔓草潆裙带，繁华点妆额。

遥望风潭清，渐见溪堂窈。

野水飞鸳鸯，乔木鸣鸲鹆，

当风抚层楹，湖外山一抹。

① 选自清吴敬梓《金陵景物图诗》。　② 石城：《旧唐书·音乐志》：
"《莫愁乐》出于《石城乐》。石城有女子名莫愁，善歌谣。……故歌云：'莫愁
在何处？莫愁石城西。艇子打两桨，催送莫愁来。'"　③ 北窗下：《晋书·
隐逸传》："尝言夏月虚闲，高卧北窗之下，清风飒至，自谓羲皇上人。"
④ 徐中山：即徐达。明濠人。字无德，世业农。初为郭子兴部将。后助朱元
璋起兵，与常遇春屡建战功。累官中书右丞相，封魏国公。死后追封中山王。
莫愁湖有胜棋楼，相传明太祖与徐中山在此下棋，明太祖输了，就将此楼送给
徐中山，据说至今湖租，犹为徐氏世业。

【译文】

　　出三山门外半里多路，有个莫愁湖，传说有个妓女莫愁的曾经
在此居住，因此有这个名称。然而梁武帝有诗云："洛阳女儿名莫
愁"，就不应该在这地方。所以会有这个名称，是因为把"石城"误
解为"石头城"的缘故。据史书记载，湖北钟祥县有石城，莫愁曾经
居住过，也不是金陵的石头城。现在的莫愁湖占地数顷，水色清纯
潆洄，石头城横在它的前面，周围的那些山峰，远远的将它衬托着。
湖中有姓梁的庭园，盛夏时把四面的窗子打开，清风徐来，人不会
觉得炎热，也不会对陶渊明北窗下的那种生活感到羡慕。据说湖
在明代是属于中山王徐达的，大概同唐代贺知章的拥有鉴湖一样，
可以前后媲美。（诗略）

过　樊　川①

玉函自横村唤渡②，过樊川，闻姑恶声，入破庵，无僧。

累砖坐佛龛前,俯首枕双膝听之,天且晚,题诗龛壁而去。姑恶者,野鸟也,色纯黑,似鸦而小,长颈短尾,足高,巢水旁密篆间,三月末始鸣,鸣自呼③,凄急。俗言此鸟不孝妇所化,天使乏食,哀鸣见血,乃得曲蟮水虫食之。鸣常彻夜,烟雨中声尤惨也。诗云:

樊川塘外一溪烟,姑恶新声最可怜。

客里任他春自去,阴晴休问落花天。

① 选自清史震林《西青散记》。题目为译者所加。樊川:水名。在今陕西长安县南。其地本杜县的樊乡,汉樊哙食邑于此。川因以得名。
② 玉函:即段玉函,号怀芳子,自刻小印曰"情痴"。　　③ 鸣自呼:即自呼其名。

【译文】

　　玉函在横村招呼渡船,渡过了樊川,听到姑恶鸟的叫声,进了一个荒凉的破庵,里面没有和尚,叠了几块砖头坐在佛龛前面,低下头靠着膝盖听着,天快将黑,就在佛龛壁上题了一首诗,然后离开破庵。姑恶是一种野鸟,浑身黑色,像乌鸦叮又小一点,头颈长,尾巴短,脚很高,在水边的篆竹丛中筑巢,三月底开始鸣叫,叫时自呼其名,声音凄凉急迫。据民间传说,这种鸟是由不孝的媳妇变成,老天罚它饿肚子,一直叫到口中出血,才让它吃一点曲蟮、水虫充充饥,常常整夜不停地叫着,烟雨弥濛的天气叫声特别凄苦。玉函的诗是这样写的(略)。

栖　霞　港①

　　是时六月十三日也。夜宿江口②,天无纤云,明月满舟,倚樯缓酌,长笛数声,与江风俱至。命绣君赋诗,应声而成。

明日渡江，循栖霞港而西，港之南，皆乱山，港甚狭，仅通小舟，两岸竹树数十里蔽舟，江风穿竹树，人篷底，时闻杂香，盖山花也。于是乃入栖霞山③。

① 选自清史震林《西青散记》。题目为译者所加。 ② 江：长江。
③ 栖霞山：又名摄山。在江苏省南京市东北。

【译文】

这一天是六月十三日，船停靠在江口过夜，天空没有一丝云彩，明月照满船头，我靠着桅杆慢慢喝酒，几阵悠悠的笛声随着江风吹来。我叫绣君做诗，她一忽儿就做成了。

第二天渡过长江，船顺着栖霞港向西走，港的南面都是重重叠叠的山，港面很狭，只能通过一条小船，两岸几十里都是茂密的竹子和树木，船在中间航行看不到天空。江风从竹树丛中吹来，人坐在船舱里，常可以闻到各种野花的香气。我们就这样来到了栖霞山。

下　　乡①

家郇雨弟，读书山中。立夏后访之，不知其途，逢人辄问之。稍任意，旋误他径。棘花丛开坂岸旁②，如雪，采一二朵，行且嗅之，香味甘异。至小桥，山人呼之曰略彴，过此少人，见歧路，或焉，乌犍卧柳荫③，童子倚其腹而睡，柴门在深树间④，犬见客甚驯，老妇方绩，余问此何里。耳聩不闻，去之。

至一村，屋数椽，茅瓦相半，篱之角，蔷薇覆地，老翁呼余坐，开已久，不禁风，风稍吹，即纷纷飞就人也。跛者刘麦负而归，呼其妇，妇出，姣好，徐布麦，布已，鞭其穗，纤手玉色,娇怯可怜,见客从容,未尝流盼。跛者脱衣坐树下,癣鳞疥次⑤,爬搔不已,呼妇取饮,妇唯,持饮奉跛者,容色甚和,余敬叹之。

①选自清史震林《西青散记》。题目为译者所加。　②棘:泛指有刺的草木。也指丛生的小枣树。坂:山坡。　③犍(jiān):阉过的牛。④柴门:用柴作的门。言其简陋。也用以指贫寒之家。　⑤癣疥:皮肤病。即癣疮与疥疮。

【译文】

　　我弟弟郇雨住在山里读书。立夏节后我去看望他,不认识路,碰到人就问,稍一疏忽,就误入歧途。丛生的棘花开遍了溪边山坡,和雪一样白,采摘一二朵拿在手里,边走边闻,有一种特别的香味。到了一座小桥边,当地人叫它略彴。过了略彴,行人稀少,遇到一条岔路,就犹豫不决起来。一头黑牛躺在柳树下,牧童靠着牛肚皮睡觉。有一间村舍隐在树林中间,狗见了生人也不吠叫。有个老婆婆在那里绩麻,我问她这是什么地方,她聋了一双耳朵听不到我的话,所以就只好离开她。

　　到了一个村庄,有几间屋子,一半是瓦房,一半是茅屋,竹篱边有一丛蔷薇花,一个老公公招呼我坐下,蔷薇花已开了很久,禁不起风吹,风一吹,花瓣就纷纷扬扬地飘落到人身上。有个瘸子背了一捆刚割下的麦子回来,叫他的妻子,他的妻子出来了,是一个很漂亮的女人,她慢慢地把麦子摊开,然后拿家伙鞭打麦穗。她的手纤小洁白,模样娇羞可爱,见了生客也不慌张,也不东张西望。瘸子脱

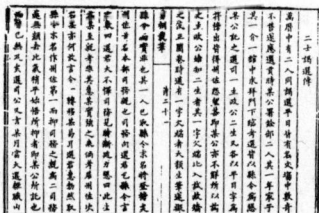

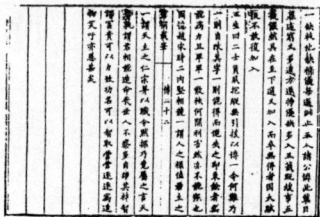

下衣服坐在树荫下面,浑身都是疥疮,不住地搔痒。他叫他妻子拿出茶来,他妻子答应着,把一个茶瓶递到他手里。她是那样的和颜悦色,我对她又是敬重,又是惋惜。

桃　花①

　　桃花一种村落篱墙畦圃处为多,探之者必策蹇郊行始得其趣②。笠翁之论妙矣③,余无以易之而意与之别。彼之所重在真,吾之所重在远,桃红柳绿,正妙在远望处入画也。

　　① 选自清秦书田《曝背余谈》。题目为译者所加。秦书田:据周作人在《曝背余谈》一文中说:"从估客书包中得到一册笔记抄本,书名《曝背余谈》,凡二卷五十纸,题恒山属邑天慵生著。卷首有归愚斋主人鲍化鹏序,后有东垣王荣武跋,说明著者为藁城秦书田,余均不可详。"　　② 策蹇(jiǎn):赶马。蹇,跛,行动迟缓。策蹇,表示要缓缓而行。　　③ 笠翁:李渔,字笠翁,浙江兰溪人。著有《闲情偶寄》,卷五《桃》云:"此种不得于名园,不得于胜地,惟乡村篱落之间,牧童樵叟所居之地,能富有之。欲看桃花者,必策蹇郊行,听其所至,如武陵人之偶入桃源,始能复有其乐。"

【译文】
　　桃花这种花是以出现在村庄的篱边、园中居多数。人一定得骑着马缓步到郊外去才能领略到它的情趣,笠翁的议论妙极了,我没法反对他,只是意思跟他说的稍有不同。他看重的是真切,我看重的是淡远。因为桃红柳绿的妙处只有在远望中才能够欣赏到。

游庐山记①

一

　　晴凉,天籁又作②。此山不闻风声日盖少,泉声则雨雾便止,不易得,昼间蝉声松声,远林际画眉声,朝暮则老僧梵呗声和吾书声③,比来静夜风止,则惟闻蟋蟀声耳。

① 选自清舒白香《游山日记》。题目为译者所加。舒白香:清江西靖安人,靖安舒氏,世为江右巨族,白香父守中,由进士出守。其兄霭亭亦仕至监司,白香则布衣未仕,尝为怡恭亲王客,与词学名人乐莲裳(钧)相友善,结有莲根诗社。著作除《游山日记》外,以《白香词谱》最知名于世。 ② 天籁:自然界的音响。 ③ 梵呗:佛教作法事时的赞叹歌咏之声。

【译文】

天晴凉爽,听到野外的各种响声。庐山听不到风声的日子很少,泉声雨一停就没了,不容易听到;白天有蝉声和松声,远处树林中有画眉声,朝晚有老和尚的念经声和我的读书声,近来一到夜晚风也停止,只有蟋蟀声而已。

二

朝晴暖。暮云满室,作焦面气,以巨爆击之不散,爆烟与云异,不相混也。云过密则反无雨,令人坐混沌之中①,一物不见。合扉而云之人者不复出,不合扉则云之出者旋复入,口鼻之内无非云者。窥书不见,因昏昏欲睡,吾今日可谓云醉。

① 混沌:天地未开辟以前的元气状态。

【译文】

早晨,天气晴朗又暖和。到傍晚时云进了屋子,散发出一种面烤焦的气息,拿爆竹来赶它也赶不走,爆竹的烟与云不相同,所以没法混在一起。云过分稠密反而不会下雨,令人有身处混沌的感觉;一点都看不到周边的东西。关上门,进来的云就出不去,不关门,即使出去的云又跑了回来,嘴巴里鼻子里除了云没有别的。读书看不见字,因此只好处在昏昏欲睡当中,我今天真可谓是被云所醉了。

断　桥①

时值长夏,起极早,出钱塘门②,过昭庆寺,上断桥③,坐石阑上。旭日将升,朝霞映于柳外,尽态极妍④。白莲香里,清风徐来,令人心骨皆清。

① 选自清沈复《浮生六记》。题目为译者所加。沈复:字三白,清苏州人。能画。娶妻陈芸,夫妇颇相爱,以不得于翁姑,几至离异。芸因郁郁而终。与石韫玉为总角交。韫玉为四川重庆知府,复从之至任。复游幕四方,故足迹几遍天下。著有《浮生六记》六卷。今后两卷已佚,仅存前四卷。
② 钱塘门:为旧杭州西城门之一。　　③ 断桥:桥名。　　④ 尽态极妍:使仪态极尽其美艳。

【译文】

时间正当六月夏天,我起床很早,出了钱塘门,经过昭庆寺,登上断桥,坐在石栏上。太阳刚刚升起,朝晨的霞光映在柳树上面,美丽极了。芬芳的白莲花,经轻风慢慢吹来,教人浑身都感到舒服。

过　富　阳①

蒋苕生太史《空谷香》传奇②,鲁学连《移官》出内《桂花新》一支云:

山平水远出桐江，
柔橹声中过富阳。
塔影认钱塘，
何处是故人门巷？

叙自严州至省城，光景历历如在目前。余久羁岭表，梦绕家山，一再诵之，悠然神往矣。

① 选自清梁绍壬《两般秋雨庵随笔》。题目为译者所加。梁绍壬：字晋竹，号应来，浙江钱塘人。生于清高宗乾隆五十七年，卒年不详。道光举人。与赵庆熺友善。官内阁中书。绍壬工诗，著有《两般秋雨庵随笔》及诗集等。

② 蒋苕生：蒋士铨，清铅山人，字心余，一字苕生。乾隆二十二年进士，官编修。诗文负盛名，与同时袁枚、赵翼并称。兼工南北曲，有《藏园九种曲》。《空谷香》为九种曲之一。

【译文】

蒋士铨太史著《空谷香》戏剧，在鲁学连《移官》一出里有《桂花新》一支说：（略）叙述从建德到杭州，风景清清楚楚，好像就在眼面前。我长久羁留在广东，做梦老想着家乡，一遍遍读着它，不知不觉就像回到了那里似的。

抵 老 鹳 嘴①

初六日晴，好风吹帆，百二十里。帅舟峨峨②，胶于浅沙，百夫推挽，江潮上迎，天人交助仅而得达。抵老鹳嘴③，日暮遂泊。侧有木筏，修广盈亩，茅茨鳞比，俨如江村,试登其上,匠方锯材,邪许之声④,与波相答。

① 选自清王笈甫《游蜀纪程》。题目为译者所加。王笈甫:即鸿朗,清浙江海宁人。生年不详,卒于光绪庚辰(1880),享年五十余。书记同治八年七月随李鸿章入川的事。　② 峨峨:指仪容端庄盛美。　③ 老鹳嘴:水名。即老鹳河。在今南京市东北黄天荡南,也叫老鹳嘴。后又称新河。已淤塞。　④ 邪许:劳动时众人一起发出的呼声。许,音 hǔ。

【译文】

初六日天气晴朗,一帆风顺,走了一百二十里。官船仪容端庄,遇到浅沙,就得有上百人推拉,幸亏潮水帮忙,天与人一起努力才顺利通过。到老鹳嘴时,天色已晚,就在那里停泊过夜。旁边有一片木筏,大得就像一个田畈,上面盖着一间间的茅屋,极像江边的一个村庄,我登上木筏,工人们正在锯木料,高亢的劳动号子,与江面上的波浪声彼此应答。

游庞公池①

十三日,丁卯。傍晚,偕彦侨、瘦生近步至庞公池,寻仓帝祠及诗巢故址②,劫火余烬,垣础近存③,池外菜花满弓④,春水泛溢,蛙声阁阁,气候忽殊,不胜过驹之感⑤。月出树梢而归。

① 选自清李慈铭《越缦堂日记》。题目为译者所加。李慈铭:字炁伯,号莼客,越缦为其室名。浙江绍兴人。光绪六年进士。累官山西道监察御史,不避权要。中、日事起,败讯至,感愤扼腕,卒于官。慈铭精思闳览,最致力于史,诗文尤负重名。著作甚富,已刻者有《白华绛柎阁诗初集》、《越缦堂日记》等。庞公池:地名。在府城绍兴的西南方,其东便是府山。　② 仓帝祠:清徐承烈《听雨轩余纪》云:"绍兴府城中卧龙山(俗称府山),后有仓颉祠,中祠仓颉,而越中名士,如贺知章、陆放翁辈,咸肖像从祀。"　③ 近存:犹仅

存。 ④ 满弓:犹满地。 ⑤ 过驹:即"白驹过隙"。比喻光阴迅速。
《庄子·知北游》:"人生天地之间,若白驹之过郤,忽然而已。"郤,空隙,间隙。

【译文】

　　十三日,为丁卯。傍晚,我与彦侨、瘦生散步来到附近的庞公池,找寻仓颉祠和诗巢的旧址,战火之后,只剩了断壁残基。池塘外遍地都是油菜花,蛙声阁阁,气候忽然大变了样,深深感到时间过得真快。直玩到月上树梢才回来。

秋 山 红 叶①

　　十一月十五日,坐舟至瓦窑岭,偕雪瓯、平子二子登岸,行十余里,溯昌安门②,一路看会稽山③,恨若有速其步者。过一村庵,坐水槛上看枫,尤有意致;立危桥上四望,陶山在夕阳中,一髻嫣然,紫翠缕起,更远更红,非画工所能仿佛也。入城,闻戒珠寺钟矣④。

　　① 选自清李慈铭《萝庵游赏小志》。题目为译者所加。 ② 昌安门:在府城绍兴的东北边,有水旱两座城门。其西有土家山。 ③ 会稽山:在浙江绍兴县东南。相传禹会诸侯江南计功,故名。 ④ 戒珠寺:在今浙江绍兴县东北蕺山,相传为晋王羲之的故宅。羲之舍为寺。

【译文】

　　十一月十五日,坐船到瓦窑岭,跟我一起上岸的是雪瓯、平子两个儿子,步行十多里,出了昌安门,一路上只被会稽山的山色所吸引,只可惜自己走得太快,还没有看够而已。经过一座村庵,坐在临水的栏杆旁看枫叶,觉得特别有兴趣;再跑上石桥顶上向四周眺望,陶山在落日的照射下,仿佛一个美丽的发髻,闪耀着一缕缕绚烂的光芒,更远处就更红,不是画家所能画得出的。回到城里,听到戒珠寺的钟声也响了。

柏　树①

陆子渊《豫章录》言②,饶、信间柏树冬初落叶,结子放蜡③,每颗作十字裂,一丛有数颗,望之若梅花初绽,枝柯诘曲,多在野水乱石间,远近成林,真可作画。此与柿树俱称美荫,园圃植之最宜。

① 选自明冯可时《蓬窗杂录》。题目为译者所加。冯可时:字元成,号文所,松江华亭人。隆庆五年进士。　② 陆子渊:陆深,明上海人,初名荣,字子渊,号俨山。弘治进士,嘉靖中为太常卿,兼侍读。工书,赏鉴博雅,为词臣冠。著作有《俨山纂录》、《河汾燕闲录》、《玉堂漫笔》等。　③ 蜡:动物或植物分泌的脂质。

【译文】

据陆深《豫章录》说,上饶、信阳一带的柏树,到初冬时叶子脱落,结子后放出如白色的蜡,每颗成十字状开裂,一丛数颗,望过去极像梅花刚刚开花,枝条弯曲,大多在水边乱石之间,远远近近成堆成簇,真可以作画。它与柿树都称美荫,园圃中种植最为适宜。

省闱日纪①

十七日戊午②,平明出万绿山庄,万枝凫柳,烟雨迷离,舟中遥望板屋土墙,幽邃可爱。舟人挽纤行急,误窜入罾网中,遂至勃豀③,登岸相劝,几为乡人所窘,偿以百钱,始悻悻散。行百余里,滩险日暮,不敢发,约去港口数里泊。江潮大来，荻芦如雪，肃肃与风相搏。推窗看月，是夕正望，宛如紫金盘自水中涌出。水势益长，澎湃有声，与君绣、侣梅纵谈，闻金山蒲牢声④，知漏下矣，覆絮衾而眠。

① 选自清顾禄《省闱日纪》。题目为译者所加。顾铁卿：名禄，吴附生。恃才华，纵情声色，娶妾居山塘之抱绿渔庄。刻《清嘉录》、《桐桥倚棹录》。外洋日本国重锓其版，称为才子。　② 十七日：道光壬年(1822)八月十七日。　③ 勃豀：争斗。　④ 蒲牢声：钟声。蒲牢，兽名。《文献》汉班孟坚(固)《东都赋》"于是发鲸鱼，铿华钟"，唐李善《注》："(三国)薛综《西京赋》《注》曰：海中有大鱼曰鲸，海边又有兽曰蒲牢，蒲牢素畏鲸，鲸鱼击蒲牢，辄大鸣。凡钟欲击声大者，故作蒲牢于上，所以撞之者为鲸鱼。"后因以蒲牢为钟的别名。

【译文】

道光壬午(1822)八月十七日，天刚亮离开万绿山庄，上万棵光秃秃的杨柳，烟雨濛濛，从船中望去，板屋土墙，幽远可爱。船老大背着纤急急赶路，不小心闯进了鱼网，就引来一场争吵。我上岸去劝解，险些儿被乡人所窘迫，赔了上百枚钱，才怒气冲冲地走散。赶了一百多里路，滩很险，时近傍晚，不敢再前进，就在离港口数里处停泊。江潮猛涨，芦花似雪，只听到一片瑟瑟的风声。推开船窗看月亮，这一天正好是十五，月亮像一个紫金盘似的从水中涌上来。水势更猛，发出澎湃的响声，与君绣、侣梅畅谈，听到金山寺里的钟声响了，才知道夜已经很深，于是就盖上棉被睡觉。

九溪十八涧①

次到九溪十八涧，地在两山之中，长可六七里，山水降积为溪涧，人在细流碎石中行，山树野花，莫不各怀幽趣，又正值采茶时节，每有小姑老叟，携篮工作，怡然有世外桃源之乐,而杜鹃方盛开,时见绝壁之上,嫣红一簇,于苍古中参以鲜媚,诚绝妙天然图画也。余与川岛均下轿步行②,汝母亦欲一试③,经轿夫告以石上行走危险而止。余语川岛,游杭州不游此地,是未游杭州也。

① 选自刘半农《半农家书》(《人间世》小品文半月刊第十七期)。题目为译者所加。刘半农:现代诗人、学者,江苏江阴人。　② 川岛:即章廷谦,作家,教授。浙江绍兴人。其时在"浙大"任教。　③ 汝:指女儿小惠。

【译文】

　　再到九溪十八涧,地处两山之间,长约六七里,山水下注汇成溪流,人在细流碎石中间行走,看看绿树红花,没有不给人以浓厚兴趣的;又正当采茶时节,常有姑娘老人提着篮子在工作,看他们悠然自得的模样,就像来到了世外桃源一般,而且映山红正开得旺相,时不时地出现在悬崖绝壁之上,鲜红的一簇,在苍翠古朴之中呈现出鲜艳美丽的景象,真的是一幅绝妙的天然图画呢。我与川岛都下了轿子步行,你母亲也想试一试,后来经轿夫劝告以为在石头上行走非常危险才罢休。我对川岛说:"游杭州不游这里,就等于未游杭州呀。"

谈 吃

大 巢 小 巢①

蜀蔬有两巢,大巢豌豆之不实者,小巢生稻畦中,东坡所谓元修菜是也②。吴中绝多,名漂摇草,一名野蚕豆,但人不知取食耳。予小舟过梅市得之③,始以作羹,风味宛然在醴泉、蟆颐时也④。

① 选自宋陆游《巢菜并序》。题目为译者所加。　② 元修菜:宋苏轼《东坡集》前集十三《元修菜诗叙》:"菜之美者,有吾乡之巢,故人巢元修嗜之,余亦嗜之。元修云:'使孔北海见,当复云吾家菜耶?'因谓之元修菜。"
③ 梅市:绍兴地名。　④ 醴泉蟆颐:醴泉,县名。属陕西省。蟆颐,山名。在今四川眉山县东。

【译文】
四川的蔬菜中有二巢,大巢是未曾饱绽的豌豆,小巢长在稻田中,东坡所说的巢菜就是。江浙一带地方很多,名叫漂摇草,另一个名称叫野蚕豆,只是人不知道采食罢了。我坐小船经过梅市时看到,就采来当菜吃,光景很像是在醴泉、蟆颐间的样子。

烂·热·少①

食无精粝,饥皆适口②。故善处贫者,有"晚餐当肉"之语。煇家与宗室通婚姻,常赴其招。家家类留意庖馔,非特调茞应律令③,且三字"烂、热、少"。烂则易于咀嚼,热则不失香味,少则俾不属餍而饫后品④。

① 选自宋周煇《清波杂志》。题目为译者所加。 ② 适口:适合口味。
③ 茈:蔬菜。 ④ 餍:饱。

【译文】

食品无论精细粗糙,饥饿时吃都会觉得可口。所以会过穷日子的人,就有"晚餐当肉"的话。我家与王族有婚姻关系,时常参加他们邀请的宴会,每家大抵都留心做菜,不但蔬菜有一定的烹调法,而且做到"烂、热、少"三个字。烂就容易咀嚼,热就保持香味,少就不会因餍饱而食欲不振。

拚死吃河豚①

河豚腹胀而斑,状甚丑,腹中有白曰讷,有肝曰脂。讷最甘肥,吴人甚珍之,目为西施乳,东坡云"腹腴"者是也。东坡在资善堂尝与人谈河鲀之美,云:"也值一死。"其美可知。其间子最毒,能杀人,次即眼与血;在年前后,土人忌之,须水至、荻芽出时,江东方有之②。梅圣俞诗云:

> 春洲生荻芽,春岸飞杨花。
> 河鲀于此时,贵不数鱼虾③。

是也。

① 选自宋赵彦卫《云麓漫抄》。题目为译者所加。河豚,又作"河鲀"。鱼名。赵彦卫:字景安,里居及生卒年均不详,约宋宁宗庆元初前后在世。绍熙间,宰乌程县,有治名,又通判徽州,官新安郡守。著作有《云麓漫抄》。
② 江东:自汉至隋、唐称自安徽芜湖以下的长江下游南岸地区为江东。
③ 贵不数鱼虾:谓名贵超过鱼虾。

【译文】

河豚大腹便便，又有斑点，形状很丑，腹中有白叫讷，有肝叫脂。讷最肥糯，江东人很看重它，称为西施乳，东坡所说的"腹腴"就是。东坡在资善堂曾经与人谈到河鲀的滋味，说："也值一死。"它的美味可想而知。其中子最毒，能够杀人，其次就是眼与血；在春节前后，当地人不敢吃它，必须等到春水高涨、芦荻发芽的时候，市场上才有出售。梅圣俞诗云：(略)就是这个意思。

杨　梅①

方杨梅盛出时，好事者多以小舫往游，因置酒舟中，高饤杨梅②，与樽罍相间③，足为奇观。妇女以簪髻上，丹实绿叶繁丽可爱。又以雀眼竹笪盛贮为遗④，道路相望不绝。识者以为唐人所称荔支筐⑤，不过如此。

① 选自《嘉秦会稽志》。题目为译者所加。　② 饤：堆垒蔬果于盘，一般供陈设。　③ 樽罍：盛酒器。　④ 雀眼竹笪(jǔ)：一种网眼似雀眼的圆形竹笪。　⑤ 荔支筐：杨贵妃嗜荔枝，令飞骑传送，走数千里，味色不变。杜牧《华清宫》诗云："片段荔枝筐。"即指此事。

【译文】

每当杨梅打旺时，有兴趣的人大多坐着小船前去游览，在船里准备了酒，盘子里堆积着杨梅，与酒杯酒壶放在一起，也是平常少见的场面。女人拿杨梅插在发髻上，红果绿叶美丽可爱。又用雀眼竹笪装了作为赠品，一路上来往不绝。熟悉历史的人认为唐代人所称赞的荔枝筐，盛况也不过如此。

小　青　菱①

两角而弯者为菱，四角而芒者为芰。吾地小青菱，被水而生,味甘美,熟之可代餐饭。其花鲜白幽香,与萍、蓼同时,正所谓芰也。春秋时,吾地入楚,屈到所嗜②,其即此耶?此物东不至魏塘③,西不逾陡门,南不及半路,北不过平望,周遭止百里内耳。

① 选自明李日华《紫桃轩杂缀》。题目为译者所加。李日华:字君实,号竹懒,又号九疑,明嘉兴人。工书画,精鉴赏,世称"博物君子"。著作甚多,主要有《恬至堂集》《紫桃轩杂缀》等。 ② 屈到:春秋楚荡之子。康王时为莫敖,嗜菱,有疾,召宗老嘱之曰:"祭我必以菱。"及祥(丧祭名)而祭用菱。子建命去之,曰:"夫子不以私欲干国之典。"遂不用。 ③ 魏塘:地名。下边陡门、半路、平望同。

【译文】

　　两只角弯弯的是菱,四只角有刺的是芰。我们那里的小青菱,铺在水面上生长,滋味甜美,煮熟了可以当饭吃。它的花洁白清香,与绿萍红蓼生在一起,这就是所说的芰呀。春秋时期,我们那里属于楚国,屈到所喜欢吃的,是不是就是这东西呢?小青菱的产地东边不到魏塘,西边不超过陡门,南边不涉及半路,北边不越过平望,四周只有一百来里路的范围罢了。

安　蔬①

　　东坡云:"吾借王参军地种菜,不及半亩,而吾与子过终年饱菜。夜半饮醉,无以解酒,辄撷菜煮之,味含土膏气,饱霜露,虽粱肉不能及也②。人生须底物,而乃更贪耶?乃作四句:

　　　　秋来霜露满东园,芦菔生儿芥有孙。
　　　　我与何曾同一饱,不知何苦食鸡豚?

余故题其庐曰"安蔬"。

① 选自明陈继儒《岩栖幽事》。题目为译者所加。　② 粱肉:谓美食佳肴。　③ 何曾:晋夔子。字颖孝,好学博问,与同郡袁侃齐名。性豪奢,日食万钱,犹曰:"无下箸处。"以附贾充,为正直所非。卒谥元。

【译文】

东坡说:"我借王参军的一块地种菜,不到半亩,而我与儿子过就有整年吃不完的菜。夜里喝醉了酒,没别的醒酒物,就摘了菜来煮食,充满土膏露气,就是山珍海味也难以相比。人生需要多少物事,要那样的贪得无厌? 于是就写了四句诗(略)。我因此就把我的屋子题名为"安蔬"。

虎　跑　泉①

赤山埠往南三、四里走林壑中,大率苍篠寒翳②,上一岭而得定慧寺,坐大慈山如交椅然。门榜"万象森罗"。杉、桧皆数百年物。入看虎跑泉,言南岳分至③,泉甘而冽,载到城,担可百钱,汲不停手。予以罗岕试之④,僧以龙井和之,一时逸气冷然。此子瞻题诗后一乐也⑤。

① 选自明王思任《游杭州诸胜记》。题目为译者所加。　② 篠:大竹。③ 南岳分至:田汝成《西湖游览志》云:"唐元和十四年,性空大师来游兹山,乐其灵气郁盘,栖禅其中。寻以无水,将他之,忽神人跪而告曰:'自师之来,我等邀惠者甚大,奈何弃去? 南岳童子旋当遣二虎来移,师无忧也。'翌日,果见二虎,跑出山泉,甘冽异常,大师因留,建立伽蓝。"　④ 罗岕:茶名。产于浙江长兴县境。因在宜兴罗解二山之间故名。又因种者姓罗,故也称罗岕。岕,两山之间。　⑤ 东坡诗:东坡写虎跑泉的诗有好几首,如云:"紫李黄瓜村路香,乌纱白葛道衣凉。闭门野寺松阴转,倚枕风轩客梦长。因病得闲殊不恶,安心是药更无方。道人不惜阶前水,借与匏尊自在尝。"

【译文】

从赤山埠往南走三、四里路,穿过一片山林与涧谷,大多数是粗大苍翠的竹子,上了一个山岭就找到定慧寺,寺坐落在像一把交椅似的大慈山中。寺门上写着"万象森罗"四个字。杉树和桧树都是几百年前的旧物。进去看了虎跑泉,这泉据说是从南岳衡山搬来,泉水又清又甜,运到城里,每担可以卖上百个铜钱,所以总有人不停地在舀取。我拿芥茶泡了来喝,和尚泡了龙井茶和我比试,一时间感到清闲脱俗之极。这是从东坡题诗以来少有的快乐啊!

食 橘①

橘之品,出衢、福二地者上,衢以味胜,福以色香胜。衢味与口相习,所谓"温温恭人②",亲之忘倦者也。福产小露尊重③,如远方贵客,结驷联骑④,令人迎承不暇。洞庭有张樵海者⑤,尝贶予甪柑四颗⑥,甘脆异常,然是一丘一壑之秀,物外逍遥者耳⑦。世长怀福橘相遗⑧,剖而甘之,书此。

① 选自明张大复《梅花草堂笔谈》。张大复:字元长,昆山(今江苏昆山县)人。以著述为生,是归有光后一大家。晚年目盲,犹笔不停辍。与陈眉公、汤若士等相友善。著作甚富,最为人称道的,有《梅花草堂集》《梅花草堂笔谈》《昆山人物志》等。所作笔记,多谈生活琐事,文笔亦清丽可诵,风格大抵与陈继儒差不多。 ② 温温:柔和貌。 ③ 小露尊重:尊重即高贵、显要。小露尊重,即偶尔会遇到一些好橘子,如远方贵客。 ④ 结驷连骑:车马接连不断,形容喧闹显赫。 ⑤ 洞庭:山名。在江苏省太湖中。⑥ 甪(lù):即甪里,在太湖中洞庭山西南禄里村。 ⑦ 物外:指世外,超然于世事之外。 ⑧ 世长:疑为人名。

【译文】

橘子这种水果,以衢州、福州生产的为上品。衢橘凭它的滋味超过别的,而福橘却是凭它的颜色和香气。衢橘的滋味适口,正像《诗经》里说的"温温恭人",长时间接近也不会感到厌倦。福州产的橘子偶尔会遇到一些好的,好像远方的贵宾,车马接连不断而来,令人应接不暇。洞庭山有个张樵海的,曾经送我用里出产的柑子四颗。这种柑子鲜甜脆嫩不同一般,然而这是某个山野小地方的特产,像个逍遥世外的人而已。世长带着福橘来送给我,我剖了吃觉得很甜,所以写下了这些话。

海 鲜①

茭塘之地濒海,凡朝虚夕市②,贩夫贩妇,各以其所捕海鲜连筐而至。畊家之所有③,则以钱易之;蛋人之所有④,则以米易。予家近市亭⑤,颇得厌饫⑥。尝为渔者歌云:

> 船公上樯望鱼,船姥下水牵网,
> 满篮白饭黄花(皆鱼名),换酒洲边相饷。

又云:

> 鳝多乌耳,蟹尽黄膏,
> 香粳换取,下尔春醪⑦。

---

① 选自明屈大均《广东新语》。题目为译者所加。　② 虚:即虚市,农村集市。　③ 畊(méng):田民,农民。同"氓"。　④ 蛋:古作"蜑"。南方的少数民族。　⑤ 市亭:市中如亭的建筑物。　⑥ 厌(yàn)饫:饮食饱足。同"餍沃"。　⑦ 春醪(láo):酒名。

【译文】

　　茭塘地处海边，每逢早晚集市，渔夫渔妇都将他们捕获的海产品一筐接一筐地运来，农民用钱购买，蛋民用米交换。我家邻近闹市区，所以能够大量吃到这些海鲜。我曾经为渔民做过几首歌（略）。又说（略）。

破　塘　笋①

　　天镜园浴凫堂，高槐深竹，樾暗千层，坐对兰荡，一泓漾之。水木明瑟，鱼鸟藻荇类若乘空。余读书其中，扑面临头，受用一绿。幽窗开卷，字俱碧鲜。每岁春老，破塘笋必道此轻舠飞出②，牙人择顶大笋一株掷水面③，呼园人曰："捞笋！"鼓枻飞去④。园丁划小舟拾之，形如象牙，白如雪，嫩如花藕⑤，甜如蔗霜⑥，煮食之，无可名言，但有惭愧⑦。

　　① 选自明张岱《陶庵梦忆》。题目为译者所加。　② 破塘笋：破塘，山阴地名。其地产毛笋，称"破塘笋"，为山阴九大名物之一。见张岱《方物》。舠（dāo）：刀形小船。　③ 牙人：代人销售货物的，叫牙人。　④ 枻（yì）：楫，短桨。　⑤ 花藕：又称"花下藕"。嫩藕。　⑥ 蔗霜：白糖，也称糖霜。　⑦ 惭愧：即觉得幸运，又感到不好意思。因为是"白吃"了一样东西。

【译文】

　　天镜园的浴凫堂，有高大的槐树，茂密的竹子，林荫重重，面对着兰荡闲坐，只见微波荡漾，水清木秀，游鱼飞鸟，还有那水中的蕴藻，都像是浮在空中一般。我在堂中读书，绿色满头满脑地向我扑来，在幽静的窗边打开书本，好像每个字都是碧绿新鲜的。每年到了春暮，载着破塘笋的小船必定从这里飞快驶过，商人挑选最大的一株抛在水上，并向园丁叫道："捞笋！"摇着桨飞一般的去了。园丁划着小船把笋拾起来。这笋仿佛象牙,白得像雪,嫩得像花下藕,甜得像白糖。把笋煮熟了吃,说不尽的鲜美。只是觉得心里很有点过意不去。

河 蟹[①]

食品不加盐醋而五味全者,为蚶,为河蟹。河蟹至十月与稻粱俱肥,壳如盘大,坟起,而紫螯巨如拳,小脚肉出,油油如蚰蜒。掀其壳,膏腻堆积如玉脂珀屑,团结不散,甘腴虽八珍不及[②]。

① 选自明张岱《陶庵梦忆》。题目为译者所加。　　② 八珍:据陶宗仪《辍耕录》说,即醍醐、麷沆、野驼蹄、鹿唇、驼乳麋、天鹅炙、紫玉浆与玄玉浆。玄玉浆即马奶子。后来用以泛指珍贵的食品。

【译文】

食品不加食盐米醋,而甜酸苦辣咸五味齐全的,就是蚶子,就是河蟹。河蟹到十月里与稻谷一同成熟,它的壳大得像只盘子,凸凸起像炉唇;紫色的螯像拳头那么大。把小脚里的肉剥出来,油光光地有如蚰蜒;掀开蟹壳,里面膏腻堆积,好像白玉脂肪,又好像琥珀的碎末,粘结成团不会散开,滋味鲜美,即使是山珍海味也休想与它相比。

萧 山 方 柿[①]

萧山方柿,皮绿者不佳,皮红而肉糜烂者不佳,必树头红而坚脆如藕者,方称绝品。然间遇之,不多得。余向言西瓜生于六月,享尽天福,秋白梨生于秋,方柿、绿柿生于冬,未免失候。丙戌[②],余避兵西白山,鹿苑寺前后有夏方柿十数株③。六月歊暑④，柿大如瓜，生脆如咀冰嚼雪，目为之明；但无法制之，则涩勒不可入口。土人以桑叶煎汤，候冷，加盐少许，入甕内，浸柿没其颈，隔二宿取食，鲜磊异常。余食萧山柿多涩，请赠以此法。

① 选自明张岱《陶庵梦忆》。　　② 丙戌：清顺治三年。即公元 1646 年。　　③ 鹿苑寺：在嵊县境内。《诸暨县志》："嵊之西白山，亦称小白山……石笋长五六丈，对立如阙，瀑泉怒飞，悬下三十丈，称瀑布岭，亦曰瀑布山。"　　④ 歊（xiāo）暑：炽热。

【译文】

　　萧山方柿，皮色绿的不好，皮色红的、肉糜烂的不好，一定要在树上养红而且松脆像藕的才算顶刮刮的上等货。但是这种佳果只有偶尔才遇到，不可能多得。我从前说西瓜生在六月，天帮忙让它走了运；秋白梨生在秋天，方柿、绿柿生在冬天，不免误了季节。丙戌那年，我躲避兵灾住在西白山，鹿苑寺前后有方柿树十多株，六月里天气炽热，柿大得像瓜，松脆就像咀嚼冰雪，眼睛都因此明亮了不少。但如果没有好的制法，它就涩得连嘴都不能进。当地人拿桑叶煎汤，等冷却后加进少量食盐，装在甕里把柿子浸没在里面，隔两夜拿出来吃，便觉得特别鲜美可口。我吃萧山的柿子多数有涩味，如今就拿这种方法送给他们。

燕　　窝①

　　燕窝菜竟不别是何物？漳海边已有之，盖海燕所筑，衔之飞渡海中，翮力倦则掷置海面，浮之若杯，身坐其中，久之复衔以飞，多为海风吹泊山澳，海人得之以货，大奇大奇。右见《瓦釜漫记》②。余在漳南询之海上人，皆云燕衔小鱼，粘之于石，久而成窝。据前言，则当名为燕舟，据

海上人言,亦可名为燕室矣。有乌、白、红三色,乌色品最
下,红色最难得,白色能愈痰疾;红色有益小儿痘疹③。南
人但呼曰燕窝,北人加以菜字。

　　① 选自清周亮工《闽小记》。　　②《瓦釜漫记》:书名。作者待查。
　　③ 痘疹:病名。俗谓天花,亦称痘疮或天疮。

【译文】

　　燕窝菜到底弄不清是什么东西?漳州海边已经有这种物事。
大概是海燕所建筑,衔着它飞过大海,两翅无力就丢向海面,浮着
像一只杯子,身子坐在那里面,好
久又衔着它飞去,大多被海风吹到
山边水岸,渔民们拾了它卖钱,大
是奇货可居。上面说的可以参看
《瓦釜漫记》。我在漳南问那些渔
民,都说是海燕衔了小鱼,粘在岩
石上,久而久之成为燕窝。根据前
面说的,就应当把它叫作燕舟,根
据渔人们说的,也可以叫作燕屋
了。燕窝有黑、白、红三种颜色。
黑色的品种最差,红色的最难得,
白色的能够医治气管炎;红色的对
小孩的天花有益。南方人只称为
燕窝,北方人就在上头加一个菜字。

白 熟 杨 梅①

　　予在闽食荔支,值五月将晦,以急归不得待,连日购
食,终不惬意。土人谓候早故味劣,又谓远佳故近恶。予

不谓然。夫时近夏仲不为先候,犹是外府所致,壳红肪白,如卵如晶,衣掀肌见,爪到液流之际,不为失稔^②,而吞纳一过,津涩气腥,大不如人言所云,则直谓之曰不大佳可耳。时同食者诸暨士遴,予门杨卧,皆谓予言然,各纪以诗。张杉尝云:"白杨梅味佳于荔支。"予未食荔支时,尝问杉其味。杉曰:"子第食杨梅差似。但比白杨梅小减耳。"予谓宁食杨梅,勿食荔支。杨梅出予邑,最佳。唐郑公虔云^③:"越州宵山有白熟杨梅。"宵山者,萧山之误。

① 选自清毛奇龄《西河诗词话》。题目为译者所加。　　② 失稔:尚未成熟。　　③ 郑虔:唐荥阳人。字弱斋。工书画。以私撰国史,坐谪十年。后免死,贬台州司户参军。

【译文】

　　我在福建吃荔支,正当五月将尽,因为急于要回家,每天买了来吃,却始终不感到满意。当地人说时候还早所以滋味不好,又说远地方的味美,近地方的味劣。我以为都不是理由。现在已是仲夏时间不算早,而且还是从外地运来,红的壳白的肉,像剥壳的鸡蛋,将衣剥掉,露出白肉,同时流出汁水来,所以也不能说还未成熟。但是吃上几粒,口感既涩又腥气,一点不像人所说的滋味好,简直可以说是很不好。当时一起吃的一个是诸暨人士遴,一个是我的学生杨卧,都说我说的不错,各人还写了首诗。张杉曾经说:"白杨梅的滋味超过荔支。"我未吃到荔支时,曾经问张杉是什么滋味。杉说:"你只要吃杨梅就可以知道是什么滋味。不过比白杨梅稍微差一点。"我说我宁可吃杨梅,也不吃荔支。杨梅出在我们萧山的最好。唐代的郑虔说:"越州宵山有白熟杨梅。"所谓宵山,就是萧山的误写。

先天须知^①

　　凡物各有先天,如人各有资禀。人性下愚,虽孔、孟教之,无益也。物性不良,虽易牙烹之^②,亦无味也。指其大略:猪宜皮薄,不可腥臊;鸡宜骟嫩^③,不可老、稚;鲫鱼以扁身白肚为佳,乌背者必崛强于盘中^④;鳗鱼以湖、溪游泳为贵,江生者槎枒其骨节^⑤;谷喂之鸭,其膘肥而白色;壅土之笋,其节少而甘鲜;同一火腿也,而好丑判若天渊;同一台鲞也,而美恶分为冰炭。其他杂物,可以类推。大抵一席佳肴,司厨之功居其六,买办之功居其四。

① 选自清袁枚《随园食单》。袁枚:字子才,号简斋,又号随园老人,浙江仁和(一作钱塘)人。幼有异秉,年十二为县学生。后至广西,省叔父于巡抚金铼幕中,金铼一见异之,乾隆元年,铼荐应"博学鸿词"科,报罢。三年,举顺天乡试。四年,成进士,改翰林院庶吉士,掌院学士史贻直颇奇其才。出知溧水、江浦、沭阳、江宁等县,并著能声。年甫四十,即告归。卜筑随园于南京之小仓山,以书籍诗文为事。著有《小仓山房诗文集》、《随园诗话》、《随园随笔》等。 ② 易牙:又名狄牙。春秋时齐桓公的近臣,以善烹调闻名。
③ 骟(shàn)嫩:阉过的鸡肉质肥嫩。新母鸡和童子鸡肉质也嫩。骟,阉割牲畜。 ④ 崛强:同"倔强"。固执,执拗。 ⑤ 槎枒:同"杈丫"。指骨多而硬。

【译文】
　　一切物品,都各有不同的特性,正如人的聪明才智各受先天的秉赋一样。一个资质愚笨的人,即使孔子、孟子去教诲他,也是无济于事的。原料很差的食品,虽经过易牙烹制,吃起来还是无味。举些例子来说:猪肉以皮薄的为好,有腥臊气的不可用。鸡要选肥嫩的阉过的,太老太小的不用。鲤鱼、鲫鱼以扁身白肚的为好;乌背的鲫鱼,背脊骨粗,盛在碗里,形状僵硬难看。生长在湖泊和溪流中的鳗鱼最好;长江里的鳗鱼,背脊骨像丫杈,又粗又多。用谷物养的鸭子,膘肥色白。沃土中生长的鞭笋,节少而味甘美。同是火腿,美丑有着天渊之别。同是出产台州的白鲞,好坏也不能相比。由此可以类推。大体上说,一席佳肴,厨师的功劳占六分,采购员的功劳占四分。

作料须知①

　　厨者之作料，如妇人之衣服、首饰也。虽有天姿，虽善涂抹，而敝衣蓝缕，西子亦难以为容②。善烹调者，酱用伏酱③，先尝甘否；油用香油④，须审生熟；酒用酒娘，应去糟粕；醋用米醋，须求清冽。且酱有清浓之分，油有荤素之别，酒有酸甜之异，醋有新陈之殊，不可丝毫错误。其他葱、椒、姜、桂、糖、盐，虽用之不多，而俱宜选择上品。苏州店卖秋油⑤，有上、中、下三等。镇江醋颜色虽佳，味不甚酸，失醋之本旨矣。以板浦醋为第一⑥，浦口醋次之⑦。

　　① 选自清袁枚《随园食单》。　　② 西子：即古代越国美女西施。③ 伏酱：三伏天晒制的酱，有麦酱、豆板酱，等等。　　④ 香油：即麻油。菜油亦叫香油。　　⑤ 秋油：即酱油。据《随息居饮食谱》载：秋油又名母油。以黄豆为原料（略加面粉），在大伏天中经水煮熟，发酵。然后加烧开的盐水，一起放在缸里，置露天，经"日晒三伏，晴则夜露，至深秋得第一批者最好"，第三批油则较差。　　⑥ 板浦：地名。在江苏灌云县北。　　⑦ 浦口：地名。即南京浦口。

【译文】

　　厨师用的调味品，好比女人穿戴的服装和首饰。有的女人虽然长得漂亮，也善于打扮，但穿了破烂的衣服，就是西施也难以成为出众的美女。一个善于烹调的厨师，酱是用大伏天晒制的面酱。用之前先尝尝甜不甜。油要用麻油（或菜油），须能识别生和熟。酒用原卤酒酿，须将酒渣去掉。醋用米醋，要汁清味香的。又因酱油有清浓之分，油有荤素之别，酒有酸有甜，醋有新陈的不同：这些在使用时不能有丝毫的差错。其他如葱、椒、姜、桂皮、糖、盐，虽然用得不多，但都要用上等的。苏州酱园里出售的秋油，分上、中、下三等。镇江醋的颜色虽好，但酸味不足，失掉了醋的意义。醋以板浦的为第一，其次是浦口出产的。

白　片　肉①

须自养之猪，宰后入锅煮到八分熟，泡在汤中一个时辰取起。将猪身上行动之处薄片上桌②，不冷不热，以温为度，此是北方擅长之菜。南人效之，终不能佳，且零星市脯亦难用也。寒士请客③，宁用燕窝不用白片肉，以非多不可故也。割法须用小快刀片之，以肥瘦相参，横斜碎杂为佳，与圣人"割不正不食"一语截然相反④。其猪身肉之名目甚多，满洲跳神肉最妙⑤。

①选自清袁枚《随园食单》。　②猪身上行动之处：指猪的前腿和后腿。这里制作白片肉，以后腿的坐臀肉为好。　③寒士：旧称贫苦的读书人。　④圣人"割不正不食"：语见《论语·乡党》。圣人，这里指孔丘。⑤跳神肉：跳神为满洲之大礼，祭祀时人们将猪自首至尾分别白煮，待祭礼毕，众人便席地而坐。以刀割肉自食，也叫吃片肉。

【译文】
　　必须是自家养的猪，宰杀后放在锅子里煮到八成熟，浸在热汤中一个时辰取出来。把腿精切成薄片端上桌，不冷不热，到温温热为止。这是北方的拿手好菜。南方人想学着做，终归难以讨好，况且零星向市场买的肉也很难达到这个要求。穷读书人请客，宁肯用燕窝也不用白片肉，这是因为要花费好多肉之故。切法必须用小快刀切成薄片，把精肉肥肉掺和在一起，横切竖切杂乱并存，跟

孔子"割不正不食"的话完全相反。那些猪肉的名称很多,要算满
洲的跳神肉最好。

腌 鸭 蛋①

腌蛋以高邮为佳②,颜色细而油多。高文端公最喜食
之。席间,先夹取以敬客,放盘中,总宜切开带壳,黄白兼
用;不可存黄去白,使味不全,油亦走散。

① 选自清袁枚《随园食单》。题目为译者所加。腌蛋:通称腌鸭蛋。
② 高邮:地名。属江苏省。近人汪曾祺在《故乡的食物》中说:"我的家乡是
水乡。出鸭。高邮大麻鸭是著名的鸭种。鸭多,鸭蛋也多。高邮人也善于腌
鸭蛋。高邮腌鸭蛋于是出了名。……鸭蛋的吃法,如袁子才所说,带壳切开,
是一种,那是席间待客的办法。平常食用,一般都是敲破'空头'用筷子挖着
吃。筷子头一扎下去,吱——红油就冒出来了。高邮咸鸭蛋的黄是通红的。"

【译文】
腌鸭蛋以高邮产的为最好,蛋质细腻而且油多。高文端公最
喜欢吃。在筵席上,主人往往首先拿来敬客,放在盘子里,总是带
壳切作两半,又有蛋黄又有蛋白;不能把蛋白去掉,这样不仅滋味
单调,油也留不住。

龙 井 茶①

杭州山茶,处处皆清,不过以龙井为最耳②。每还乡
上冢见管坟人家送一杯茶,水清茶绿,富贵人所不能吃
者也。

① 选自清袁枚《随园食单》。 ② 龙井:地名。在杭州西湖山中,以产
茶闻名。

【译文】

　　杭州西湖边出产的茶叶,到处都是清香扑鼻,不过以龙井出产的为最有名。我回乡扫墓,坟亲就递上清茶一杯,水清茶绿,城里人是没福消受的。

陈 三 白 酒①

　　乾隆三十年,余饮于苏州周慕庵家,酒味鲜美,上口粘唇,在杯满而不溢,饮至十四杯,而不知是何酒。问之主人,曰:"陈十余年之三白酒也。"因余爱之,次日再送一坛来,则全然不是矣。甚矣! 世间尤物之难多得也②。按郑康成《周官》注"盎齐"云③:"盎者翁翁然,如今酂白。"疑即此酒。

　　① 选自清袁枚《随园食单》。　② 尤物:珍贵的物品。　③ 盎齐:白酒。五齐之一。《周礼·天官·酒正》:"辨五齐之名……三曰盎齐。"《注》:"盎,犹翁也,成而翁翁然,葱白色,如今酂白矣。"《释文》:"酂白,即今白醴酒也。"

【译文】

　　乾隆三十年(1765),我在苏州周慕庵家里喝酒,酒味鲜美,一上口就粘住嘴唇,酒杯虽满却不溢出杯外,喝了十四杯,还不知道这是什么酒。问主人,说:"放了十多年的三白酒。"因为我爱喝这种酒,第二天又送了一坛来,却与昨天的大不相同。说得真是不错! 世上的珍贵之物是不可多得的。根据郑康成《周官》注"盎齐"的说法:"盎者翁翁然,如今酂白。"我怀疑盎齐就是这种三白酒。

山 西 汾 酒①

　　既吃烧酒②,以狠为佳。汾酒乃烧酒之至狠者③。余谓烧酒者,人中之光棍④,县中之酷吏也,打擂台非光棍不可⑤,除盗贼非酷吏不可,驱风寒,消积滞,非烧酒不可。

① 选自清袁枚《随园食单》。　② 烧酒:用蒸馏法制成的酒。今以高粱制酒称高粱烧,麦、米、糟等所制称麦、米、糟烧。　③ 汾酒:山西汾阳出产的一种白酒。　④ 光棍:地痞;流氓。　⑤ 打擂台:设台比武。

【译文】

既然喝了烧酒,就以凶狠点为好。汾酒是烧酒中最凶狠的。我说烧酒是什么? 是人群中的流氓,是县府中残酷的吏役,打擂台非流氓不可,灭盗贼非残酷的吏役不可,除风寒,消郁积,也非烧酒不可。

大 米 粥①

天寒冰冻时,穷亲戚朋友到门,先泡一大碗炒米送手中,佐以酱姜一小碟,最是暖老温贫之具。暇日咽碎米饼,煮糊涂粥②,双手捧碗,缩颈而啜之,霜晨雪早,得此周身俱暖。嗟乎! 嗟乎! 吾其长为农夫以没世乎!

① 选自清郑燮《郑板桥集·家书》。题目为译者所加。郑燮:清兴化人。字克柔,号板桥。乾隆元年进士,官范县、潍县知县。以岁饥为民请赈,忤上官意罢官,归里不再出仕。久居扬州鬻画,与金农、汪士慎、王慎、李鱓、李方膺、高翔、罗聘称扬州八怪。善诗,工画兰竹,书法于行楷中兼取隶法。自号"六分半书"。书诗画皆自成一家。诗词皆别调,而有挚语。著有《板桥全集》。　② 糊涂粥:厚粥。糊,稠粥。字又作餬。《尔雅·释言》:"餬,饘也。"《疏》:"饘,厚粥也。"

【译文】

天寒冰冻的日子,有穷苦的亲戚或朋友到家里来,先泡一大碗炒米递到他手中,再加一小碟酱姜,这是最能让老人感到温暖和欣慰的。平日里吃碎米饼,煮糊涂粥,双手捧着碗,头颈一伸一缩地,霜晨雪早,有了它就感到全身暖和。啊呀!我能一生一世过这种自食其力的农民生活就好了!

糖 炒 栗 子①

余幼时自塾晚归,闻街头唤炒栗声,舌本流津,买之盈袖②,恣意咀嚼,其栗殊小而壳薄,中实充满,炒用糖膏则壳极柔脆,手微剥之,壳肉易离而皮膜不粘,意甚快也。及来京师,见市肆门外置柴锅,一人向火;一人坐高凳子上,操长柄铁勺频搅之令匀遍。其栗稍大,而炒制之法,和以濡糖③,藉以粗沙亦如余幼时所见,而甜美过之,都市衒鬻④,相染成风,盘饤间称佳味矣⑤。

① 选自清郝懿行《晒书堂笔录》。题目为译者所加。郝懿行:清山东栖霞人。字恂九,号兰皋。嘉庆进士,官至户部主事。精于名物训诂之学。著有《尔雅义疏》、《山海经笺疏》、《笔录》等书。　② 袖:藏物于袖中。③ 濡糖:湿润的糖。亦即"饧",为饴糖类食物名。用麦芽或谷芽之类熬成。比蔗糖湿润,俗称"洋糖"(洋,方言读若琴),也就是饧糖。　④ 衒鬻:夸耀货色好以求出售。　⑤ 以果饵堆放盘中作供饰。

【译文】

我小时候从塾中放晚学回家,听到街上叫卖糖炒栗子的声音,嘴里就流出口水来,买了满满的一袖子随意咀嚼。这种栗子很小但是壳薄,而且粒粒饱满;炒时加上糖膏,壳就变得柔脆,用手轻轻一剥,壳与肉就分离开来,皮膜也不粘在一起,吃起来非常惬意。等来到北京,看见街上的店门前放着柴锅,一个人烧火,一个人坐在高凳子上,拿着长柄铁勺不停地捣炒,使栗子受热均匀。这种栗子稍微大一点,炒时加上濡糖,用粗沙也跟我小时候见到的相同,

但是滋味更美,城市里大肆兜售叫卖,已经成为一种风气,算得上
是休闲食品中的美味了。

卖　糖①

"大观楼"者,糖名也。以紫竹作担,列糖于上,糖修
三寸,周亦三寸,中裹盐脂、豆馅之类,贵的十数钱一枚,
其伪者则价廉不中食矣②。又有提篮鸣锣唱卖糖官人、糖
宝塔、糖龟儿诸色者③,味不甚佳,止供小儿之弄。或置竹
钉数十于竹筒中,其端一赤而余皆黑,以钱贯之。适中赤
者得糖,否则负④。口中唤唱,音节入古⑤。

① 选自清李斗《扬州画舫录》。题目为译者所加。　　② 中(zhòng)
食:中吃。犹言滋味好。　　③ 色:种类。　　④ 负:亏欠,俗称输,与"赢"
相对。　　⑤ 古:不随时俗,根柢深厚。

【译文】

"大观楼",是一种糖食的名称。卖糖的人用紫竹做担子,上面
放着糖食,糖块有三寸长,周围也有三寸,中间裹着猪油、豆沙之
类,每块价格高到十几个铜钱,那些冒牌货虽然便宜却滋味不好。
还有提着篮子敲着锣叫卖糖官人、糖宝塔、糖龟儿等各种名堂的,
滋味不怎么好,只能骗骗小孩子罢了。有的在竹筒里放几十支竹
签,其中一支竹签头上涂作红色,其余都是黑色,让人们拿铜钱去
套。套着红色的算赢,可以得到糖,否则就算输了。卖糖的嘴里叫
喊着,声音古色古香。

卖　茶①

乔姥于长堤卖茶,置大茶具,以锡为之,少颈修腹,旁

列茶盒,矮竹几杌数十②。每茶一盌二钱,称为"乔姥茶桌子"。每龙船时,茶客往往不给钱而去。杜茶村尝谓人曰③:"吾于虹桥茶肆与柳敬亭谈宁南故事④,击节久之⑤。"盖谓此茶桌子也。

① 选自清李斗《扬州画舫录》。题目为译者所加。 ② 杌(wù):坐具。一种小凳子。 ③ 杜茶村:明末诗人。名濬,字于皇,晚号茶村,湖北黄冈人。少时英俊不可一世,欲建树功业。后见马、阮用事,时政不纲,遂绝意仕进。 ④ 柳敬亭:明末泰州人。本姓曹,因避捕改姓柳。后入左良玉幕府。明亡,仍操故业,潦倒而死。宁南,即左良玉。故事,旧事。 ⑤ 击节:用手或拍板以调节乐曲。

【译文】

乔姥姥在长堤上卖茶,放着一把大茶壶,是锡制的,细项颈大肚子,旁边放着茶杯,还有矮竹几和小凳子几十张。每碗茶的卖价是银子二钱,称为"乔姥姥茶桌子"。每当划龙船时,茶客众多常常有吃茶不给钱的。杜茶村曾对人说:"我在虹桥茶摊子上跟柳敬亭谈到左良玉的故事,长久赞叹不已。"说的就是这地方的茶桌子啊。

荔　支①

余向慕岭南荔支之美,戊子二月至广州,三月至潮阳,其时荔支尚未实也。偶于大令王潜庵先生(鼎辅)席上谈及之②。先生曰:"子毋然,荔支于北不如葡萄,于南不如杨梅,徒浪得虚名耳。"余初闻而未信,比还至惠州,舟中啖之,果然,乃知先生之语真定评也。因为诗纪其事,中有句云:

　　　　　　媵来西域才为婢③,
　　　　　　卖到南村合是奴。

① 选自清梁绍壬《两般秋雨庵随笔》。 ② 大令：古时县官多称令。后以大令为对县官的敬称。 ③ 媵（yìng）：古诸侯女儿出嫁时随嫁或陪嫁的人。

【译文】

　　我向来仰慕广东荔支的美味。戊子二月到广州，三月到潮阳，那时荔支还未成熟。偶尔在大令王潜庵先生的宴会上说到它。王先生说："你也不要这样痴迷了，荔支在北方比不上葡萄，在江南比不上杨梅，只是徒有虚名罢了。"我听了还不相信，等回到惠州，船里面吃到它，真的不错，这才知道王先生的评论是确切无疑的了。因此就做了首诗记载这件事。其中有这样两句（略）。

目连豆腐①

　　薜荔，蔓生墙垣，俗名巴山虎，山谷间多有之。《楚辞·山鬼》云："被薜荔兮带女萝"是也。梵言薜荔，犹此言饿鬼，出《大藏》服字函②。渔洋山人《香祖笔记》载之③。因思薜荔所结之果，俗呼鬼莲蓬，杭人取其子，沁作凉菜④，名"目连豆腐"，皆有所本也。

① 选自清梁绍壬《两般秋雨庵随笔》。题目为译者所加。 ②《大藏》：即"大藏经"，汉文佛教经典的总称。简称藏经。 ③ 渔洋山人：即王士禛。王在所作《香祖笔记》中说："梵言薜荔，犹此言饿鬼，出《大藏》服字函。"函：封套。信一封叫一函，书一套也叫一函。 ④ 沁：渗透。即浸汁做成凉粉。清吴其浚《植物名实图考》："木莲藤即薜荔，自江而南皆曰木馒头，俗以其实中子浸汁为凉粉而解暑。"

【译文】

薛荔，蔓生在墙壁上，俗称巴山虎，这种植物在山谷中很多。《楚辞·山鬼》道"被薛荔兮带女萝"就是。梵文叫薛荔，等于我们说的饿杀鬼，根据《大藏经》服字号这一盒。王士禛《香祖笔记》记载了这件事。我因此就想到薛荔所结的果实，俗称鬼莲蓬，杭州人用它的子，浸汁做成凉粉，名叫"目连豆腐"（或"木莲豆腐"），都是有来历的。

西湖醋鱼①

西湖醋溜鱼相传是宋五嫂遗制②，近则工料简漼③，直不见其佳处，然名留刀匕④，四远皆知。番禺方橡坪孝廉（恒泰）《西湖词》云⑤：

小泊湖边五柳居⑥，当筵举网得鲜鱼。
味酸最爱银刀鲙，河鲤河鲂总不如⑦。

读此诗，觉此鱼顿然生色。甚矣！文人之笔，足以移情也。

① 选自清梁绍壬《两般秋雨庵随笔》。题目为译者所加。　② 宋五嫂：又称"宋大嫂"。周密《武林旧事》："宋孝宗淳熙六年三月十五日，高宗、孝宗游西湖，穷极奢华，'宣唤在湖买卖等人……有卖鱼羹人宋大嫂，自称东京人氏，随驾到此。'"　③ 简漼：简单粗糙。漼，同"涩"。不滑润。　④ 刀匕：刀和匙，借指炊事。　⑤ 番禺：古县名。即今广州市。　⑥ 五柳居：旧日西湖边的酒馆。　⑦ 鲂：鱼名。一名鳊鱼。

【译文】

西湖醋溜鱼据说是宋五嫂留下来的名菜，近来做工质料都很简单粗糙，简直看不到它有什么好处，然而在烹饪界名气很大，四面八方都知道。广州方橡坪孝廉(恒泰)《西湖词》说:(略)读了这首诗，觉得此鱼大生光辉。厉害啊! 文人的这枝笔，足以让人的感情发生大变。

品　酒①

　　嘉庆癸酉，余偶憩云林寺②。次日独游弢光③，遇一老僧，名致虚，善气迎人，与之谈，颇相得，亦略知文墨。坐久，余欲下山，老僧曰:"居士得毋饥否④? 蔬酌可乎?"余方谦谢，僧已指挥徒众，立具伊蒲⑤，泥瓮新开，酒香满室，盖时业知余之好饮也。一杯入口，甘芳浚冽，凡酒之病无不蠲，而酒之美无弗备。询之，曰:"此本山泉所酿也，陈五年矣。老僧盖少知酿法，而又喜谈米汁禅⑥，此盖自奉之外，藏以待客者。"于是觥斝对酌⑦，薄暮始散。又乞得一壶，携至山下，晚间小酌。次日，僧又赠一瓻⑧，归而饮于家，靡不赞叹欲绝。廿年神往，何止九日口香⑨，此生平所尝第一次好酒也。

　　① 选自清梁绍壬《两般秋雨庵随笔》。
② 云林寺:即灵隐寺。康熙三十八年，圣祖赐名"云林寺"。　　③ 弢光:庵名。在灵隐寺右侧山上。　　④ 居士:梵语"迦罗越"的义译。后专指在家奉佛的人。
⑤ 伊蒲:即"伊蒲塞"。梵语音译，不出家的男性佛教徒。《后汉书》四二《楚王英传》:"以助伊蒲塞桑门之盛馔。"这里是指盛馔。
⑥ 米汁禅:从佛教的角度谈酒。　　⑦ 觥斝(jiǎ):盛酒器。斝，古代铜制酒器。
⑧ 瓻(chī):盛酒器。　　⑨ 九日口香:似

用《南史隐逸传》里陶潜的典故："尝九月九日,无酒,出宅边菊丛中坐。久之,
逢弘送酒至,即便就酌,醉而后归。"

【译文】

　　清仁宗嘉庆十八年(1813),我偶尔憩息在灵隐寺。第二天独
自游发光庵,遇到一个老和尚,名叫致虚,待人和善,跟他交谈,话
颇投契,对诗文也有一定的了解。坐了很久,我正想下山,老和尚
就说:"居士想必是饿了吧? 随便喝几杯可以吗?"我正在道谢,老
和尚却吩咐徒弟早已摆上菜肴,打开酒坛,满屋子全是酒香,大概
他也已经知道我是一个爱喝酒的人。喝了一杯,香甜爽口,只要酒
有的缺点它全无,只要酒有的好处它全有。问问老和尚,老和尚
说:"这是用本山的泉水酿造的,又放了五个年头了。老僧对酿酒
的事略知一二,又喜欢自己动手酿造,除了自己享用外,也藏着招
待客人。"就这样彼此对饮,傍晚才告结束。我又讨了一壶,拿到山
下,晚上再喝。第二天老和尚又送了一瓶来给我,拿回去给家里人
喝,没有一个不再三称赞的。廿年来一直忘不了它,何止九日口
香,这是我生平第一次喝到的好酒!

南　瓜　叶·①

　　朝晴凉适,可着小棉。瓶中米尚支数日,而菜已竭,
所谓馑也②。西辅戏采南瓜叶及野苋③,煮食甚甘,予仍饭
两碗,且笑谓与南瓜相识半生矣,不知其叶中乃至味④。

　　① 选自清舒白香《游山日记》。题目为译者所加。　　② 馑:菜蔬无收。
《尔雅·释天》:"谷不熟为饥,蔬不熟为馑。"　　③ 西辅:人名。　　④ 至
味:极其可口。

【译文】

　　早晨天气晴朗,而且凉爽舒适,可以穿着小棉袄。瓶中的米还

可以支撑几天，菜却已经告罄，就是所谓"馑"了。西辅随便采了些南瓜叶和野苋菜来，煮熟了吃滋味不错，我依旧吃了两碗饭，还开玩笑说与南瓜打了半辈子交道，不知道它的叶子竟如此美味。

炒 乌 豆①

冷，雨竟日。晨餐时菜羹已竭②，惟食炒乌豆下饭③，宗慧仍以汤匙进④。问安用此，曰："勺豆入口逸于筯。"予不禁喷饭而笑⑤，谓此匙自赋形受役以来，但知其才以不漏汁水为长耳，孰谓其遭际之穷至于如此。

① 选自清舒白香《游山日记》。题目为译者所加。　② 羹：和味的汤。
③ 乌豆：或即乌豇豆。　④ 宗慧：人名。寺里的和尚。　⑤ 喷饭：吃饭时，笑不可忍，将饭喷出。

【译文】

天气寒冷，还整天下着雨。午餐时没有菜和汤，只有炒乌豇豆下饭，宗慧依旧摆上汤匙。我问为什么还要用这家伙？回答道："用汤匙舀着吃比筷子惯用。"我忍不住喷饭而笑，说这匙自从被使用到现在，人们只知道它的特长是舀汤水，谁说它的遭遇竟到了这样的穷途没路了。

优 昙 花①

张庄懿、庄简一夕同会槜李一部郎家②，珍肴毕集，庄简素俭约，颇不悦，谓主人曰："弟非饮食之人，足下何乃故作丰腆③。"主人踧踖不安④。庄懿笑曰："此所谓不到浙西辜负口⑤，偶一举箸何妨，与箪瓢风味者⑥，作优昙花观可也⑦。庄简亦笑而尽欢。"

① 选自清李延昰《南吴旧话录》。题目为译者所加。　② 檇(zuì)李：地名。古地在今浙江嘉兴县西南。　③ 丰腆：丰盛精美。　④ 趑趄：恭敬而不安的样子。　⑤ 不到长安辜负眼，不到浙右辜负口：宋谚。⑥ 箪瓢风味：艰苦生活。　⑦ 优昙花：无花果树的一种。梵语。义译为瑞应。《法华经》：优昙钵花，名瑞应，三千年一现，则金轮王出。

【译文】

　　一天夜里，张庄懿、庄简一同参加嘉兴一个部郎家的宴会，山珍海味样样俱全，庄简素来节约，就很不高兴，对主人说："我不是个贪吃的人，你为何要办得如此丰盛。"弄得主人很不好意思。庄懿笑着说："这就是所谓'不到浙西辜负口'，偶尔吃一回又有何妨？与平时一箪食，一瓢饮的艰苦生活相比，就当它作难得一遇的优昙花看就是了。"庄简也终于开开心心地度过了这一晚。

鲜　蛏①

　　蛏本江、海所产②，而西湖酒肆者乃即买之湖上渔船，乘鲜烹食极美。同年王谷原与魏生交莫逆③，每寓杭乡试时邀同游西湖，取醉酒家，有五柳居酒肆在湖上，烹饪较精，谷原嗜食蛏，谓为此乃案酒上品，即醉蛏亦绝佳，因令与煮熟者并供之。此景惘然④。

　　① 选自清谢墉《食味杂咏》。题目为译者所加。　② 蛏(chēng)：软体动物。有介壳两扇，形狭长，淡褐色，穴居于沿海泥沙中，肉如蛎，色白鲜美，俗称蛏子。　③ 同年：科举制度同榜的人称同年。莫逆：彼此同心相契，无所忤逆。　④ 惘然：失意的样子。

【译文】

　　蛏子本来生长在江河大海中，西湖酒家的却是从湖上渔船上买来，乘它还活着时烧了来吃滋味极其鲜美。同年王谷原与魏生相交甚厚,每次到杭州参加乡试时相邀同游西湖,在酒店里喝酒。有一家五柳居的酒店在湖边,菜做得比较好,谷原极爱吃蛏子,以为拿它下酒是再好没有了,就是醉蛏也很好,所以就叫与煮熟的新鲜蛏子一起拿上来。现在回想起来,那情景真教人惘然若失。

小杯徐酌①

古者设酒原从大礼起见②,酬天地,享鬼神,欲致其馨香之意耳。渐及后人,喜事宴会,借此酬酢③,亦以通殷勤,致欢欣而止,非必欲其酩酊酕醄④,淋漓几席而后为快也⑤。今若享客而止设一饭,以饱为度,草草散场,则太觉索然,故酒为必需之物矣。但会饮当有律度,小杯徐酌,假此叙谈,宾主之情通而酒事毕矣,何必大觥加劝,互酢不休,甚至主以能劝为强,客以善避为巧,竞能争智之场,又何有于欢欣哉。

① 选自清陈廷灿《邮余闲记》。题目为译者所加。陈廷灿:生平不详。周作人《谈劝酒》(见《秉烛后谈》)中云:"因为收罗同乡人著作,得见兰亭陈廷灿的《邮余闲记》初、二集各二卷,初集系抄本,二集木刻本,有康熙乙亥年序,大约可以知道著书的时日。"   ② 大礼:隆重的礼仪。
③ 酬酢:主客相互敬酒。   ④ 酩酊酕醄:大醉。   ⑤ 淋漓:沾湿或下滴貌。

【译文】
古人造出酒来,原是从隆重的礼仪考虑,酬谢天地,祭祀鬼神,想给他们一种馨香的享受罢了。慢慢到了后世,人们有什么喜庆之事,就借酒作为交际，也用来加深情意，达到欢乐的目的，不一定要弄到醺醺大醉，污秽狼藉才开心。当然如果请客只备一点饭食，吃饱为止，简单草率，也会觉得毫无意思，所以酒又是必不可少的东西了。但是会饮也应有个限度，用小杯子慢慢喝，借此欢聚交谈，主客情意交融，喝酒的事也就可以结束，何必一定要大杯相劝，互敬不停？甚至主人以会劝算是高明，客人以能够躲避作为本领，勾心斗角的场面，又有什么欢乐可言呢。

碧 萝 春①

洞庭山出茶叶②，名碧萝春③。余寓苏久，数有以馈者，然佳者亦不易得。屠君石柱居山中，以《隐梅庵》图属题，饷一小瓶，色味香俱清绝。余携至诂经精舍，汲西湖水，瀹碧萝春。叹曰："穷措大口福，被此折尽矣。④"

① 选自清俞樾《春在堂随笔》。题目为译者所加。　② 洞庭山：山名。在太湖中。　③ 碧萝春：清王应奎《柳南随笔》云："洞庭东山碧萝峰石壁，产野茶。每岁土人持竹筐采归，未见其异也。康熙某年，按候以采，而其叶较多，筐不胜载，因置怀间，茶得热气，异香忽发，采者争呼吓杀人香。吓杀人，吴中方言也。因遂以名是茶。"后来清康熙南巡至太湖，帝以名不雅，改称碧萝春。　④ 穷措大：旧讥称贫穷的读书人。

【译文】

洞庭山出产茶叶，名叫碧萝春。我长期住在苏州，送过我这种茶的人不在少数，然而真货却也难得。屠石柱家在洞庭山，拿了幅《隐梅庵》图来要我题诗，送给我一小瓶，从颜色、滋味、香气看，这才是地道的碧萝春。我将它带到杭州教书的地方，用西湖水泡了来喝，不禁赞叹道："穷书生的一点口福，怕都被这一杯茶折耗尽了！"

赊早点①

买物而缓偿其值曰赊,赊早点,京师贫家往往有之,卖者辄晨至,付物,而以粉笔记银数于其家之墙,以备遗忘,他日可向索也。丁修甫有诗咏之云②:

环样油条盘样饼,日送清晨不嫌冷。

无钱偿尔联暂赊,粉画墙阴自记省。

① 选自清徐珂《清稗类钞》。题目为译者所加。徐珂:原名昌,字仲可,浙江杭县(今杭州市)人。光绪年间举人。后任商务印书馆编辑。参加南社。曾担任袁世凯天津小站练兵时的幕僚,不久离去。1901年担任《外交报》、《东方杂志》编辑,1911年接管《东方杂志》的"杂纂部"。与潘仕成、王晋卿、王辑塘、冒鹤亭等友好。编有《清稗类钞》、《历代白话诗选》、《古今词选集评》等。 ② 丁修甫:丁立诚,字修甫,号慕倩,晚号辛老,清钱塘人。光绪乙亥举人,官内阁中书。有《小槐吟稿》。

【译文】

购物而延迟付款的叫赊,赊早点心,北京穷人家往往有这样的事,小贩总是早晨到来,交付点心后,就用粉笔把钱数写在墙壁上,以防遗忘,日后可以向主人索取。丁修甫有一首诗就是写这件事的(略)。

枣儿葡萄①

七月下旬,则枣实垂红,葡萄缀紫,担负者往往同卖,秋声入耳,音韵凄凉,抑郁多愁者不禁有岁时之感矣。

① 选自清富察敦崇《燕京岁时记》。富察敦崇:字礼臣,满人。生于咸丰

五年,自幼聪慧,然多次应试,均以族人回避,不得进入考场。只好援例纳官,曾任东三省道员。宣统三年(1911)七月,因病请假就医,回到北京。著有《芸窗琐记》、《庚子都门纪变》、《皇室见闻》、《画虎集文钞》等。

【译文】

　　七月下旬,红色的枣子挂满枝头,成串的葡萄也变成了紫色,小贩往往同时挑着这两种果子在街上叫卖,吆喝声随着阵阵秋风传到行人的耳朵里,声调是那么的凄凉,多愁善感的人就一定会想到"岁月不居,时节如流"吧。

青　蛙　入　馔①

　　青蛙古已入馔。《周礼》有蝈氏,郑康成以为今御所食蛙,则并以庖天厨矣。汉《东方朔传》云:长安水多蛙鱼,贫者得以家给人足②,则古昔关中已常食之如鱼③,不独南人也。今粤东极嗜此,供诸盘飧,出以享客,奉为珍味。江、浙本有食者,然率贱品视之,缙绅家以登庖为戒。

　　① 选自清王韬《瓮牖余谈》。题目为译者所加。王韬:中国改良派思想家、政论家和新闻记者,清道光八年十月四日(1828 年 11 月 10 日)生于苏州府长洲县甫里村。　　② 家给人足:家家富裕,人人丰足。　　③ 关中:地名。相当于今陕西省。

【译文】

　　青蛙在古代就已经算是一种菜肴。《周礼》中有姓蝈的人,郑康成以为蝈就是如今给皇帝吃的青蛙,所以是早已进了御厨了。汉代的《东方朔传》说:长安的水池中青蛙很多,穷苦老百姓都能家给人足,可见从前关中一带就已经把它当作鱼一样在吃,不单单南方人是如此。现在粤东人很爱吃它,把它做成菜蔬,拿出来请客,看成美味佳肴。江、浙本来有人在吃,只是很被贱视,有点身份的人家是不准它进入厨房的。

冬　瓜①

去年游西湖深处,入一破寺,见一僧负锄归。余揖之曰:"阶上冬瓜和尚要他何用?"僧曰:"只是吃的。"曰:"恐吃不了许多。"曰:"一顿吃一个饱。"曰:"和尚也要饱?"曰:"但求一饱,便是和尚。"至今思之,此僧不俗。

① 选自清末民初洪允祥《醉余随笔》。题目为译者所加。洪允祥:原名兆麟,字樵龄,后改名允祥,别号佛矢。为当时的诗人、报人、书家、文史论家,也当过中学教师、大学教授。浙江慈溪县人。《醉余随笔》刊于《国风》杂志。

【译文】

去年我到西湖去游玩,跑进山里的一个破寺,看见一个和尚背着锄头回来。我向他作了个揖问道:"阶沿上这么多冬瓜师父派什么用场?"和尚说:"只是吃的。"说:"怕吃不了这么多吧。"说:"一顿吃一个饱。"说:"和尚也要饱吗?"说:"只求一饱,就是和尚。"到现在回想起来,还觉得这个和尚非同一般。

油 煠 鬼 儿①

　　油煠鬼儿②。国文教科书有油炸鬼三字,按字典无煠、烩二字,然元人杂剧有"炮声如雷炸"语,炸音诈,字典遗之耳。教科书读炸为闸,非也,煠乃音闸耳。《梦笔生花》杭州俗语杂对,油煠鬼、火烧儿③。又元张国宾《大闹相国寺》剧,"那边卖的油煠骨朵儿,你买些来我吃。"按骨鬼音转,今云油煠鬼儿是也。

　　① 选自近人孙伯龙《通俗常言疏证》。题目为译者所加。孙锦标,字伯龙,号慕庐。江苏南通人。　　② 油煠鬼儿:通称油条。　　③ 火烧儿:即烧饼。

【译文】

　　油煠鬼儿。国文教科书中有油炸鬼三个字,查字典没有煠、烩两个字,不过元代的杂剧中有"炮声如雷炸"的话,炸音诈,字典忘记收录而已。教科书读炸为闸,错了,煠才读作闸呢。《梦笔生花》有杭州俗语杂对,油煠鬼、火烧儿。另外,元人张国宾在《大闹相国寺》一剧中说:"那边卖的油煠骨朵儿,你买些来我吃。"根据考查,骨与鬼只是一声之转,现在叫油煠鬼儿的就是。

说　理

苛政猛于虎①

孔子过泰山侧,有妇人哭于墓者而哀。夫子式而听之②;使子路问之,曰:"子之哭也,壹似重有忧者③。"而曰:"然。昔者,吾舅死于虎,吾夫又死焉,今吾子又死焉。"夫子曰:"何为不去也?"曰:"无苛政④。"夫子曰:"小子识之⑤:苛政猛于虎也。"

① 选自《礼记》。题目为译者所加。《礼记》:书名。为西汉人戴圣编定。戴圣:汉梁人。字次君。宣帝时为博士,曾参加评定五经同异于石渠阁,官至九江太守。曾删定《礼记》四十九篇,即今《礼记》。　② 式:同轼。车前横木。　③ 壹:实在,的确。　④ 苛政:暴政。　⑤ 小子:老师对学生可称小子。识:记住。

【译文】
　　孔子从泰山脚下经过,看见一个老妇人在墓前哭得伤心。孔子停下车子,靠着车前的横木谛听,并且叫子路前去问个究竟,说:"你哭成这样一定有很大的冤屈吧?"她说:"是的。从前我的公公被老虎咬死,接着我的丈夫又被老虎咬死,现在我的儿子又遭了不测!"孔子说:"为什么不搬走呢?"她说:"好在这里没有繁重的赋税和徭役。"于是孔子就对子路说:"你要牢牢记住这个道理:残酷的政治比老虎还厉害!"

教 学 相 长①

虽有佳肴,弗食,不知其旨也。虽有至道,弗学,不知其善也。是故学然后知不足，教然后知困②。知不足然后能自反也③，知困然后能自强也。故曰：教学相长也。《兑命》曰④："敩学半⑤"，其此之谓乎！

① 选自《礼记》。题目为译者所加。　　② 困：困惑。　　③ 反：反求于自己。　　④《兑命》：《尚书》的一个篇名。　　⑤ 敩（xiào）学：即教学。《书·说命》："惟敩学半。"《传》："敩，教也。教然后知所困，是学之半。"

【译文】

虽然有可口的佳肴，不吃就不知道它如何可口；虽然有高明的道理，不学就不知道它如何高明。所以只有通过学习，才能知道自己的不足；只有通过教别人，才能知道自己还有哪些问题没搞懂。知道了自己的不足，然后才能要求自己加强学习；感到了困惑，然后才能自我勉励，愤发图强。所以说教和学是相辅相成的。《兑命》说："教别人，功效抵得上自学的一半。"大概说的就是这个意思。

不　如　学　也①

汝年时尚幼，所缺者学。可久可大，其唯学欤。所以孔丘言："吾终日不食，终夜不寝以思，无益，不如学也。"若使墙面而立②，沐猴而冠③，吾所不取。立身之道与文章异，立身先须谨重④，文章且须放荡⑤。

① 选自南朝梁简文帝《诫常阳公大心书》。题目为译者所加。梁简文帝：梁武帝第三子。昭明太子母弟。名纲，字世钻，小字六通。大通中立为皇太子。武帝崩，遂即位。受制于侯景。在位二年，年号大宝。谥简文。帝六岁能属文，及长，辞藻艳发，所为诗伤于轻艳，当时号为宫体。有《昭明太子传》、《诸王传》、《易林》、《弹棋谱》等。　　② 墙面：谓如面墙而立，目无所见。　　③ 沐猴而冠：沐猴即狝猴。狝猴戴帽，徒具人形，以喻人之虚有仪表，实无人性。　　④ 立身：谓树立己身。俗所谓做人。　　⑤ 放荡：恣意

放任,没有检束。

【译文】

　　你年纪还小,最需要的是学习。能保持长久并发扬光大的,除了学习还有什么呢。所以孔子说:"吾终日不食,终夜不寝以思,无益,不如学也。"如果让人墙面而立,沐猴而冠,我是不赞成的。做人的道理与写文章不同,做人首先须要谨慎稳重,写文章且不妨恣意放任。

覆 巢 之 下①

　　孔融被收②,中外惶怖。时融儿大者九岁,小者八岁,二儿故琢钉戏③,了无遽容。融谓使者曰:"冀罪止于身,二儿可得全不?"儿徐进曰:"大人岂见覆巢之下复有完卵乎?"寻亦收至。

　　① 选自南朝宋刘义庆《世说新语》。题目为译者所加。　　② 孔融:字文举,汉末名士、文学家。历任北海相、少府、太中大夫等职。曾多次反对曹操,被曹操借故杀害。　　③ 琢钉戏:一种小孩玩的游戏。

【译文】

　　孔融被曹操逮捕,朝廷内外都很震惊。当时孔融的儿子大的才九岁,小的八岁,两个孩子依旧在玩琢钉的游戏,一点没有恐惧的样子。孔融对前来逮捕他的差役说:"希望惩罚只限于我自己,两个孩子能不能保全性命呢?"这时,儿子从容上前说:"父亲是否看见过打翻的鸟巢下面还有完整的蛋呢?"随即两个儿子也给抓走了。

何 必 讳①

　　仁宗退朝②,常命侍臣讲读于迩英阁。贾侍中(昌朝)

时为侍讲③,讲《春秋·左氏传》,每至诸侯淫乱事,则略而不说。上问其故,贾以实对。上曰:"《六经》载此,所以为后王鉴戒,何必讳。"

① 选自宋欧阳修《归田录》。题目为译者所加。　② 仁宗:即赵祯,在位四十三年。　③ 贾昌朝:字子明,琰从孙。天禧初赐进士,为崇正殿说书。英宗时判尚书都省。封魏国公。侍讲:官名。北宋时设置侍讲、侍读,都由懂文学的官员兼任,职务是给皇帝讲学。

【译文】

宋仁宗退朝后,常常叫侍从之臣在迩英殿给他讲学。贾昌朝当时担任侍讲,讲《春秋·左氏传》,每讲到诸侯淫乱的事情就跳过去不讲。仁宗问这是为什么?贾昌朝如实回答。仁宗说:"《六经》之所以要记载这些事情,就是要警告后来的皇帝,所以不必忌讳。"

但手熟耳①

陈康肃公尧咨善射②,当世无双,公亦以此自矜③。尝射于家圃④,有卖油翁释担而立,睨之久而不去。见其发矢十中八、九,但微颔之。康肃问曰:"汝亦知射乎?吾射不亦精乎?"翁曰:"无他,但手熟耳。"康肃忿然曰:"尔安敢轻吾射?"翁曰:"以我酌油知之。"乃取一葫芦置于地,以钱覆其口,徐以杓酌油沥之,自钱孔入而钱不湿。因曰:"我亦无他,惟手熟耳。"康肃笑而遣之。

① 选自宋欧阳修《归田录》。题目为译者所加。　② 陈康肃:字尧咨,谥号康肃,北宋初期人。　③ 自矜:犹自夸。　④ 家圃:指家中射箭的场所。《礼记·射义》:"孔子射于矍相之圃,盖观者如堵墙。"

【译文】

陈尧咨擅长射箭,当时没有第二个人可以与他相比,他也因此自傲。他曾在自家的园里射箭,有个卖油的老汉放下担子站在一旁,斜着眼睛看了好一会不曾离开。当他看到尧咨射箭十有八九射中目标,就微微点点头。尧咨问他:"你也懂得射箭吗? 我的箭法不是很到家了吗?"老汉说:"也没有什么,只是手脚熟练罢了。"尧咨气愤地说:"你怎敢轻视我的箭法!"老汉说:"以我灌油的经验知道是这样。"就拿一个葫芦放在地上,再用一个铜钱盖住葫芦口,慢慢用勺子兜油从钱孔中注入葫芦,铜钱一点都没沾上油,就说:"我也没有别的诀窍,只是手脚熟练罢了。"尧咨这才笑笑让他离开。

有甚歇不得处①

余尝寓居惠州嘉祐寺②,纵步松风亭下,足力疲乏,思欲就床止息,仰望亭宇,尚在木末,意谓如何得是。良久忽曰:"此间有甚么歇不得处。"由是心若挂钩之鱼,忽得解脱。若人悟此,虽两阵相接,鼓声如雷霆,进则死敌,退则死法,当恁么时,也不妨熟歇③。

① 选自宋苏轼《东坡志林》。题目为译者所加。　② 惠州:地名。秦南海郡地。梁置梁化郡。隋唐为循州。五代南汉改称祯州。宋天禧五年避仁宗讳改称惠州。明清为惠州府。1913 年截府,并改名惠阳县,属广东省。③ 熟歇:与"少憩"相对。熟,形容沉酣。

【译文】

我曾借住在惠州嘉祐寺中,散步在松风亭下,脚骨酸软,就想上床休息,但是抬头望望住房,还在树顶之上。这怎么办呢?过了好一回,我忽然想到:"这里有什么憩息不得的?"于是就像脱钩之鱼,一下子放下心来。人如果能领会到这一点,即使处在两军对垒,战鼓雷鸣,进则死于敌人,退则死于军法,当此无可奈何之际,也不妨好好地休息一回。

戴 嵩 画 牛①

　　蜀中有杜处士,好书画,所宝以百数。有戴嵩牛一轴②,尤所爱,锦囊玉轴③,常以自随。一日曝书画,有一牧童见之,拊掌大笑曰:"此画斗牛耶?牛斗力在角,尾搐入两股间。今乃掉尾而斗,谬矣。"处士笑而然之。古语有云:"耕当问奴,织当问婢。④"不可改也。

　　① 选自宋苏轼《东坡志林》。题目为译者所加。　　② 戴嵩:唐代画家。韩滉镇浙西,署嵩为巡官。画以韩滉为师,尤善水牛,穷其野性筋骨之妙。③ 锦囊玉轴:锦制的囊,玉做的轴,形容绘画的珍贵。　　④ 耕当问奴,织当问婢:《宋书·沈庆之传》:"庆之曰:'治国如治家,耕当问奴,织当访婢。陛下今欲伐国,而与白面书生谋之,事何由济?'"

【译文】
　　四川有位姓杜的先生,喜欢书法绘画,收藏的名作有靠百件之多。其中对那轴戴嵩画的牛特别心爱,以锦作囊,以玉作轴,时常带在身边。一天曝晒这些书画,被一个牧童看见了,牧童拍着手大笑说:"这里画的是斗牛吗?牛斗时用力的是角,尾巴缩在两腿之间,现在它却摆动尾巴,这是不符合实际情况的。"杜先生笑笑点点头。古人说:"耕当问奴,织当访婢。"这句话一点不错。

东 坡 自 笑①

　　己卯上元,予在儋州②,有老书生数人来过,曰:"良月嘉夜,先生能一出乎?"予欣然从之,步西城,入僧舍,历小巷,民夷杂糅,屠沽纷然。归舍已三鼓矣。舍中掩关熟睡,已再鼾矣③。放杖而笑,孰为得失。过问先生何笑,盖自笑也。然亦笑韩退之钓鱼无得,更欲远去,不知走海者,未必得大鱼也。

① 选自宋苏轼《东坡志林》。题目为译者所加。上元:正月十五日为上元节。　② 儋(dān)州:汉元鼎六年置儋耳郡。其俗雕刻颊皮,上连耳郭,故以为郡名。唐改为儋州。在今海南岛儋县。　③ 再鼾:再次入睡。亦即俗云"转觉"。

【译文】

己卯那年正月十五日,我在儋州,有几个老书生来找我,说:"如此月明良宵,先生能出去走走吗?"我高兴地跟着他们去,走过城西,进入佛寺,经过小巷,工商并陈,百姓混杂。回来时已经是半夜了。屋子关上门,人沉睡不醒。我放下手杖不觉好笑,不知道是谁合算?儿子过问我为什么笑?我说我是笑我自己。不过也笑韩愈钓不到鱼,就想到更远的地方去,却不知道即使到了大海也未必能钓得到大鱼呀!

少见多怪①

俗传书生入官库见钱不识。或怪而问之。生曰:"固知其为钱,但怪其不在纸裹中耳。"予偶读渊明《归去来辞》,云"幼稚盈室,瓶无储粟"。乃知俗传信而有证。使瓶有储粟,亦甚微矣。此翁平生只于瓶中见粟也耶?《马后纪》②,宫人见大练,反以为异物。晋惠帝问饥民何不食肉糜③。细思之,皆一理也。

① 选自宋苏轼《东坡志林》。题目为译者所加。　②《马后纪》:《后汉书·马皇后纪》:"明德马皇后……伏波将军马援之小女也……常衣大练(大帛,厚缯),裙不加缘。朔望,诸姬主朝请,望见后袍衣疏粗,反以为绮縠,就视,乃笑。后辞曰:'此缯特宜染色,故用之耳。'"　③ 晋惠帝:《晋书》卷五《惠帝纪》云:"天下荒乱,百姓饿死。帝曰'何不食肉糜?'"肉糜:肉粥。

【译文】

据说有读书人进入官库看见钱币而傻眼。别人问他这是为什么?他说:"我也知道这是钱,但奇怪的是不在纸包当中。"我读陶渊明《归去来辞》"幼稚盈室,瓶无储粟。"就知道人们说的不错,而且也有根据。即使瓶里装着米麦,数量也少得可怜!这位老先生大概一生只在瓶中看见米麦吧。据《马后纪》记载,宫女见了染过色的大帛,反以为是奇怪的东西。晋惠帝问饥民为什么不吃肉粥,仔细一想,都是同样的道理。

吴亡不关女色①

昔人谓声色迷人②,以为破国亡家,无不由此。夫齐国有不嫁之姐妹,仲父云:"无害霸"③,蜀宫无倾国之美人,刘禅竟为俘虏④。亡国之罪,岂独在色。向使库有湛卢之藏⑤,潮无鸱夷之恨⑥,越虽进百西施,何益哉。

① 选自明张和仲《千百年眼》。题目为译者所加。张和仲:名次夔,字和仲,福建浦城人。曾任西安令、兴国军通判等。　② 声色:音乐女色。这里偏指女色。　③ 仲父:齐桓公称管仲为仲父。　④ 刘禅:三国蜀汉

后主,刘备之子。小字阿斗。初由丞相诸葛亮主政。景耀六年,魏出兵征蜀,逼成都,降魏,被送到洛阳,封为安乐公。　　⑤ 湛卢:剑名。相传春秋时欧冶子所造。　　⑥ 鸱夷:革囊。《战国策燕》:"昔者伍子胥说听乎阖闾,故吴王远迹至于郢。夫差弗是也,赐之鸱夷而浮之江。"

【译文】

从前人说音乐、女色迷惑人心,认为亡国破家没有不是它的缘故。齐国有不曾出嫁的姐妹俩,宰相管仲说与称霸无妨,蜀国宫中没有绝色的美人,刘禅竟做了魏兵的俘虏。国家灭亡的过错,难道专在女色吗?如果那时吴国兵库中有锐利的武器,又没有把伍子胥沉于钱塘江中,越国即使将上百个西施送到吴国,也是无济于事的啊。

治　家①

吾辈治家,于凡五谷、果蔬之类,皆须自为料理,至于下人偷窃自不能免,但不至太甚则可矣。慈湖先生曰:"先君尝步至蔬圃,谓园丁曰②:'吾蔬每为人盗取,何计防之。'园丁曰:'须拚一分与盗者乃可③。'先君因欣然顾某曰:'此园丁吾师也,作家者亦宜知此意。'"

① 选自明陶石梁《小柴桑喃喃录》。题目为译者所加。陶奭龄:明代学者。字君奭,一字公望,号石梁,又号小柴桑老,会稽(今浙江绍兴)人。王阳明之三传弟子,与其兄陶望龄并称"二陶"。　　② 园丁:种植果菜花木的工人。　　③ 拚(pàn):舍弃。

【译文】

我们居家过日子,对于粮食、蔬菜这些东西,都必须亲自料理,至于仆人要偷窃本来就很难避免,只要不太过分就好。慈湖先生说过:"先父曾经走到菜园里,对园丁说:'我的菜蔬常常被人偷窃,有什么防备的办法没有?'园丁说:'你得舍弃一部分给他们才好。'我父亲就高兴地对我说:'这个园丁是我的老师! 居家过日子也应该知道这道理。'"

他读的书多①

张凤翼刻《文献纂注》②,一士夫语之曰:"既云文献,何故有诗?"张曰:"昭明太子为之,他定不错。"曰:"昭明太子安在?"张曰:"已死。"曰:"既死不必究也。"张曰:"便不死亦难究。"曰:"何故?"张答曰:"他读的书多。"

① 选自明张岱《快园道古》。题目为译者所加。　② 张凤翼:字伯起,号灵虚,明长洲(今苏州)人。嘉靖四十三年举人,为人狂诞,擅作曲。与弟燕翼、献翼并有才名,时人号为"三张"。凤翼著有《春阳六集》、《文献纂注》等。《文献》即昭明太子萧统所选的《昭明文献》。

【译文】

张凤翼印了一部《文献纂注》,有一位先生就问我:"既然是文献,为什么有诗?"我说:"昭明太子这样做,定然有他的道理。"说:"昭明太子在哪里?"我说:"已经死了。"说:"既然死了就不必追究。"我说:"即使不死也难以追究。"说:"为什么?"我说:"他读的书多。"

读 书 之 乐①

陶石梁曰:"世间极闲适事,如临泛游览,饮酒弈棋,皆须觅伴寻对。惟读书一事，止须一人，可以尽日，可以穷年，环堵之中而观览四海，千载之下而觌面古人②，天下之乐，无过于此，而世人不知，殊可惜也。"

① 选自明张岱《快园道古》。题目为译者所加。　② 觌(dí)面：见面。

【译文】

陶石梁说："世上最优闲舒适的事，像游山玩水，喝酒下棋，都必定要找个淘伴或对手。唯有读书这件事，只须要一个人，可以静静地读上一整天，甚至一年。坐在狭窄的屋子里却看到了整个世界；相隔几千年又好像与古人面对面交谈。世上再没有比这件事快乐了，可惜人们不一定知道。"

夜 航 船 序①

昔有一僧人与一士子同宿夜航船，士子高谈阔论，僧畏慑卷足而寝。僧听其语有破绽，乃曰："请问相公，澹台灭明是一个人②，两个人？"士子曰："是两个人。"僧曰："这等，尧舜是一个人两个人③？"士子曰："自然是一个人。"僧人乃笑曰："这等说来，且待小僧伸伸脚。"余所记载皆眼前极肤极浅之事，吾辈聊且记取，但勿使僧人伸脚则亦已矣，故即命其名曰夜航船。

① 选自明张岱《夜航船序》。　② 澹(tán)台灭明：人名。春秋武城人，字子羽。孔子弟子。以貌丑不为孔子所重。退而修行，南游至江，有弟子三百人。　③ 尧舜：古帝名。即唐尧与虞舜。

【译文】

从前有个和尚与读书人同宿在夜航船里，读书人高谈阔论，和尚畏畏缩缩地躺在一边。和尚听出读书人的话里有漏洞，就说："请问公子，澹台灭明是一个人，还是两个人？"读书人说："是两个人。"和尚说："是这样。那么尧舜是一个人两个人？"读书人说："自然是一个人。"和尚就笑着说："这么说来，就让我小和尚也伸脚摊手躺一回。"我所记的都是眼面前极其肤浅的事情，我们姑且把它记在心里，只要不使和尚有伸脚的机会就好了，所以就把书名取作夜航船。

宁 有 真 乎①

　　余得古书，校过付抄，抄后复校，校过付刻，刻后复校，校过即印，印后复校，然"鲁""鱼""帝""虎"，百有二三。夫眼眼相对尚然，况以耳传耳，其是非毁誉，宁有真乎？

　　① 选自明陈继儒《岩栖幽事》。题目为译者所加。校：校对，校酬。

【译文】
　　我得到一部古书，校过后交给抄录者，抄录后再校，校过后交给雕刻者，刻好后再校，校过后就印刷，印好后再校，然而像"鲁""鱼""帝""虎"这些字，一百个中还有二三个错误。这样反反复复的亲眼目睹，尚且还要出错，何况口耳相传，它们的是非褒贬，哪里还谈得上真实呢？

老人心情①

老人与少时心情绝不相同,除了读书、静坐,如何过得日子。极知此是暮气②,然随缘随尽,听其自然,若更勉强向世味上浓一番,恐添一层罪过③。

① 选自明傅山《霜红龛集》。题目为译者所加。　② 暮气:日暮的景象。　③ 罪过:罪行,过失。

【译文】

老年人与幼小时的心情很不相同,除了读书、静坐过不了日子。深知这是衰老的现象,却也只能随着事态的发展而发展,该结束就得结束,如果再要向世事上去挣扎一番,恐怕就会增添一层罪过。

真率不伪①

白果本是佳果②,高淡香洁,诸果罕能匹之。吾曾劝一山秀才啖之,曰:"不相干丝毫③。"真率不伪,白果相安也。又一山贡士寒夜来吾书房④,适无甚与啖,偶有蜜饯、橘子劝茶,满嚼一大口,半日不能咽,语我曰:"不入,不入。"既而曰:"满口辛。"与吃白果人径是一个人,然我皆敬之为至诚君子也。细想"不相干丝毫"与"不入"两语,慧心人描写此事必不能似其七字之神,每一愁闷之辄嚄发不已⑤,少抒郁郁,又似一味药物也。

① 选自明傅山《霜红龛集》。题目为译者所加。　② 白果:即银杏。银杏树所结的果实,俗称白果。　③ 不相干:《淮南子·兵略》:"前后不相

撚，左右不相干。"本谓不相犯。后来用作不相关涉之意。　④ 贡士：自唐以来，朝廷取士，由学馆出身者曰生徒，由州县者曰乡贡。经乡贡考试合格者称贡士。　⑤ 噱发：即今所谓发噱。大笑。

【译文】

白果原是一种好果子，特别和淡香洁，各种果子很少有比得上它的。我曾劝一个乡下秀才吃白果，他说："不相干丝毫。"真实坦白，与白果毫无抵触。

另一次，有个乡下贡士寒夜来到我书房，刚好拿不出什么东西招待，幸亏还有蜜饯、橘子就当作茶点，贡士吃了一大口，却半天咽不下喉咙去，他对我说："不入，不入。"接着又说："满嘴巴都是辛辣。"与吃白果的人简直就是一个人，然而我都敬重他们是至诚君子。仔细一想，"不相干丝毫"与"不入"两句话，再聪明的人也说不得这七个字的确切。我每次一碰到烦心事就把这件事翻出来大笑一场，聊以抒发心中的郁闷，就好像是服了一味药。

以大鹏自勉①

读过《逍遥游》之人②，自然是以大鹏自勉③，断断不屑作蜩与莺鸠为榆枋间快活矣。一切世间荣华富贵那能看到眼里，所以说金屑虽贵，着之眼中何异砂石。奴俗龌龊意见不知不觉打扫干净，莫说看今人不上眼，即看古人上眼者有几个。

① 选自明傅山《霜红龛集》。题目为译者所加。　②《逍遥游》:《庄子》篇名。大意以为天地之间,万物贵任性自然即为逍遥至乐。　③ 大鹏:鹏是传说中最大的鸟,由鲲变化而成。《庄子·逍遥游》:"北冥有鱼,其名为鲲。鲲之大不知其几千里也。化而为鸟,其名为鹏。鹏之背不知其几千里也。怒而飞,其翼若垂天之云。……鹏之徙于南冥也,水击三千里,抟扶摇而上者九万里,去以六月息者也。"

【译文】

读过《逍遥游》的人,自然是会拿大鹏来勉励自己,绝对不愿做像蝉与黄莺、布谷一样在榆树、枋树间找快活了。所有人世间的荣华富贵哪能看在眼里,所以说金子的碎末虽然贵重,进了眼睛就跟沙泥石子没有什么不同。卑鄙龌龊的意见不知不觉就会打扫干净,不要说看现在人不上眼,就是看古人上眼的又有几个呢。

白 沙 堤①

杭州钱塘湖中有一堤,穿于湖心,作志者初称白堤,后称白公堤,谓白乐天为刺史时所筑②。及读乐天《杭州春望》诗,有云:"谁开湖寺西南路,草绿裙腰一道斜。"则并非白筑,未有己所开堤而反曰谁开者,且诗下自注云:"孤山寺路在湖洲中,草绿时望如裙腰。"是必前有此堤,而故注以证己诗,其非初开可知也。是以张祜诗云③:"楼台映碧岑,一径入湖心。"其诗不知何时作?但乐天出刺杭州在长庆末,而陆鲁望每推祜为元和诗人④,则此堤非长庆后始筑,断可知者。尝考此堤名白沙堤,乐天《钱塘湖春行》有云:"最爱湖东行不足,绿杨阴里白沙堤。"则意此堤本名白沙,或有时去沙字单称白堤,而不幸白字恰与乐天姓合,遂误称白公。观有时去白字单称沙堤,如乐天又有诗云:"十里沙堤明月中,"是一沙一白遂多误称,而不知白堤不得称白公堤,犹沙堤不得称宰相堤也。

① 选自清毛奇龄《西河诗词话》。题目为译者所加。 ② 白乐天:即白居易。 ③ 张祜:唐代元和长庆间诗人,字承吉,南阳人,晚年与白居易为友。 ④ 陆鲁望:陆龟蒙,唐长洲人,字鲁望。隐居松江甫里,多所论著。举进士不第。好放游江湖之间,自号江湖散人,或号天随子,时谓甫里先生。与皮日休相友善,多唱和。朝廷以高士召,不至。著作有《笠泽丛书》、《里甫集》等。

【译文】

杭州西湖中有一条堤,贯穿在湖当中,作志书的人先称白堤,后称白公堤,说是白乐天做杭州刺史时建筑。等到读了乐天的《杭州春望》诗,有这样两句:"谁开湖寺西南路,草绿裙腰一道斜。"就知道并非白筑,没有自己所筑的堤反而问是谁筑的? 而且诗下面自注道:"孤山寺路在湖洲中,草绿时望如裙腰。"是一定先有这条堤,所以加注释用来证明自己的诗,不是初开可想而知。所以张祜诗云:"楼台映碧岑,一径入湖心。"这首诗不知道写于何时? 但乐天出任杭州刺史在长庆末年,而陆鲁望每次把张祜说成元和诗人,这就可以知道白堤不是长庆后才筑,这是可以断言的。我曾经考证这条堤叫白沙堤,乐天《钱塘湖春行》有这样的句子:"最爱湖东行不足,绿杨阴里白沙堤。"就可以知道这堤本来叫白沙,或者有时去掉了沙字只称白堤,而不幸白字恰好与乐天的姓相同,就误称白公,看有时去掉了白字只称沙堤,如乐天另有诗云:"十里沙堤明月中",是一沙一白遂多误称,而不知白堤不得称白公堤,犹沙堤不得称宰相堤呀。

西施本萧山人①

按西子本萧山人,见《越绝书》。今时本《越绝书》是后汉袁康、吴平所为,甚不足据。此《越绝书》是当时旧本,既亡而散见于诸书注者。范晔《后汉书·郡国志》云:"《越绝书》曰,萧山西子之所出。"此系旧本《越绝书》原文。而又史书引之入《郡国志》,则《越绝》一史,《后汉》又一史,两重信史,其大足取信明矣。故今萧山有苎萝村,村有苎萝山,山前有红粉石,西施庙,居人即祠施庙中,以为土谷神。此历历可据者。若诸暨误认,则始于唐人小乘所称《图经十道记》,而成于明之《浣纱》曲子。夫稗官传奇不可乱国史,唐后人不可与同时之人及汉魏六朝人争闻辨见。

① 选自清毛奇龄《西河诗词话》。题目为译者所加。西子:即西施,春秋时越国的美女。《孟子·离娄》下:"西子蒙不洁,则人皆掩鼻而过之。"《注》:"西子,古之好女西施也。"

【译文】

我以为西施原是萧山人,可以看《越绝书》。如今所见的《越绝书》是后汉时袁康、吴平所作,绝对不能作为根据。我说的《越绝书》是古代的旧籍,虽然已经消失,却分散在各种书籍的注释中。范晔《后汉书·郡国志》说:"《越绝书》曰,萧山西子之所出。"这是旧籍的《越绝书》原文,而又由史书抄引了记录在《郡国志》的。这样,《越绝书》是一本历史,《后汉书》又是一本历史,两本可靠的历史,就足以证明这一事实了。所以,现在萧山有个苎萝村,村里有座苎萝山,山前有块红粉石、西施庙,村民把西施供奉在庙中,把她看成是土地神。这都是一样样一件件可以作为证据的。诸暨人错

认她是诸暨人,乃是从唐人小说《图经十道记》开始,后来又由明代
的戏曲《浣纱》加以确定。其实,小说、戏曲不能打乱国家的历史,
唐以后的人哪能与同时代人以及汉魏六朝人去争是非曲直呢?

为子弟择师①

　　为子弟择师是第一要事,慎无取太严者。师太严,子
弟多不令②,柔弱者必愚,刚强者怼而为恶③,鞭扑叱咄之
下使人不生好念也。凡教子弟勿违其天资,若有所长处,
当因而成之。教之者所以开其知识也,养之者所以达其
性也。年十四五时知识初开,精神未全,筋骨柔脆,譬如
草木正当二三月间,养之全在此际。噫,此先师魏叔子之
遗言也④,我今不肖,为负之矣。

　　① 选自清冯班《钝吟杂录》。题目为译者所加。冯班:字定远,号钝吟,
江苏常熟人。少为诸生,与兄舒齐名。屡试不第,遂弃去,发愤读书。性拓
落,动不谐俗,意有不可,掉臂去;胸有所得,则曼声长吟,旁若无人。当其被
酒无聊抑郁愤闷时,常就座中恸哭。因班行二,称为二痴。后赵执信见其《钝
吟杂录》,至具朝服下拜于墓前,焚刺称私淑门人。著有《钝吟诗文稿》、《冯氏
小集》等。　　② 不令:不友好,不听命令。　　③ 怼(duì):怨恨。
④ 魏叔子:魏禧,字冰叔,又字叔子,号裕斋,又号勺庭,江西宁都人。儿时即
不乐游嬉,嗜古学。康熙十七年,诏举“博学鸿儒”,以疾辞。后二年,赴扬州,
卒于仪征。禧喜读史,尤好《左氏传》及苏洵文。有古文集二十二卷及《左传
经世》十卷等并传于世。

【译文】
　　替子弟选择老师是第一件重要的事,小心不要挑那些过于严
厉的。老师太严厉,子弟多不服贴,懦弱的变得愚蠢,刚强的由怨
恨而变得性情恶劣,因为鞭扑叱咄之下使人不会有好感。凡是教
育子弟不能违背他的天性,如果有长处,就应当促成它。教是为了

启发他的智力，养是为了让他的长处得到发挥。年纪十四五时求知的欲望刚刚开始，精力还感到不足，身子骨也很脆弱，譬如草木正当二三月间，养育全在这个时候。噫，这是先师魏叔子的遗言呀，我如今不才，实在是辜负了老师的教导了。

志 大 言 大①

子弟小时志大言大是好处，庸师不知②，一味抑他，只要他做个庸人，把子弟弄坏了。

① 选自清冯班《钝吟杂录》。题目为译者所加。　　② 庸师：见识平凡，才能低下的老师。

【译文】

子弟小时候有远大理想，说话不免夸张是好事情，庸劣的老师不懂得其中的道理，老是压抑他，只要他做个平庸的人，把子弟教坏了。

因 势 利 导①

余观世之小人，未有不好唱歌、看戏者，此性天中之《诗》与《乐》也②。未有不看小说、听说书者，此性天中之《书》与《春秋》也③。未有不信占卜、祀鬼神者，此性天中之《易》与《礼》也④。圣人《六经》之教原本人情，而后之儒者乃不能因其势而利导之，百计禁止遏抑，务以成周之刍狗茅塞人心⑤，是何异塞川使之不流，无怪其决裂溃败也。夫今之儒者之心为刍狗之所塞也久矣，而以天下大器使之为之⑥，爰以图治，不亦难乎。

① 选自清刘献廷《广阳杂记》。题目为译者所加。 ② 性天:谓人得之于自然的本性。 ③《春秋》:古籍名。为编年体史书,相传孔子据鲁史修订而成。 ④《易》与《礼》:《易》,古卜筮之书。有《连山》《归藏》《周易》三种,合称三《易》。《礼》,儒家经典名。即《仪礼》。规定社会行为的法则、规范、仪式等。 ⑤ 刍狗:草和狗。一说古代结草为狗,供祭祀之用,祭后弃去。后因比喻轻贱无用之物,巫祝用之。 ⑥ 大器:犹大才。

【译文】

我看人民群众没有不喜欢唱歌、看戏的,这是天生的《诗》与《乐》呀。没有不看小说、听说书的,这是天生的《书》与《春秋》呀。没有不相信卜卦、敬仰鬼神的,这是天生的《易》与《礼》呀。圣人的《六经》原是根据人情制作,可惜后世的儒者不能因势利导,反而千方百计加以阻止压迫,专门用古代统治者轻贱无用的那一套来堵塞人心,这与挑土填河使水没处泻泄有什么不同呢?难怪要决口溃败了。面对这种情况,即使有天大才干的人,要加以谋划整治,不也是很难的吗?

以 攻 为 守①

孔明之出祁山②,以攻为守者也。隆中已知天下大势终于三分矣③。而出师不已者,不如此,欲求三分,不可得也。譬之弈棋,能侵入,始能自治,否则坐而待之耳。彼谯周辈何足知之④。

① 选自清刘献廷《广阳杂记》。题目为译者所加。 ② 祁山:山名。在甘肃西和县西北。三国时,诸葛亮伐魏,出祁山,即此。 ③ 隆中:山名。在湖北襄阳县西。汉末诸葛亮筑庐居于此。山半有抱膝石,隆起如墩,可坐十数人。相传刘备三顾茅庐,即此。 ④ 谯周:三国蜀巴西西充国人,字允南。幼孤,家贫,诵读典籍,至忘寝食,精研六经,尤善书札。诸葛亮领益州牧,命为劝学从事,后官至光禄大夫。以劝蜀主刘禅降魏,魏封为阳城亭侯。著作有《法训》、《古史考》等。

【译文】

　　诸葛亮出兵祁山，这是以攻为守的策略。在刘备三顾茅庐时，他已经知道中国将是个三国鼎立的局面。之所以要一次次攻打魏国，因为不如此，要三国鼎立也不可能。比喻下棋，能够侵入，才能自保，不然就只能坐以待毙而已。这些道理像谯周之流又怎么能知道呢。

错 在 杜 牧①

　　世传西施随范蠡去，不见所出。只杜牧之诗②，有"西子下姑苏，一舸逐鸱夷"之句而附会之耳③。按墨子曰："吴起之裂④，其功也；西施之沉，其美也。"此吴亡后西施亦死于水不从范蠡之证。墨子去吴越之世甚近，所言得其真。然犹恐别有见。后检《修文御览》，见《吴越春秋·逸篇》云："吴亡后，越浮西施于江，令随鸱夷以终。"乃知此事正与墨子合，杜牧之未审也。盖吴既灭，即沉西施于江，浮者，沉也，反言之也。随鸱夷者，子胥之㬱死⑤，西施有力焉。胥死，盛以鸱夷。今沉西施，所以报子胥之忠。故云随鸱夷以终。范蠡去越，亦号鸱夷子皮⑥。牧之遂以子胥鸱夷为范蠡鸱夷，乃堕后人于疑网之中。

　　① 选自清刘献廷《广阳杂记》。题目为译者所加。　　② 杜牧之：杜牧，唐代诗人。字牧之，京兆万年人。　　③ 鸱夷：革囊。亦作盛酒用。④ 吴起之裂：吴起，战国时卫国人。曾从学于曾参。初仕鲁，后仕魏，魏文侯用为将，攻秦，拔五城。为魏相公叔所忌，奔楚，楚悼王用为令尹。楚之贵族大臣多怨起。悼王死，被宗族大臣杀害。　　⑤ 子胥：伍子胥，名员，春秋楚人。父奢兄尚均被楚平王杀害。子胥奔吴，吴封以申地，故称申胥。吴王夫差败越，越请和，子胥谏不从。夫差信伯嚭谗，迫子胥自杀。还把他的尸体装在革囊中，抛进钱塘江。　　⑥ 鸱夷子皮：蠡既佐越王勾践灭吴，知勾践为人不可以共安乐，因浮海出齐，变姓名，自谓鸱夷子皮。省称鸱夷子。

说 理 · 187 ·

【译文】

　　传说西施在吴亡后跟范蠡一起出走,这话没有根据。只有杜牧有两句诗:"西子下姑苏,一舸逐鸱夷",才被后人附会成这样。墨子说:"吴起之裂,其功也;西施之沉,其美也。"这是吴亡后西施也死于水而且不跟范蠡出走的证据。墨子距吴越的时代很近,他说的话比较真实。但是我还怕有别的说法存在。后来翻到《修文御览》,看到在《吴越春秋·逸篇》中说:"吴亡后,越浮西施于江,令随鸱夷以终。"它说的与墨子说的相符,杜牧说的不正确。大概吴国灭亡后,越国就把西施处死,并且也把她的尸体用皮袋装了抛入钱塘江中。浮,就是沉。从反面说。所谓"随鸱夷",这是说伍子胥的被谗言所害,西施在其中起过作用。伍子胥死后,吴王夫差把他的尸体装在皮袋中抛进了钱塘江。如今把西施也这样做,就是为了报答伍子胥的忠君爱国。所以就说:"随鸱夷以终。"范蠡离开越国后,也自称鸱夷子皮。杜牧却把伍子胥的鸱夷当作范蠡的鸱夷来理解,这就把后人弄糊涂了。

所谓坫者^①

　　古所谓坫者,盖垒土为之,以代今人桌子之用。北方山桥野市,凡卖酒浆不托者^②,大都不设桌子而有坫,因而酒曰酒坫,饭曰饭坫。即今京师自高梁桥以至圆明园一带,盖犹见古俗,是店之为坫,实因坫得名。

　　① 选自清茹敦和《越谚释》。题目为译者所加。茹敦和:会稽人。字三樵。乾隆进士,官知县。有《周易二间记》、《越谚释》等。　　② 不托:即汤面。晋时以手搏面而擘置汤中煮之,犹今之抻面,称汤饼,唐时称不托。一说用刀在案上切面,不再用手托,故名。

【译文】

　　古人所说的坫,就是用泥土堆积而成,用来代替现在人们所说的桌子。北方的乡村野市,凡是卖酒浆、汤面的,大多不用桌子而有坫,因此卖酒的叫酒坫,卖饭的叫饭坫。如今北京从高粱桥到圆明园一带,大概还能看到这种古老的风俗,所以店的叫坫,就是从坫来的。

盆花之类①

　　盆花池鱼笼鸟,君子观之不乐②,以囚锁之象寓目也。然三者不可概论。鸟之性情唯在林木,樊笼之与林木有天渊之隔,其为犴狴固无疑矣③,至花之生也以土,鱼之养也以水,江湖之水水也,池中之水亦水也,园囿之土土也,盆中之土亦土也,不过如人生同此居第少有广狭之殊耳,似不为大拂其性。去笼鸟而存池鱼盆花,愿与体物之君子细商之

　　① 选自清秦书田《曝背余谈》。题目为译者所加。　　② 君子:有才德的人。　　③ 犴狴(àn bì):也作"狴犴"。监狱。汉扬雄《法言·吾子》:"狴犴使人多礼乎?"《音义》:"狴犴,牢狱也。"

【译文】
　　盆里的花,池中的鱼,笼中的鸟,有见识的人看了心中不快,因为看到的是一个个囚犯的样子。不过也不能一概而论。鸟的性情只喜欢树林,鸟笼与树林相比有天渊之别,它有被囚禁的感觉是无疑的。至于花托根于泥土,鱼养活在水里,江湖的水是水,池中的水也是水,园囿的土是土,盆中的土也是土,只是有如人住在一间房屋里而有宽广狭窄的不同罢了,似乎还不至于太违背了它们的性情。所以我说:不要在笼中养鸟,却不妨在池里养鱼、盆中种花,愿与懂得物理人情的先生们细细商榷。

元宵灯火①

　　元宵灯火不知起于何时，其发端创始之人殊乏玲珑之致②。月之清光既受夺于灯火，灯火之艳发复见淡于月色，欲两利俱存，反致两贤相厄③。是可乏利导之术乎，请移之中和，洗此笨气。（原注，唐中叶以正月晦日为中和节。）

　　① 选自清秦书田《曝背余谈》。题目为译者所加。　② 玲珑：精巧灵活。
③ 厄：厄运，不幸的遭遇。

【译文】
　　元宵节灯会不知道从何时开始，那首创者颇缺乏聪明才智。不仅清丽的月光受到剥夺，灯火的辉煌也被冲淡。本想相得益美，反倒两败俱伤。也不是没有补救的办法，若将日了从月半移到月底，那么尴尬的局面就从此消除。

民　可　畏①

　　古之帝王，有兴有衰，犹朝之有暮，皆蔽其耳目。至于灭亡，《书》云②："可爱非君，可畏非民。"天子有道，则人推而为主；无道，则人弃而不用，诚可畏也。

　　① 选自《全唐文》卷之十"太宗七"。题目为译者所加。《全唐文》：唐代

文章总集。清嘉庆十九年董诰、曹振镛等编。　　②《书》:《尚书》。"可爱非君"两句,见《尚书·皋陶谟》。孔颖达疏:"言民所爱者岂非人君乎?民以君为命,故爱君也。言君所畏者岂非民乎?君失道则民叛之,故畏民也。"

【译文】

　　古代的帝王,有兴必有衰,就像有朝晨必有傍晚一样,都是耳闻目睹的寻常事。至于灭亡,《尚书》说得好:"可爱非君,可畏非民。"如果皇帝勤政爱民,那么百姓就拥护他;否则,就抛弃他、打倒他。这才叫可怕呢。

老 人 常 态①

　　喜谈旧事,爱听新闻,老人之常态,但不可太烦,亦不可太久,少有倦意而止,客即在坐,勿用周旋②,如张潮诗所云③:"我醉欲眠卿且去"可也。大呼大笑,耗人元气④,对客时亦须检束。

　　① 选自清曹廷栋《老老恒言》。题目为译者所加。曹廷栋:清嘉善人。字楷人,号六圃。绝意进取。杜门著书。尝于所居累土为山,环植花木,以奉母,名曰慈山。因自号慈山居士。有《易准》、《逸语》、《宋百家诗存》等。② 周旋:应酬,打交道。　　③ 张潮:字山来,一字心斋,清安徽歙县人。生卒年均不详。与王晫友。岁贡生。官翰林孔目。尝辑各家文集中类似传奇之文字,为《虞初新志》二十卷,又辑有《昭代丛书》一百五十卷,《檀几丛书》五十卷。工词,有《花影词》传于世。　　④ 元气:指人的精神,生命力的本源。

【译文】

　　爱谈往事,喜听新闻,这是老年人的常态,但是不能太烦,也不能太久,稍有倦意就停下来,即使有客人在旁边也不必敷衍,像张潮诗所说:"我醉欲眠卿且去"就好。大呼大笑,消耗人的精神,招待客人时也必须检点约束。

以　定　心　气①

少年热闹之场,非其类则勿亲,苟不见机知退,取憎而已。至与二三老友相对闲谈,偶关世事,不必论是非,不必较长短,慎尔出话,亦所以定心气②。

① 选自清曹廷栋《老老恒言》。题目为译者所加。　② 心气:中医称心脏的心理功能。

【译文】

年轻人所在的热闹场所,因为不是同一类人就不要参与其间,要是不见机退出,自讨没趣罢了。至于跟二三老友相互闲聊,偶尔涉及到国家社会的事情,不必议论是非,不必计较长短,谨慎说话,也只是为了安定心气。

世　情　世　态①

世情世态,阅历久看应烂熟,心衰面改②,老更奚求。谚曰:"求人不如求己。"呼牛呼马,亦可由人,毋少介意。少介意便生忿③,忿便伤肝,于人何损,徒损乎己耳。

① 选自清曹廷栋《老老恒言》。题目为译者所加。世情世态,多指负的一面,即所谓世态炎凉。　② 心:心气,中医称心脏的生理功能。
③ 介意:放在心上。

【译文】

世态炎凉,经历多了就看得平常,心气衰退,容颜改观,人老了更无追求。常言道:"求人不如求己。"呼牛呼马,也可由着别人,不要有丝毫介意。一介意便生气,生气就伤肝,对别人毫无损伤,白白地伤害了自己而已。

以和议保疆①

书生徒讲文理，不揣时势，未有不误人国家者。宋之南渡，秦桧主和议②，以成偏安之局③，当时议者无不以反颜事仇为桧罪④，而后之力主恢复者，张德远一出而辄败⑤，韩侂胄再出而又败⑥，卒之仍以和议保疆。

① 选自清赵翼《廿二史扎记》。题目为译者所加。赵翼：清阳湖人，字云松，一字耘松，号瓯北。乾隆二十六年进士，授编修，累官至贵西兵备道，被劾降级，辞官归里。主讲安定书院，以文名于时，与袁枚、蒋士铨齐名。有《瓯北诗集》、《廿二史扎记》等。 ② 秦桧：宋江宁人，字会之。政和五年登第。金人掳徽、钦二帝，桧随从至金。为金主弟挞懒纵归。绍兴间为相，力主和议，反对恢复，深得高宗宠信。 ③ 偏安：旧史于王朝据地一方，不能统治全国的，谓之偏安。 ④ 反颜事仇：变了脸向敌人投降。 ⑤ 张德远：张浚，宋绵竹人。字德远，号紫岩居士。徽宗时进士。高宗时曾任知枢密事，出为川陕京西诸路宣抚处置使，力主抗金。秦桧主和议，被贬在外近二十年。孝宗时重起，督师江、淮间，封魏国公。符离之战，为金兵所败。后视师江、淮，被主和派排挤去职。 ⑥ 韩侂胄：南宋相州安阳人，字节夫。宁宗即位，以外戚执政，专权十四年，封平原郡王，官至平章军国事。开禧二年发动北伐，兵败求和。次年因金人欲罪首谋，用史弥远议因斩侂胄首，函送于金。

【译文】

读书人空讲文章义理，不揣摩当时的情况趋向，没有不误人误国的。南宋在南方建立朝廷，秦桧主张与金人议和，这样才形成了偏安的局面。但是当时的舆论界没有不拿低声下气向敌人投降作为秦桧的罪状的。其实后来的主战派如张浚的一出兵就吃败仗，韩侂胄再出兵又败下阵来，到最后还仍然得用和议保住了疆土。

诗 非 异 物①

　　余谓君等勿以诗为异物也,其起承转合②,反正浅深,一切用意布局之法,直与时文无异③,特面貌各别耳。

　　① 选自清梁章钜《试律丛话·自序》。题目为译者所加。梁章钜:字芷邻,(一作茞林)又字闳中,号退庵,福建长乐人。嘉庆七年进士,官至江苏巡抚,兼署两江总督。章钜著述宏富,有《浪迹丛谈》、《归田琐记》等。
② 起承转合:诗文结构的一般顺序。元范梈《诗法》:"作诗有四法:起要平直,承要春容,转要变化,合要渊永。"　　③ 时文:科举应试之文。对"古文"而言。明清称八股文为时文。

【译文】

　　我以为:诸位千万别把诗看成是一种怪物,它的起承转合,反描正写,浅出深入,所有的用意布局,简直跟八股文没啥区别,只是面貌不同而已。

桐 城 人 语①

　　桐城人传先辈语曰②:"学生二十岁不狂,没出息,三十岁犹狂,没出息。"

　　① 选自清王筠《教子法》。题目为译者所加。王筠:清安邱人,字贯山,号菉友,道光举人,官山西乡宁知县。博涉经史,尤精《说文》之学,与段玉裁、桂复、朱骏声称四大家。著有《说文释例》、《文字蒙求》等。　　② 桐城:县名。属安徽省。

【译文】

　　桐城人转述他们前辈的话说:"二十岁时不狂妄,没出息;三十岁时还是那么狂妄，没出息。"

学生是人①

学生是人，不是猪狗。读书而不讲，是念藏经也②，嚼木札也③，钝者或俯首受驱使，敏者必不甘心。人皆寻乐，谁肯寻苦，读书虽不如嬉戏乐，然书中得有乐趣，亦相从矣。

① 选自清王筠《教子法》。题目为译者所加。　② 藏经：即一切经。佛教经书的总称。又叫大藏经，简称藏经、佛藏、释藏。　③ 木札：木片。

【译文】

学生是人，不是猪狗。读书而不讲解，等于念佛经，又像是嚼木片，迟钝的人也许肯听从驱使，灵敏的人就决不会甘心。人都喜欢寻欢乐，谁肯自讨苦吃，读书虽然比不上游戏快乐，不过书中要是能找到乐趣，也就乐于相从。

自 掘 坟 墓①

姚安公监督南新仓时，一庾后壁无故圮，掘之得死鼠近一石。其巨者形几如猫，盖其穴壁下滋生日众，其穴亦日廓，廓至壁下全空，力不任而覆压也。公同事福公海曰："方其坏人之屋，以广己之宅，殆忘其宅之托于屋也。"余谓李林甫、杨国忠辈②，尚不明此理，于鼠乎何尤。

① 选自清纪昀《阅微草堂笔记》。题目为译者所加。　② 李林甫、杨国忠：李林甫，唐宗室。小字哥奴。玄宗时宰相，封晋国公。厚结宦官妃嫔，迎合玄宗意旨，任职十九年，排除异己，政事败坏。其为人往往阳似和好，而

阴谋中伤，无所不至，世称"口蜜腹剑"。杨国忠，唐蒲州永乐人。原名钊，后赐名国忠。因从妹杨贵妃得宠，为唐玄宗所信任。天宝十一年李林甫死，以国忠为右相，兼吏部尚书、判度支等要职，结党营私，独揽朝政，横征暴敛，搜括民财。十四年范阳节度使安禄山以诛国忠为名，起兵叛乱。次年禄山兵破潼关，国忠随玄宗出逃，在马嵬坡为随从士兵所杀。

【译文】

　　在父亲姚安公监督南新仓的时候，一间粮仓后面的墙壁忽然无缘无故地倒坍了，发掘出将近一石的死老鼠。那些死老鼠有像猫一样大的，这是因为它们在这堵墙壁下日益繁殖，洞也挖得一天比一天大，大到受不了墙壁的重压，倒下来就被压死在里面了。姚安公的同事福公海说："在它们毁坏别人的屋子，用来扩大自己的住宅时，却忘掉了这间屋子原是它们生存的依靠。"我说像李林甫、杨国忠这些人尚且不知道这道理，对于老鼠就更难以责怪了。

杨令公祠①

　　杨令公祠在古北口内，祀宋将杨业。顾亭林《昌平山水记》②，据《宋史》谓业战死长城北口，当在云中，非古北口也。考王曾《行程录》③，已云古北口内有业祠。盖辽人重业之忠勇，为之立庙。辽人亲与业战，曾奉使时，距业仅数十年，岂均不知业殁于何地？《宋史》则元季托克托所修④，距业远矣，似未可据后驳前也。

　　① 选自清纪昀《阅微草堂笔记》。题目为译者所加。杨令公：即"杨业"。宋并州太原人。又名继业。初为五代北汉将领，善骑射，以骁勇著名，人称"无敌"。归宋后，任知代州兼三交驻泊兵马都部署。雍熙三年，宋军分路北征，以潘美任云应路行营都部署，业副之，连拔云应、寰朔四州。因东路军失利，诸路撤退，与潘美奉命掩护新收四州民众内迁，监军王侁逼业出战，矢尽援绝，被俘，绝食而死。　　② 顾亭林：即"顾炎武"。明末江苏昆山县人，初

名绛,字宁人,号亭林。南明鲁王起兵时,曾官兵部职方郎中。明亡,嗣母王绝食死,遗命勿事二姓,因改名炎武。尝十谒明陵,遍游华北,所至以书自随。晚年定居陕西华阴县。康熙时诏举博学鸿儒科,荐修明史,皆不就。学问渊博,于经史、典制、郡邑掌故、天文、仪象、河漕、兵农,莫不穷究原委,开清代朴学之风。　　③ 王曾:宋代青州益都(今山东益都)人,字孝先。出身寒微,善为文辞,解试、省试、殿试皆第一。官至翰林学士,拜右仆射兼门下侍郎,平章事,集贤殿大学士,封沂国公。　　④ 托克托:即元朝丞相脱脱,曾主持修撰《宋史》。脱脱,清官书改托克托。元武宗、仁宗朝大臣,即康里脱脱,官至中书左丞相。

【译文】

　　杨令公祠建在古北口内,是祭祀宋朝名将杨业的。顾亭林在《昌平山水记》中,根据《宋史》认为杨业战死在长城北口,这地方应当在云中县,而不是古北口。核查王曾的《行程录》,此书已有古北口内有杨业祠的记载。因为辽人敬重杨业的忠心勇敢,才为他建立了祠庙。辽人亲自与杨业打过仗,而王曾奉命出使辽邦时,距离杨业之死只有几十年,难道他们都不知道杨业死在哪里吗?《宋史》是元代末年的托克托所修撰,那时距杨业的时代就更远了,似乎不能根据后人的说法推翻前人的定论。

名士习气①

　　竹吟与朱青雷游长椿寺,于鬻书画处见一卷,擘窠书曰②:

梅子流酸溅齿牙,芭蕉分绿上窗纱。

日长睡起无情思,闲看儿童捉柳花。

款题"山谷道人"。方拟议真伪,一丐者在旁,睨视微笑曰:"黄鲁直乃书杨诚斋诗,大是异闻。"掉臂竟去。青雷讶曰:"能作此语,安得乞食?"竹吟太息曰:"能作此语,又安得不乞食!"余谓此竹吟愤激之谈③,所谓名士习气也。聪明颖隽之士,或恃才兀傲,使人不敢齿录者④,其势亦可以乞食。是岂可赋感士不遇哉!

　　① 选自纪昀《阅微草堂笔记》。题目为译者所加。　　② 擘窠书:指大字。擘窠,原指篆刻印章时分格,以便匀排。后通称大字为擘窠书。③ 愤激:愤怒而心情激动。　　④ 齿录:收录,叙用。

【译文】

　　竹吟与朱青雷游长椿寺,在卖书画处看到一幅字,用大字写道:(略)落款为:"山谷道人",正在讨论真伪的问题,有个乞丐站在一旁,用眼睛斜看了一下笑着说:"黄鲁直却写杨诚斋诗,真是天大的奇事。"说罢摆动着双手顾自己走了。青雷吃惊道:"有此见识,怎能落到要饭的地步?"竹吟叹息道:"有此见识,又怎能不要饭呢!"我以为这是竹吟的愤激之言,所谓名士习气呀! 聪敏秀出的读书人,有的恃才骄傲,使人不敢叙用他,势必会落到乞讨的地步,这又怎么能与感时不遇的人放在一起说呢。

和 议 之 力①

　　宋既南渡,江、淮以北悉非所有,然数十年后,户亦有一千一百七十万五千六百有奇,视宣和前仅减七百万②,固由从龙而南者实蕃有徒③,然休养生息亦不可谓非和议之力。

① 选自清沈赤然《寄傲轩读书随笔》。题目为译者所加。 ② 宣和：宋徽宗赵佶年号(1120—1125)。 ③ 从龙：从皇帝创业开国。实蕃有徒：这样的人很多。

【译文】

宋高宗南渡以后，长江、淮河以北的地方都不归宋朝所有，但是过了几十年，人口仍然有一千七百七十万五千六百多，比宣和年间只减少了七百万，这当中固然有随高宗南下的大批人在内，但是休养生息也不能不说是和议的功劳。

寿 则 多 辱①

膝前林立，可喜也，虽不能必其贤，必其皆寿也。金钱山积，可喜也，然营田宅劳我心，筹婚嫁劳我心，防盗贼水火又劳我心矣。黄发台背②，可喜也，然心则健忘，耳则重听，举动则须扶持，有不为子孙厌之，奴婢欺之，外人侮之者乎？故曰③："多男子则多惧，富则多事，寿则多辱。"

① 选自清沈赤然《寒夜丛谈》。题目为译者所加。 ② 黄发：老人发白，白久则黄，因以黄发为寿高之象。也指老人。《诗·鲁颂·閟宫》："黄发台背寿胥与试。"《笺》："黄发、台背，皆寿征也。" ③ 故曰：据说为尧对华封人说的，出自《庄子·天地》篇。

【译文】

膝前站满了子孙，是值得高兴的事，即使不能保证他们个个都贤惠，个个都长寿。金钱堆得像一样高，是值得高兴的事，然而经营田宅花费了我好多心思，筹办婚嫁花费了我好多心思，提防盗贼水火又花费了我好多心思。人能活到八九十岁，是值得高兴的事,然而记忆力衰退,听觉迟钝,一举一动都要别人扶持,哪有不被子孙讨厌,奴婢欺侮,外人侮辱的呢? 所以古人说得对:"多男子则多惧,富则多事,寿则多辱。"

从 容 镇 静①

宋明帝遣药酒赐王景文死②,景文将饮酒,谓客曰:"此酒不宜相劝。"齐明帝遣赍鸩逼巴陵王子伦死③,子伦将饮,顾使者曰:"此酒非劝客之具,不可相奉。"其言何婉而趣也。大都从容镇静之态平时尚可伪为,至临死关头不觉本性全露,若二人者可谓视死如甘寝矣④。

① 选自清沈赤然《寄傲轩读书随笔》。题目为译者所加。 ② 王景文:王彧,字景文,球从子。孝武时迁司徒左长史。明帝即位,累除尚书右仆射。帝虑彧门族强盛,晚年不为纯臣。会帝疾笃,遂遣使送药赐彧死。彧方与客棋,敛子入盒,从容仰药死。 ③ 萧子伦:字云宗,武帝第十三子。封巴陵王。永明中迁北中郎将,南琅邪、彭城二郡太守。郁林即位,以南彭城禄力优厚,夺与中书舍人綦毋珍之。更以南兰陵代之。延兴初遣中书舍人茹法亮杀子伦。子伦正衣冠出受诏曰:"先朝灭刘氏,今日之事,理数固然。君是身家旧人,今衔此使,当由事不一获己。"法亮不敢答而退。子伦遂仰鸩死。年十六。 ④ 甘寝:舒适的睡眠。

【译文】

宋明帝派人送药酒赐王景文死,景文临饮时对客人说:"这酒不适宜请客。"齐明帝派人拿药酒逼巴陵王子伦死,子伦临饮时对使者说:"这酒不是劝客之物,恕不奉赠。"他的话多么婉转而又风趣呀! 大概从容镇静的态度平时还可以伪装,到了临死关头本性就全都显露出来,像他们二人这样真可谓是视死如甘寝了。

为我与兼爱①

文章有为我与兼爱之不同。为我者只取我自家明白,虽无第二人解,亦何伤哉,老子古简,庄生诡诞,皆是也。兼爱者必使我一人之心共喻于天下,语不尽不止,孟子详明,墨子重复,是也。《论语》多弟子所记,故语意亦简,孔子诲人不倦,其语必不止此。或怪孔明文采不艳而过于丁宁周至,陈寿以为亮所与言尽众人凡士云云,要之皆文之近于兼爱者也。诗亦有之,王、孟闲适,意取含蓄,乐天讽谕^②,不妨尽言。

---

① 选自清钱振锽《名山小言》。题目为译者所加。钱振锽:字梦鲸,号谪星,又号名山、庸人、藏之,别署星影庐主人、海上羞客等,阳湖(今属常州)人。
② 讽谕:用委婉的话进行劝说。

【译文】

　　文章有"为我"与"兼爱"的不同。为我的只要我自己明白,即使没有第二个人了解,又有什么关系呢,老子的古奥简朴,庄子的诡异诞妄,都是的。兼爱的必定要使我自己的想法让天下人都明白,话非说完不可,孟子的详细明白,墨子的重复啰嗦,就是。《论语》大多是孔子的学生记录,所以语意也简单,孔子诲人不倦,他的话肯定不止这些。有人责怪诸葛亮缺少文采而过于仔细周到,陈寿以为他对人说的都是凡夫俗子口中说的话,总之都是接近兼爱派的。诗歌也有这种情况,王维、孟浩然是闲适派,诗意比较含蓄,白居易志在讽谕,话就不妨直白。

真　道　学^①

　　仲实问诗余小词自唐宋以迄元明可谓灿备^②,鲜有不借径儿女相思之情者,冬烘往往腹诽之^③,谓恐有妨于学道,其说然欤?余曰:"天有风月,地有花柳,与人之歌舞其理相近,假使风月下旗鼓角逐^④,花柳中呵导排衙^⑤,不杀风景乎？天下不过两种人，非男即女，今必欲删却一种，以一种自说自扮，不成戏也。故虽学如文正公⑥，亦复有儿女相思之句，正所谓曲尽人情⑦，真道学也⑧。"

① 选自清舒白香《古南余话》。题目为译者所加。　　② 诗余：词的别名。自古诗变为乐府，自乐府又变为长短句，故称词为诗余。　　③ 冬烘：糊涂，迂腐。腹诽：同"腹非"。谓口虽不言，而内心非之。　　④ 旗鼓角逐：战争场面。旗和鼓，古时军中号令之具。角逐，争夺，竞相取胜。　　⑤ 呵导排衙：古时长官出行时用仪仗队呼喝开路，叫呵导；长官升座，陈设仪仗，僚属依次参见，分列两旁，叫排衙。　　⑥ 文正公：即范仲淹。宋苏州吴县人。登大中祥符进士，官至陕西四路安抚使，参知政事。卒谥文正。工于诗词散文，有《范文正公集》。　　⑦ 曲尽人情：委婉曲折地把人的感情表达出来。⑧ 道学：指宋时理学。自周敦颐、程灏、程颐至朱熹最后完成的以儒家为主、兼容佛道思想某些内容的一种思想体系。

【译文】

　　仲实问词从唐宋以至元明可以说是既彩灿又完备，很少有不借了男女相恋的场面来铺叙的，冬烘先生往往不以为然，说是有伤风化，他们说的真是这样吗？我说："天上有风有月，地上有花有柳，与人间的唱歌跳舞是一个道理，假如风月下旗鼓角逐，花柳中呵导排衙，不是太杀风景了吗？天下不过两种人，不是男的就是女的，如今硬要删掉一种，以一种自唱自演，这不就成了独脚戏了吗？所以虽然像范文正公那样博学多能的人，也还有儿女相思的句子，这才是所谓曲尽人情，是真正的道学了。"

抒 情

孔 子 瘱 醢①

孔子哭子路于中庭②。有人吊者,而夫子拜之。既哭,进使者而问故。使者曰:"醢之矣③。"遂命瘱醢。

① 选自《礼记》。题目为译者所加。　② 中庭:亦犹堂前。　③ 醢(hǎi):肉酱。

【译文】

孔子在堂前哭祭子路。有人来吊丧,孔子就以主人的身份答拜。哭过之后,召见报丧的人,问子路被杀的情形。报丧的人说:"已经被剁成肉酱了。"在悲痛之余,孔子就叫人把吃的肉酱倒掉。

江 南 风 俗①

别易会难,古人所重,江南饯送②,下泣言离。有王子侯梁武帝弟出为东郡③,与武帝别,帝曰:"我年已老,与汝分张④,甚以恻怆。"数行泪下,侯遂密云⑤,赫然而出。坐此被责,飘摇舟渚,一百许日,卒不得去。北间风俗,不屑此事,歧路言离,欢笑分首。然人性自有少涕泪者,肠虽欲绝,目犹烂然⑥,如此之人,不可强责。

① 选自北朝颜之推《颜氏家训》。题目为译者所加。颜之推:字介,琅邪临沂人。之推早传家业,博览群书,无不该洽;好饮酒,性任诞,不修边幅。梁

湘东王绎出镇郢州,引为记室。后绎自立,迁为散骑侍郎。江陵为周军所破,得大将军李穆重之荐,入齐为中书郎,齐亡入周,为御史上士。隋开皇中,太子召为文学,深见礼遇,寻以疾卒。著作有文集三十卷,《家训》二十篇等。
② 饯送:以酒宴送别。　　③ 东郡:秦置,属兖州。　　④ 分张:别离。
⑤ 密云:《易·小畜》有"密云不雨"一语,后因用"密云"为"无泪"的歇后隐语,意指故作悲戚之态而内心并不悲伤。但此处作心虽悲伤,却未落泪讲。
⑥ 烂然:光彩耀眼。

【译文】

　　"别时容易见时难",古人因此非常重视这件事。江南人饯别时,往往淌着眼泪诉说离别的痛苦。有一位王子名叫侯的,是梁武帝的弟弟,要到南京以东的兖州去任职,来向武帝告别,武帝对他说:"我年纪已经老了,现在要与你分开,感到非常悲痛。"说时流下了眼泪。这位王子却只是红了红脸,就这样告别而去。由于这个缘故,侯受到大家的责备,可是坐着船在江渚间滞留了一百多天,这份离别之情也终于没法消除。北方的风俗不是这样,并不把离别当作一回事,来到三岔路口,高高兴兴地与人分手。然而有些人天生不会流泪,即使心里悲苦万分,眼睛还是灿灿发光,对这样的人就没有必要硬去责备他。

宋太祖《戒碑》①

　　柴氏子孙有罪②,不得加刑,纵犯谋逆,止于狱中赐尽,不得市曹显戮,亦不得连坐支属。不得杀士大夫上书言事人。子孙有渝此誓者,天必殛之③。

① 选自《全宋文》。题目为译者所加。 ② 柴氏子孙:即后周世宗柴荣的后代。赵匡胤本为后周宋州归德军节度使,于显德七年发动陈桥兵变,取代后周帝位,国号宋。 ③ 殛(jí):杀。

【译文】

柴氏子孙犯了罪,不准用刑罚,即使犯了谋反的大罪,也只能让他们在监狱里自尽,不准公开在刑场上处决,也不准株连九族。不准杀读书人写信反映情况的人。子孙有违反这份约定的,天必将给予重重的处罚。

告诫曹彬①

江南之事,一以委卿,切勿暴掠生民,务广威信,使自归顺,不须急击也。城陷之日,慎毋杀戮。设若困斗,则李煜一门,不得加害。朕今匣剑授卿②,副将而下,不用命者斩之。

① 选自《宋朝事实类编》。题目为译者所加。曹彬:宋真定灵寿人。字国华。历任后汉、后周。宋太祖伐江南,以彬将行营之师,攻破金陵,生俘后主(李煜),不妄焚杀。官至枢密使、忠武军节度使。死谥武惠。 ② 匣剑:宝剑藏于匣中,比喻人才埋没,不被任用。此处只表示郑重其事而已。

【译文】

攻打南唐的事,全都委托你去办理,切记不要扰乱百姓,务必要广为树立威信,让他们自愿归顺,不必急于求成。城破的那天,千万不要枉杀无辜。假如顽强抵抗,也不能伤害到李煜一家。我今天特地将这口尚方宝剑交给你,副将以下,如有不服从命令的就以此处决。

赠游浙僧①

　　到杭，一游龙井，谒辨才遗像，仍持密云团为献龙井②。孤山下有石室，室前有六一泉，白而甘，当往一酌。湖上寿星院竹③，极伟。其傍智果有参寥泉及新泉④，皆甘冷异常，当特往一酌。仍寻参寥子、妙总师之遗迹，见颖沙弥亦当致意。灵隐寺后高峰塔，一上五里，上有僧不下三十余年矣。不知今在否？亦可一往。元符二年五月十六日，东坡居士书。

　　① 选自宋苏轼《东坡志林》。　　② 密云团：即"密云龙"。茶名。宋叶梦得《石林燕语》："熙宁中，贾青为福建转运使，又取小团之精者为密云龙，以二十饼为斤，而双袋谓之双角团茶。"小团，即小龙团，庆历中蔡襄所造茶名。③ 寿星院：地名。在葛岭智果寺侧。胡祥翰《西湖新志》卷十三《物产·竹品》："寿星竹，《东坡志林》：湖上寿星院，竹极伟。"　　④ 智果：寺名。旧在孤山，名智果观音院。宋绍兴间，分为二：一徙栖霞岭阳，后改忠烈祠；一徙葛岭，标"上"字别之。寺后有泉，本旧迹，仍名"参寥"。法堂梁有题字，云："元祐五年岁在庚午二月辛卯朔二十五日乙卯上梁。"盖东坡手书，自孤山移来者。堂后祠东坡与道潜像。道潜，即参寥。

【译文】

　　到杭州，就玩一下龙井，拜见辨才和尚的遗像，依旧用龙井水泡密云茶献上。孤山下有个石洞，洞前有六一泉，水清而甜，应当前去喝一杯。西湖上要算寿星院的竹子最粗大。旁边就是智果观音院，那里有参寥泉以及新泉，都是清纯不同一般的，应当时常前去品尝。还要找一下参寥子、妙总师的遗迹；看到颖小和尚也应当问一声好。灵隐寺后面的北高峰塔，上去有五里路，上面有个和尚已经三十多年不曾下山，不知道现在还活着？也可以去访问一下。

赠别王文甫[①]

仆以元丰三年二月一日至黄州,时家在南都[②],独与儿子迈来郡中,无一人旧识者。时时策杖至江上,望云涛渺然,亦不知有文甫兄弟在江南也。居十余日,有长而髯者惠然见过[③],乃文甫之弟子辩。留语半日,云迫寒食,且归车湖[④]。仆送之江上,微风细雨,叶舟横江而去。仆登夏陕尾高丘以望之[⑤],仿佛见舟及武昌,乃还。尔后遂相往来,及今四周岁,相过殆百数,遂欲买田而老焉,然竟不遂。近忽量移临汝[⑥],念将复去此而后期不可必,感物凄然,有不胜怀者。浮屠不三宿桑下[⑦],有以也哉。七年三月九日。

① 选自宋苏轼《东坡志林》。
② 南都:地名。即今河南南阳市。
③ 惠然:即"惠然肯来"。《诗·邶风·终风》:"终风且霾,惠然肯来。"《笺》:"肯,可也,有顺心,然后可以来至我旁。"后多用作对客人表示欢迎之词。 ④ 车湖:地名。待查。 ⑤ 夏陕:地名。待查。 ⑥ 量移:唐宋时,被贬谪远方的人臣,遇赦酌情移近安置,称为量移。临汝:地名。宋曰汝州临汝郡。金曰汝州。即今河南临汝县治。 ⑦ 浮屠不三宿桑下:浮屠不三宿桑下,怕生留恋之心。

【译文】
我在元丰三年二月一日到黄州,当时家在南都,只有儿子迈同我来到任所,没有一个相识的人。我经常拄着拐棍来到江边,望着白茫茫的江水,根本不知道文甫兄弟也在江南。住了十多天,有一个高个子、长髯髯的人忽然来到我这里,这就是文甫的弟弟子辩。我留他谈了半天话,他说寒食将近,不得不回车湖去。我送他到江边,微风细雨,看着一叶扁舟横越江面而去。我爬上夏陕站在高地的边上望着远去的他,仿佛连武昌也望见了。然后回来。这之后就彼此来往,到现在整整四年,大概不会少于一百次。我这才想到要买田在此养老,然而到底没有成功。近来忽然接到命令,要我调到临汝去,想想又将离别远去而以后也不可能再来,所以感到凄凉,真有点受不了的样子。僧人有不三宿桑下的话,实在是很有道理的。

柔　奴①

　　王定国岭外归②,出歌者劝东坡酒,歌儿曰柔奴,姓宇文氏,眉目媚丽,家世住京师。坡问柔奴:"广南风土应是不好?"柔奴对曰:"此心安处便是故乡。"

　　① 选自《东坡类编》卷十二引《宋稗类抄》。题目为译者所加。　　② 王巩:字定国,自号清虚先生,莘县(属今山东省)人。生卒年均不详,约宋仁宗熙宁中前后在世。

【译文】
　　王定国从岭南回来,叫歌女出来陪东坡喝酒,歌女名叫柔奴,姓宇文,眉目艳丽,老家世代住在京城。东坡问柔奴:"岭南的风土大概是很不习惯吧?"柔奴答道:"只要我心安宁,到哪都是故乡。"

东 坡 临 终①

　　某岭海万里不死,而归宿田里,遂有不起之忧,岂非命也夫。然死生亦细故尔,无足道者,惟为佛为法为众生自重②。

① 选自《苏轼文集》。题目为译者所加。　② 众生:泛指一切有生命的东西。

【译文】

我从万里外的南方回来,幸喜不死在蛮荒之地;如今回到本土,却病得快要死了,这不是命该如此吗?我知道人很渺小,一个人的死更算不上什么。大师深明佛理,精通佛法,愿为普度众生珍重。

白 居 易 墓①

白居易葬龙门山②。河南尹卢贞刻《醉吟先生传》于石③,立于墓侧。相传洛阳士人及四方游人过瞩墓者,必奠以卮酒,故冢前方丈之土常成渥④。

① 选自宋王谠《唐语林》。题目为译者所加。　② 龙门山:即伊阙。在河南洛阳县南。　③《醉吟先生传》:白居易作于开成三年戊午(838),时年六十七岁。　④ 渥:沾润。

【译文】

白居易葬在龙门山上。河南令尹卢贞把一篇《醉吟先生传》刻在石碑上,竖立在墓旁。相传洛阳的读书人以及各地的游客来墓前凭吊的,必定用酒祭奠,所以墓前一丈见方的土地常常是湿漉漉的。

必 亲 为 粥①

李英公为仆射②,其姐病,必亲为粥,火燃,辄焚及其髭。姐曰:"仆妾甚多,何为自苦若是?"勋曰:"岂为无人耶？顾姐年与勋皆老,欲久为姐粥,复可得乎?"

① 选自宋王谠《唐语林》。题目为译者所加。　② 李勋:唐曹州离狐人。本姓徐,名世勋,字懋功。曾参加瓦冈寨起义军。后降唐,赐姓李,因避太宗李世民讳,单名勋。封英国公。仆射:官名。在唐代相当于宰相。

【译文】

　　李勋做到仆射的官;他的姐姐生病,必定亲自为她煮粥,点火时往往烧到了胡髭。姐姐说:"家里有那么多仆人、妻妾,为什么还要辛辛苦苦亲自做这些事?"李勋说:"哪里是因为没有人? 只是看着姐姐都和我一样的年老,要替姐姐煮粥,这样的机会还能有多少!"

李 和 献 栗^①

　　故都李和炒栗^②,名闻四方。他人百计效之终不可及。绍兴中,陈福公及钱上阁(恺)出使虏廷^③,至燕山^④,忽有两人持炒栗各十裹来献^⑤,三节人亦人得一裹^⑥,自赞曰^⑦:"李和儿也。"挥涕而去。

① 选自宋陆游《老学庵笔记》。题目为译者所加。　② 故都:北宋旧京汴京(今河南开封市)。　③ 陈康伯:官至左仆射,封福国公。　④ 燕山:府名。即今北京市。⑤ 裹:包裹之物。　⑥ 三节人:随从人员。⑦ 自赞:犹自荐。即今所谓自我介绍。

【译文】

　　汴京李和炒的栗子,全国闻名,别人

百般模仿，到底不及他炒的好。绍兴年间，陈康伯和钱恺出使金国，到了北京，忽然有两个人拿着炒栗来献，每个人十包，随从人员也每个人一包，他自我介绍说："我就叫李和儿啊！"离开时还抹着眼泪呢。

因 子 巷①

山阳郡城有金子巷②，莫晓其得名之意。予见郡人言，父老相传，太祖皇帝从周世宗取楚州③，州人力抗周师，逾时不能下。既克，世宗命屠其城。太祖至此巷，适见一妇人断首在道卧，而身下儿犹持其乳吮之，太祖恻然，为返命，收其儿，置乳媪鞠养④。巷中居人，因此获免，乃号因子巷，岁久语讹，遂以为金，而少有知者。

① 选自宋朱弁《曲洧旧闻》。题目为译者所加。朱弁：字少章，徽州婺源人。少颖悟，日读数千言。弱冠入太学，晁说之见其诗，奇之。建炎初，议遣使问安两宫，弁奋身自献，诏补修武郎，借吉州团练使，为通问副使。至云中，见粘罕，邀说甚切。粘罕不听，使就馆，守之以兵，迫任刘豫，弁守节不屈。和议成，得归。弁应迁数官，悉为秦桧所沮，仅转奉议郎，卒。弁著有《聘游集》、《曲洧旧闻》等。　②山阳：郡名。治所在今山东金乡县西北。　③楚州：隋置。故治即今江苏淮安县。　④鞠养：抚养、养育。

【译文】

山阳府城里有一条金子巷，不知道为什么会有这个名称。我遇到那里的人，说古老相传，太祖皇帝（赵匡胤）随周世宗（柴荣）攻打楚州，楚州人竭力抵抗，很久攻不下来，后来攻克，世宗下令把城里的人统统杀光。太祖到了这条巷里，看见有一个女人，头已被砍掉，躺在路上，而身体下面的儿子还捧着她的乳房在吸奶。太祖受到感动，就拿此事向世宗覆命，并且收养了这个小孩，找个乳母抚养他。巷里的居民，因此免遭杀戮，就取名为因子巷。年深月久，语言发生变化，就以为是"金"，也很少有人知道事情的真相。

客 居 合 肥①

　　合肥巷陌皆种柳②，秋风夕起骚骚然③。予客居阖户，时闻马嘶。出城四顾，则荒烟野草，不胜凄黯④……

　　① 选自宋姜夔《白石诗词集》。题目为译者所加。　② 合肥：地名。属安徽省。　③ 骚骚：风劲貌。亦作"愁思貌"解。　④ 凄黯：凄凉沮丧。

【译文】
　　合肥的街道上都种着杨柳，傍晚秋风吹得萧萧然。我客居在外，闭门独处，时不时地听到战马在嘶叫。出了城，眺望四周，一片荒烟蔓草，凄凉寂寞得令人难以忍受……

黍 离 之 悲①

　　淳熙丙申至日，余过维扬②。夜雪初霁，荠麦弥望③。入其城，则四顾萧条，寒水自碧，暮色渐起，戍角悲吟④。予怀怆然，感慨今昔，因自度此曲⑤。千岩老人以为有黍离之悲也⑥。

　　① 选自宋姜夔《白石诗词集》。题目为译者所加。　② 维扬：地名。即今江苏扬州市。《书·禹贡》有"淮海惟扬州"，《尚书》惟字《毛诗》皆作"维"。后人摘取"维扬"作为扬州的别称。　③ 荠麦：胡云翼《宋词选》：荠菜和麦子。一说：荠麦是野生的麦子。　④ 戍角：军营里发出的号角声。⑤ 此曲：指《扬州慢·淮左名都》。　⑥ 千岩老人：萧德藻，字东夫，三山（一作闽清）人，生卒年均不详。绍兴进士，为乌程令，居屏山，自号千岩老人，尝知峡州。德藻为姜夔之师，工诗。黍离：《诗·王风》有《黍离》篇，《诗·序》

谓西周亡后,周大夫过故宗庙宫室,尽为禾黍,彷徨不忍去,乃作此诗。后用为感慨亡国触景生情之词。

【译文】

宋孝宗三年(1176)冬至这一天,我经过扬州。夜里刚下过雪,田野里只有荠菜和野麦子。进入城中,一片凄凉冷落,水还是那么碧绿的;暮色苍茫,军号声如泣如诉。我心里悲伤,慨叹今昔如此不同,就写了这首词。千岩老人以为含有《诗经·黍离》篇的亡国之痛。

姐弟之情①

予自孩幼,从先人宦于古沔②,女须因嫁焉。中去复来几二十年。岂惟姐弟之爱,沔之父老儿女子亦莫不予爱也。丙午冬,千岩老人约予过苕霅③,岁晚乘涛载雪而下,顾念依依,殆不能去。

① 选自宋姜夔《白石诗词集》。题目为译者所加。 ②"从先人"句:夏承焘《姜夔传》:"父噩,绍兴三十年进士,以新喻丞知汉阳县,卒于官。"
③ 苕霅(zhà):水名。苕溪在浙江临安县境内;霅溪在浙江吴兴县境内。

【译文】

我从幼年时起,就跟先父住在汉阳,汉阳古称为沔。我姐姐也嫁在那里。我来来去去差不多有二十年之久。不仅有我姐弟间的手足之情,沔地的父老乡亲也对我情深意重。丙午那年冬天,千岩老人约我去苕霅,寒冬腊月乘船冒雪顺长江而下,颇有依依不舍之感,甚至不想离开。

情是何物①

太和五年乙丑岁赴试并州,道逢捕雁者云②:"今日获一雁,杀之矣。其脱网者悲鸣不能去,竟自投于地而死。"
予因买得之,葬之汾水之上③,累石为识,号曰"雁丘",并
作《雁丘词》。

① 选自金元好问《迈陂塘·问世间情是何物》。题目为译者所加。元好
问:金太原秀容人,字裕之,号遗山。兴定五年进士,官至尚书省左司员外郎。
金亡,不仕。他的诗和古文都很有名,著有《遗山集》四十卷。　② 并州:
古州名。地约当今山西汾水中游地区。　③ 汾水:又称汾河。黄河支流。
源出山西宁武县管涔山,南流至曲沃县西折,在河津县入黄河。

【译文】

金章宗泰和五年(1205),我到太原参加考试,路上碰到一个捕
雁的人,他说:"今天捕到一只雁,我就把它杀掉了。另一只漏网
的,苦苦地叫个不住不肯离开,竟然碰死在地上。"我就买下了这只
死雁,把它葬在汾河岸边,堆些石块作为标记,叫作"雁丘"。另外,
我还用《迈陂塘》的词牌填了一首雁丘词。

交 情 世 态①

汉翟公为廷尉②,既罢,门可设罗雀。乃书门曰:"一
贵一贱,交情乃见。"唐李适之罢相③,作诗曰:

> 避贤初罢相,乐圣且衔杯。
> 为问门前客,今朝几个来?

盖炎而附,寒而弃,从古然矣。灌夫不负窦婴于摈弃之
时④,任安不负卫青于衰落之日⑤,徐晦越乡而别临贺⑥,
后山出境而见东坡⑦,宜其足以响千载之齿颊也。刘元城
之事司马公⑧,当其在朝,书问削迹⑨,及其闲居,急问无虚

月,此又高矣。至于巢谷年逾七十⑩,徒走万里访二苏于瘴海之上,死而不悔,节士也。

① 选自宋罗大经《鹤林玉露》。　② 翟公:汉下邽人,文帝时为廷尉,宾客填门,及罢,门外可设罗雀。后复任廷尉,宾客欲往,公大署其门曰:"一死一生,乃见交情,一贫一富,乃知交态;一贵一贱,交情乃见。"　③ 李适之:唐承乾孙,开元中累官刑部尚书,喜宾客,饮酒至斗余不乱,夜宴娱,昼决事,案无留辞。天宝初为左相,为李林甫所构陷,仰药自杀。　④ 灌夫:汉颍阴人,字仲孺,父张孟为灌婴舍人得幸,荐为二千石。遂蒙姓灌氏。为人刚直使酒,好任侠,重然诺。魏其侯窦婴既失势,得夫与游,欢甚。　⑤ 任安:汉荥阳人,字少卿,尝为大将军卫青舍人。后青故人门下多去事霍去病,辄得官,独安不肯去。　⑥ 徐晦:唐代人。性强直,素为杨凭所知赏,擢第受官,皆凭所荐。凭贬临贺尉,亲友无敢送者,晦独送至蓝田与别。　⑦ 后山:陈师道,宋彭城人,字履常,一字无已。少刻苦学问。元祐初苏轼、傅尧俞辈荐其文行,起为徐州教授,又用梁焘荐为太学博士,改教授颍州。罢归。师道高介有节,安贫乐道。　⑧ 刘元城:名世安,字器之,北宋魏(治所在今河北大名东)人。曾登进士第,不就官,从学司马光。　⑨ 削迹:消减车辙的痕迹。引申为匿迹、隐居。　⑩ 巢谷:宋眉山人,字元修,举进士。绍圣初二苏谪岭海,曾徒步往访,见辙,又欲往海南访轼,至新州病死。

【译文】

汉代的翟公担任廷尉,宾客盈门,罢官以后,门可罗雀,于是就在门上写了两句话:"一贵一贱,交情乃见。"唐代的李适之罢相之后,写诗道(略)。这种热了就靠拢,冷了就抛弃的现象,从古到今都是如此。灌夫不抛弃窦婴在失势的时候,任安不抛弃卫青在落魄的日子,徐晦离开故乡去送被贬的杨凭,后山赶到外地去会见受罚的东坡，难怪千百年来会受到人们的称赞。刘元城的侍奉司马光，当司马光在朝为官时，他隐居不出，等到罢相闲居，就急忙跑去问候，几乎每个月都不间断，这也是高人一等的了。至于巢元修年过七十，还要徒步走万里路去看望在蛮荒之地的东坡与子由，冒死而不顾，也算是个有节操的人。

文　山　书①

平江赵昇卿之侄总管号中山者云②："近有亲朋过河间府③，因憩道傍，烧饼主人延入其家，内有小低阁，壁贴四诗，乃文宋瑞笔也④。漫云：'此字写得也好，以两贯钞换两幅与我如何？'主人笑曰：'此吾传家宝也，虽一锭钞一幅亦不可博。咱们祖上亦是宋民，流落在此。赵家三百年天下，只有这一个官人，岂可轻易把与人邪？文丞相前年过此与我写的，真是宝物也。'斯人朴直可敬如此，所谓公论在野人也。"

① 选自宋周密《癸辛杂识》。　② 平江：县名。属湖南省。　③ 河间：县名。属河北省。　④ 文宋瑞：即文天祥。宋江西吉水县人。字宋瑞，一字履善，号文山。宝祐四年进士第一。官至江西安抚使。元兵至，受命使元军谈判，被扣留。后脱险返回真州。端宗即位于福州，拜为右丞相，封信国公。募兵抗战，力图恢复，兵败被俘，不屈被杀。

【译文】

平江县赵昇卿的侄儿总管别号中山的人说："近来有亲戚路过河间府，在路边休息，烧饼店的老板把他请到家里,家里有一个小阁子,墙壁上贴着四首诗,却是文天祥亲笔所写。他随便说了句话:'这几首诗的字也写得很好,我出两串铜钱换两幅给我怎么样?'老板说:'这是我的传家宝呀!即使一锭银子一幅我也不肯给你。我们祖上也是宋朝的子民,流落到这里。赵家有三百年历史的国家,只有这一个官儿忠心耿耿,我怎么能将他的字迹随便卖给别人呢?文丞相前年路过这里时给我写的,真是无价之宝!'这个人质朴直爽,值得敬重,所谓真理就在老百姓当中!"

瞻 顾 遗 迹①

家有老妪,尝居于此。妪,先大母婢也②,乳二世,先妣抚之甚厚。室西连于中闺,先妣尝一至③。妪每谓余曰:"某所而母立于兹。"妪又曰:"汝姐在吾怀,呱呱而泣;娘以指叩门扉曰:'儿寒乎?欲食乎?'吾从板外相为应答……"语未毕,余泣,妪亦泣。

余自束发,读书轩中,一日,大母过余曰:"吾儿,久不见若影,何竟日默默在此,大类女郎也?"比去,以手阖门,自语曰:"吾家读书久不效,儿之成,则可待乎!"顷之,持一象笏至④,曰:"此吾祖太常公宣德间执此以朝⑤,他日汝当用之!"瞻顾遗迹,如在昨日,令人长号不自禁。

① 选自明归有光《项脊轩志》。题目为译者所加。　② 先大母:已去世的祖母。　③ 先妣:已死的母亲。　④ 象笏:又称象简、手版。古时大臣朝见君主时手执此物。　⑤ 太常公:姓夏名昶,字仲昭,昆山人。永乐进士,历官太常寺卿。宣德:明宣宗年号(1426—1435)。

【译文】

家里有个老奶奶,曾经住过这间屋子。老奶奶是我去世了的祖母的丫环,曾经给我家两代人喂奶,我母亲在世的时候待她很优厚。这间屋子西边和上房连接,我母亲曾经到这里来过一次。老奶奶常常对我说:"你娘在那边站过。"老奶奶还说:"你姐姐躺在我怀里,哇哇地哭着。你娘用手指头敲着门,一边问:'娃娃冷吗? 想吃奶吗?'我隔着板壁跟你娘一问一答说着话……"老奶奶话还没说完,我就哭了起来,老奶奶也哭。

我从幼年时起就在这间屋子里读书。有一天,我祖母走来看我,对我说:"我的孩子! 好久没见到你的影子了,为什么一天到晚地在这里不声不响,像个姑娘家似的?"等到她老人家走出去,用手带上门,还自言自语地说:"我们家的人念书好多年没一个发迹了,这孩子的功名成就应该是有希望的吧?"过了一会儿,她又拿着一块象笏走进来,对我说:"这是我爷爷太常公在宣德年间捧着它上过朝的,将来你也会用到它!"我望着这间古老屋子的四周,那些往事就像发生在昨天一样,真叫人忍不住要大哭一场。

寒 花 葬 志①

　　婢,魏孺人媵也②。嘉靖丁酉五月四日死③,葬虎丘。事我而不卒,命也夫! 婢初媵时,年十岁,垂双鬟,曳深绿布裳。一日,天寒,爇火煮荸荠熟,婢削之盈瓯;予入自外,取食之;婢持去,不与。魏孺人笑之。孺人每令婢倚几旁饭,即饭,目眶冉冉动④。孺人又指予以为笑。回思是时,奄忽便已十年⑤。吁,可悲也已!

　　① 选自明归有光《震川文集》。寒花,文中婢女的名字。　　② 魏孺人:归有光的妻子,姓魏,原籍苏州,后迁居昆山。明清时职官的妻子七品以下者封孺人。媵(yìng):陪嫁的婢女。　　③ 嘉靖丁酉:明嘉靖十六年(1537)。④ 冉冉:犹徐徐。　　⑤ 奄忽:迅疾。

【译文】

　　寒花,我妻子陪嫁的婢女。嘉靖丁酉五月四日去世,葬在苏州虎丘山上。服待我不能到头,这也是命中注定的啊!寒花初来时,年仅十岁,垂着双髻,拖着绿色布衣裳。有一天,天气很冷,发火煮荸荠熟了,寒花削了满满的一盆;我从外面进来,拿了荸荠吃;寒花将荸荠拿走,不给我吃。我妻子望着她笑。我妻子每次叫她靠着张小阁几吃饭,吃饭时,她两只眼睛骨碌骨碌地转动着。我妻子又笑着指给我看。回忆中的这些光景,很快地过了十年了。咦!真教人伤心呢。

贯 休 诗①

贯休诗气幽骨劲,所不待言。余更奇其投钱镠诗云②:"满堂花醉三千客,一剑霜寒十四州。"镠谕改为四十州乃相见。休云"州亦难添,诗亦难改",遂去。贯休于唐亡后有《湘江怀古》诗,极感愤不平之恨,又尝登鄱阳寺阁,有"故国在何处,多年未得归。终学於陵子③,吴中有绿薇"之句。士大夫平时以无父无君讥释子,唐亡以后满朝皆朱梁佐命④,欲再求一凝碧诗几不复得⑤,岂知僧中尚有贯休,将无令士大夫入地耶。

① 选自明贺贻孙《诗筏》。题目为译者所加。贯休,唐末诗僧。俗姓姜,名休,字德隐。善诗,兼工书画。书法人称姜体;善画佛像,以罗汉为最著名。有诗集《禅月集》二十五卷。贺贻孙:字子翼,江西永新人。明末诸生。九岁能文,称为神童。时江右社事方盛,他与陈宏绪、徐世溥等结社豫章。明亡后,隐居不出。顺治七年,学使慕其名,特列贡榜,不就。御史笪重光以"博学鸿儒"荐,书至,愀然道:"吾逃世而不能逃名,名之累人实甚!"乃剪发衣缁,逃入深山。其晚年,家益落,布衣蔬食,无愠色,惟日以著作自娱。著有《易触》、《诗触》、《水田居诗文集》等。 ② 钱镠:唐末临安人,字具美,小名婆留。少任侠,率乡兵镇压黄巢起义军,归董昌为裨将。昌反,镠执之,昭宗拜镠镇海镇东军节度使,赐铁券,拥兵两浙,旋封越王,又封吴王。唐亡,受后梁朱温(太祖)之封,称吴越国王,改元天宝,是为十国之一。 ③ 於(yú)陵子:战

国齐人。即陈仲子。因居于於陵,故号於陵子。於陵,地名。在今山东邹平县境。　　④ 朱梁:五代时朱温建立的后梁王朝。《唐诗纪事》六三《司空图》:"又案梁室大臣,如敬翔、李振、杜晓、汤涉等,皆唐朝旧族⋯⋯一旦委质朱梁,其甚者赞成杀逆。"　　⑤ 凝碧诗:唐代诗人王维,开元初举进士,擢右拾遗、监察御史。安乐山之乱,玄宗西狩,维为禄山所得,置洛阳,迫为给事中。禄山大宴凝碧池,召梨园诸工合乐,诸工皆泣,维闻甚悲,赋诗悼痛。禄山平,维以此诗得免。诗云:"万户伤心生野烟,百官何日再朝天。秋槐叶落空宫里,凝碧池头奏管弦。"

【译文】

　　贯休的诗气质闲静,笔力强劲,这是不用说的。我更欣赏他投赠钱镠的诗道:"满堂花醉三千客,一剑霜寒十四州。"镠说改成四十州就见他,休说:"州亦难添,诗亦难改",就转身走了。贯休在唐亡后有一首《湘江怀古》诗,表示极大的愤慨,又曾经登鄱阳寺阁,有"故国在何处,多年未得归。终学於陵子,吴中有绿薇"的句子。士大夫平时拿无父无君讥笑僧人,唐亡后满朝的人都归顺新朝,要想再找像王维那样的凝碧池诗几乎不可能,哪知僧人中还有一个贯休,这不是要羞得士大夫无地自容吗?

亡　国　之　痛①

一

　　三十日戊申②,一盏黄昏,含愁卒岁。国破家亡,衣冠扫地③,故国极目,楸陇无依④。行年五十余七,同刘彦和慧地之称⑤,萧然僧舍,长明灯作守岁烛⑥,亦可叹也。

　　① 选自明叶绍袁《甲行日注》。题目为译者所加。　　② 戊申:即清顺治二年(1645 乙酉)十二月三十日。　　③ 衣冠扫地:指士大夫不顾名节丧

尽廉耻。或曰士大夫遭此蹂躏。　　④ 楸陇：坟墓。　　⑤ 刘彦和：刘勰，南朝梁东莞莒县人。字彦和。梁武帝时历任东宫通事舍人、步兵校尉等职，著《文心雕龙》五十篇。勰早年家贫，不婚娶，依沙门僧祐，研习佛教经论。晚年出家为僧，法名慧地。称（chèn）：相当，符合。　　⑥ 长明灯：燃灯供佛前，昼夜不灭，故谓长明。

【译文】

十二月三十日（戊申），黄昏灯下独坐，在愁苦中送走了这一年。国破家亡，斯文扫地，故国不存，遗体难托。经历了五十七年，跟刘彦和同一收场，身处寂寞的僧舍，把长明灯当作守岁烛，也是很可悲的。

二

初九日乙亥①，晴。晚间枯林戢响，斜月皎幽，东窗对影，一樽黯绝。颜子之乐自在箪瓢②，予不堪忧者，家国殄瘁，岂能忘心。李陵所云③：

胡笳互动，边声四起，

独坐听之，不觉泪下。

① 乙亥：即清顺治四年（1647 丁亥）十二月初九日。　　② 颜子之乐：《论语·雍也》："一箪食，一瓢饮，在陋巷之中，人不堪其忧，回（颜渊）也不改其乐。"箪，盛饭用的竹器。　　③ 李陵：汉陇西成纪人。字少卿。名将李广之孙。武帝时任骑都尉。天汉二年，率步兵五千人击匈奴，战败投降。

【译文】

十二月初九日，晴。夜里，风吹枯树林发出戢戢的响声，皎洁的月光斜照着，独坐在东窗下喝酒，心里十分凄凉。颜回满足于"一箪食、一瓢饮"的生活，我却为一种忧愁所困扰，面对国破家亡

的现实,又有谁能忍受得了呢? 真如李陵所说:(略)

与 故 人①

初意舟过若下,可得就近一涉江水②,不谓磋跎转深,今故园柳条又生矣。江北春无梅雨,差便旅眺,第日熏尘起,障目若雾,且异地佳山水终以非故园不浃寝食,譬如易水种鱼,难免围困,换土栽根,枝叶转瘁,况其中有他乎③。向随王远侯归夏邑④,远侯以宦迹从江南来,甫涉淮、扬,躐濠、亳⑤,视夏宅、枣林、榆隰、女城、茅屋定谓有过⑥,乃与其家人者夜饮中酒叹曰⑦:"吾遍游北南,似无如吾土之美者。"嗟乎,远游者可知已。

① 选自清毛奇龄《西河牍札》。题目为译者所加。　② 若下:即若耶。溪名。在今绍兴若耶山下。江水,似指若耶溪。　③ 他:指人生失意之类。　④ 夏邑:县名。属河南省。秦置栗县,后魏改名下邑县。金改夏邑。　⑤ 濠亳:州名。濠州与亳州。濠州,在今安徽凤阳县;亳州,辖境相当今安徽亳县涡阳、蒙城及河南鹿邑、永城等县地。　⑥ 夏宅、枣林、榆隰、女城、茅屋:疑都是地名。具体不详。　⑦ 中酒:酒酣。

【译文】

当初以为船过若耶山下,可以就近蹚一下江水,想不到时间过得那么快,转眼间故乡的柳条又披上了绿装。江北没有梅雨,便于出门游览,只是尘灰飞扬,障目蔽日,何况异乡的风景再好,也会使我寝食难安。好比换个水塘养鱼,难免感到局促不安;又好比换块土地种花,枝叶立即变成枯黄,更何况其

中还有别的原因呢。从前随王远侯回夏邑，远侯因为做官从江南
来，刚过了淮河扬州，到了濠州亳州，以为夏宅、枣林、榆隰、女城、
茅屋一定会得经过，就与家里人一起喝酒，酒酣耳热，就说："我跑
遍了大半个中国，好像没有一处比得上我故乡好的。"啊呀！出门
远游者的痛苦心情于此就可以想像了。

睹 物 怀 人①

　　宋萧太虚冲元观道士②，善画墨梅。著花疏秀③，别出
一格。康熙丁酉，旧里杨工求进士，携萧之小立轴观于陈
楞山玉几山房。恍若行行篱落间④，各题诗一篇。后工求
领二千石⑤，典郡秦中⑥，此画不复再见矣。今二君皆下
世，追想昔日游处，展玩写此长幅，二君无由共赏也。不
禁怃然。

　　① 选自清金农《冬心先生题画记》。题目为译者所加。　　② 萧太虚：
宋人，善画墨梅，余未详。　　③ 疏秀：犹清秀。　　④ 行行：走着不停。
⑤ 二千石：汉代内自九卿郎将，外至郡守尉的俸禄等级，都是二千石。后因
称郎将、郡守和知府为二千石，本此。　　⑥ 典郡：主管一郡的政务，指
郡守。

【译文】

　　宋朝冲元观道士萧太虚，擅长画墨梅，画的花不多，却疏朗秀
丽，与众不同。康熙丁酉(1717)年，故乡的杨工求进士，拿了萧道
士的小立轴在陈楞山的玉几山房里观赏。看着这幅画，就仿佛在
竹篱茅舍的村庄中间行走。我们每个人都在那立轴上题了诗。后
来工求做了知府的官，到陕西上任去了，这幅画也就再也见不到
了。如今两位都已经亡故，我回忆从前在一起交游的情景，就仿照
萧道士的立轴画了这张条幅，已经无法再同两位朋友共赏了，就不
觉有一种茫然自失的感觉。

苦　竹①

郦道元注《水经》,山阴县有苦竹里②,里中生竹,竹多繁冗不可芟,岂其幽翳殄瘁若斯民之馁也夫③。山阴比日凋瘵④,吾友舒明府瞻为是邑长⑤,宜悯其凶而施其灌溉焉。予画此幅,冷冷清清,付渡江人寄与之,霜苞雪翠⑥,触目兴感为何如也。

① 选自清金农《冬心先生题画记》。题目为译者所加。　② 山阴:古县名。今属浙江绍兴市。　③ 殄(tiǎn)瘁:困苦。殄瘁,皆病。　④ 凋瘵(zhài):衰败。瘵,病。　⑤ 舒明府瞻:舒瞻,满洲正白旗人。姓他塔喇氏,字云亭。工诗,有《兰藻堂集》。明府,汉魏以来对太守、牧尹,皆称府君,或明府君,省称明府。郡所居曰府,明为贤明之意。　⑥ 霜苞雪翠:谓丛生的翠竹受到霜雪的侵压。霜、雪作动词用。

【译文】

郦道元给《水经》做注疏,说山阴县有个苦竹里,那里生产苦竹,又多又密,简直没法删除,难道它昏暗困苦就像这些老百姓的饥饿一样难以摆脱吗?山阴近来人民生活困苦,我的朋友舒瞻作为那里的父母官,就该同情他们的遭遇而给予救济才好。我画这幅竹子,冷冷清清的几笔,就托过江的人带给他,霜打雪压,他见了不知道会发生怎样的感慨呢。

乳　母①

郑板桥大令通率诡诞②,书画多奇气,世咸以才人目之。读其集中家书数篇,语语真挚,肝肺槎牙③,跃然纸上,非骚人墨客比也。

板桥少孤寒,赖乳母费抚养得活,值岁饥,费晨负入市，以一钱易饼置其手，始治他事。板桥既入官，有诗云：

> 食禄千万锺，不如饼在手。
> 平生所负恩，岂独一乳母。

令人不堪卒读。

① 选自清陈康祺《郎潜记闻初笔》。题目为译者所加。陈康祺：字均堂，浙江鄞县人，生于道光二十年，同治六年举浙江乡试，十年成进士，官至刑部员外郎。他在京仕宦十年，一直郁郁不得志，遂投牒乞外，获准改官江苏昭文县（今属常熟）知县。罢官后侨居苏州。卒年不详。　② 大令：古时县官多称令。后以大令为对县官的敬称。通率：旷达坦率。　③ 槎牙：错杂不齐貌。

【译文】

郑板桥大令旷达坦率，无论作书绘画，多有奇特的构想，世人都把他作为才子看待。读他文集中的几篇家书，真是字字真挚，心里想的，都生动地写在纸上，不是一般的所谓文人墨客好比。

板桥从小孤苦贫穷，全靠乳母费氏抚养长大，遇到饥荒年头，费氏一早背着他到街上去，用一文钱买一个饼给他拿在手里，然后再干别的活。板桥做了官以后，曾作诗道（略），令人感动得没法读下去。

元妃省父母①

　　元妃又向其父说道②："田舍之家,齑盐布帛③,得遂天伦之乐④;今虽富贵,骨肉分离,终无意趣。"……贾政又启:"园中所有亭台轩馆,皆系宝玉所题,如果有一二可寓目者,请即赐名为幸。"元妃听了宝玉能题,便含笑说道:"果进益了。"贾政退出。元妃因问:"宝玉因何不见?"贾母乃启道:"无职外男⑤,不敢擅入。"元妃命引进来。小太监引宝玉进来,先行国礼毕,命他近前,携手揽于怀内,又抚其头颈,笑道:"比先前长了好些。"一语未终,泪如雨下。

---

　　① 选自清曹雪芹《红楼梦》。题目为译者所加。曹雪芹:名霑,字梦阮,号雪芹、芹圃、芹溪。祖籍丰润,后迁辽阳,入满洲正白旗,属内务府包衣。曾祖玺、祖寅、父頫先后任江宁织造六十年,为康熙亲信。雍正时頫被革职抄家,迁北京。乾隆时又遭巨变,家顿落。雪芹工诗善画多才艺,中年后居北京西郊,贫至举家食粥。所著《红楼梦》八十回,为我国古典长篇小说的杰作。　② 元妃:贾元春,贾政之女,选入宫中,封为元妃。　③ 齑(jī)盐:素食。指清苦的生活。　④ 天伦:兄先弟后,天然伦次。后来也泛指父子、兄弟等为天伦。　⑤ 外男:异性男人。

【译文】

　　元妃(贾元春)又对她父亲说:"农民的家庭,衣食虽然清苦些,一家人住在一起,过着天伦之乐的生活;我今天虽然封为贵妃,骨肉分离,到底没有乐趣。"……贾政又启禀道:"园中所有的亭台楼阁,都是宝玉所题,如果有一二处看得上的,就请赐名为好。"元妃听了宝玉能够题款,便笑着说:"真的长进了。"贾政就退了出去。元妃这就问:"宝玉为什么不来相见?"贾母启禀道:"没有官职的男子,不敢随便进来。"元妃命令进来。小太监带宝玉进来,宝玉先按国法行礼完毕,元妃叫他走近来,伸手将他搂在怀中,摸摸他的头颈,笑着说:"比从前长高不少。"一句话还未说完,眼泪就像雨水一样掉下来。

范仲淹诗①

范仲淹知越州时,有属官孙居中,卒于官,子幼家贫,助以俸钱百缗②,且具舟,遣牙校送之归③。仍作诗曰:

十口相依泛巨舟,来时暖热去凄然。
关津不用询名氏④,此是孤儿寡妇船。

① 选自清张伯行《养正类编》。题目为译者所加。张伯行:清仪封人。字孝先,晚号敬庵。康熙进士。累官吏部尚书。其学以程、朱为主,及门受学者数千人。辑《道学源流》、《小学集解》、《养正类编》等。　② 缗:穿钱用的绳子。　③ 牙校:低级的武官。　④ 关津:指水陆要道关卡。

【译文】
范仲淹任越州知州时,有属官孙居中的,死在任职期间,儿子又小,家境贫寒。范仲淹从薪给中拿出上百串钱来接济他们,还准备了船只,派小武官护送孤儿寡妇回去。并且作诗(略)。

忠厚之言①

一庖人随余数年矣,今岁扈从滦阳②,忽无故装束去,借住于附近巷中,盖挟余无人烹饪,故居奇以索高价也③。同人皆为不平,余亦不能无愤恚。既而忽忆武强刘景南官中书时④,极贫窘,一家奴偃蹇求去⑤,景南送之以诗曰：

饥寒迫汝各谋生，送汝依依尚有情。
留取他年相见地，临阶惟叹两三声。

忠厚之言，溢于言表，再三吟诵，觉褊急之气都消⑥。

①　选自清纪昀《阅微草堂笔记》。题目为译者所加。　　②　滦阳：县名。故城在今河北安县西北。　　③　居奇：囤积财货，待时出售，以牟取暴利。④　武强：县名。属河北省。清属深州。　　⑤　偃蹇：困顿。　　⑥　褊急：器量小而急躁。

【译文】

有个厨师跟我好几年了，今年我随从皇上到滦阳，他也跟着我到了那里，忽然无缘无故地打好铺盖走了，借住在附近的一条巷里，他是想趁我无人烧饭因而居为奇货，索取高工资。同事们都为这事抱不平，我也不能不因此生气。不过后来我忽然想到武强人刘景南在任中书时的一件事：景南极其贫困，一个奴仆因为吃不了苦要求离开，景南就写了首诗送他。诗云（略），忠诚厚道的话都表现在这首诗里，我接连读了好几遍，就觉得原来的褊急之气也消失了。

致 顾 仲 懿①

蒲帆风饱②，飞渡大江，梦稳扁舟，破晓未醒，推篷起视，而黄沙白草③，茅店板桥④，已非江南风景，家山易别，客地重经，唯自咏"何如风不顺，我得去乡迟"之旧句耳。

① 选自清朱熙芝《尺一书》。朱熙芝：清浙江山阴人，著有《芸香阁尺一书》。　② 蒲帆：用蒲草编的帆。　③ 白草：枯草。　④ 茅店：即简陋的客店。唐《温庭筠诗集》七《商山早行》："鸡声茅店月，人迹板桥霜。"

【译文】

　　一帆风顺，很快就渡过了长江，船身虽小，睡得倒很安稳，到黎明时还未清醒。推开船窗一望，满目都是黄沙白草，茅店板桥，已经不是江南的风景，告别家乡，异地重逢，只有自个儿念念从前写的"何如风不顺，我得去乡迟"的诗句罢了。

笃于师友①

　　靳秋水，章邱人，善丹青，来吾邑学博高公署②。是时高公子西园年方童稚，亦学画，同榻卧起最久。晚年重逢，西园追感旧游，置酒与饮，作长歌赠之，云：

　　　　荒村落日风萧骚，隔篱人语闻嘈嘈。
　　　　苍茫起立问谁者，济南故人黉山樵③。
　　　　黉山樵客丹青手，半生老笔驱山走。
　　　　有时得酒气尤豪，一泼寻常墨数斗。

形容秋水之画，并其意气写出。

　　西园在济南，渔洋先生病，遗嘱命往新城拜画像，受赐书，时康熙辛卯也。西园遂称私淑门人④。元旦悬画像拜祭，见绕屋梅花有欲放者，怅然作诗，云：

半生画里见羹墙⑤,今夕炉添柏子香。

万顷梅花香雪海,定知烟水梦渔洋。

西园性情豪迈,而平生笃于师友如此。

① 选自清王培荀《乡园忆旧录》。题目为译者所加。王培荀:字景叔,号
雪峤。其先祖乃河北枣强人,明洪武初,始迁山东淄川。培荀自幼天赋过人,
读书、治学刻苦勤奋。但在仕途上却并不顺利。道光十五年会试落榜,恰逢
朝廷开设六年一度的挑场,遂以孝廉方正获大挑一等。同年,以县令分发四
川,历任鄞都、荣昌等县知县。著作颇多,有《乡园忆旧录》、《听雨楼随笔》等。
② 学博:清代对州县"学官"之别称。   ③ 黄山:原注:"此指长白黄堂岭,
非淄之黄山。"   ④ 私淑:未得身受其教而宗仰其人为私淑。   ⑤ 羹
墙:《后汉书·李固传》:"昔尧殂之后,舜仰慕三年,坐则见尧于墙,食则睹尧
于羹,斯所谓聿追来孝,不失臣子之节者。"后因以羹墙为思慕之词。

【译文】

　　靳秋水,山东章丘人,擅长绘画,曾来我县学官高公的衙署居
住。当时高公子西园还是个孩子,也学习绘画,与秋水同起同卧很
长一段时间。晚年重逢,西园颇念旧情,备了酒与他同饮,还写了
篇长诗送给他。诗云(略)。形容秋山的绘画,同时还把他的豪迈
意气刻画得淋漓尽致。

　　西园在济南,渔洋先生病重,遗嘱叫他到新城拜见画像,接受
遗书,这是康熙辛卯(1711)那年的事。因此西园自称是渔洋先生
的私淑弟子。元旦挂起老师的画像来祭拜,见屋子四周的梅花含
苞欲放,就悲伤地作诗道(略)。西园秉性豪迈,而一生对于师友却
是那么情深义重。

新　婚　别①

时吾父稼夫公在会稽幕府,专役相迓,受业于武林赵

省斋先生门下。先生循循善诱,余今日之尚能握管,先生力也。归来完姻时,原订随侍到馆②。闻信之徐,心甚怅然,恐芸之对人堕泪,而芸反强颜劝勉,代整行装,是晚但觉神色稍异而已。临行,向余小语曰:"无人调护,自去经心!"及登舟解缆,正当桃李争妍之候,而余则恍同林鸟失群,天地异色。到馆后,吾父即渡江东去。居三月如十年之隔。芸虽时有书来,必两问一答,半多勉励词,余皆浮套语,心殊怏怏。每当风生竹院,月上蕉窗,对景怀人,梦魂颠倒。先生知其情,即致书吾父,出十题而遣余暂归。喜同戍人得赦,登舟后,反觉一刻如年。

① 选自清沈复《浮生六记》。题目为译者所加。　　② 随侍:谓跟随侍候。

【译文】

当时我父亲稼夫公在会稽县政府任职,专门派人前来接我,叫我到杭州赵省斋先生那里去读书。赵先生循循善诱,我今天还能执笔为文,就全靠先生的教导有方。回家结婚时,原来答应再来求学;如今见到来人,心里就很不高兴,我怕芸会对人掉泪,而芸反倒装出一副高兴的样子,劝慰我,还为我整顿行装,只是这一晚稍稍觉得有点神色异样罢了。临走时,芸对我小声说道:"没人照料,万事都得自己小心!"等到上船起锚,虽然时值桃红柳绿之际,而我却像鸟儿失群,天地变色一般。到了杭州,父亲就渡江而去。在塾中住了三个月，就像有三年的样子，芸虽然常写信来，总是两问一答的，有一半是勉励话，其余都是客套话，我心里很不是滋味。每当园里竹叶声萧萧响起，月亮照上窗台，面对这些光景，我就想起芸来，真有点梦魂颠倒的样子。赵先生看穿我的心思，就写信给我父亲，他为我出了十道题目，叫我回家去做，我高兴得像是犯人得到赦免一样。上船后，真有一刻也等不及之感。

吃　粥①

　　是夜送亲城外，返已漏三下，腹饥索饵，婢妪以枣脯进，余嫌其甜。芸暗牵余袖，随至其室，见藏有暖粥并小菜焉，余欣然举箸。忽闻芸堂兄玉衡呼曰："淑妹速来！"芸急闭门曰："已疲乏，将卧矣。"玉衡挤身而入，见余将吃粥，乃笑睨芸曰："顷我索粥，汝曰'尽矣'，乃藏此专待汝婿耶？"芸大窘避去，上下哗笑之。

　　① 选自清沈复《浮生六记》。题目为译者所加。

【译文】
　　这一夜我送亲戚到城外，回来已经是半夜时分，肚中饥饿想找糕饼充饥，傭妇拿蜜枣给我，我嫌太甜。芸偷偷拉拉我的衣袖，我跟她到房间里，看见有热粥和小菜藏在那里。我高兴地想拿起筷子来吃，忽然芸的堂兄玉衡叫道："淑妹快来！"芸急忙把房门关上，说："我已经睏了，正准备睡呢。"玉衡却推门进来，看见我准备吃粥，就望着芸笑着说："刚才我要粥吃，你说'没了'，却是藏着专门给夫婿吃的啊！"芸感到很不好意思，就逃走了。家里人都把这件事当作笑话说。

悼亡妻①

　　去年燕来较迟，帘外桃花，已零落殆半。夜深巢泥忽倾,堕雏于地,秋芙惧为猧儿所攫②,急收取之,且为钉竹片于梁,以承其巢。今年燕子复来,故巢犹在,绕屋呢喃③,殆犹忆去年护雏人耶?

① 选自清蒋坦《秋灯琐忆》。蒋坦:字平伯,号蔼卿,浙江钱塘人。终生秀才,善文章、工书法,著有《秋灯琐忆》》、《息影庵初存诗》等。 ② 秋芙:蒋坦的妻子,也是他的表妹。姓关名锳,钱塘人,能诗词。猧(wō)儿:小狗。 ③ 呢喃:燕子鸣声。

【译文】

去年的燕子来得较晚,窗外的桃花差不多已经掉了一半。深夜里燕窝忽然倒坍,小燕子掉在地上,秋芙怕它会被小狗衔去,就急忙拾了起来,并且还在梁上钉了几条竹片,这样可以托住燕窝。今年燕子又来,旧窝还在,只是绕着屋子飞着叫着,大概是在想念去年救护小燕子的那个人吧?

故 乡①

小沛县②。县治故城南垞上③。东岸有泗水亭,汉高祖为泗水亭长,即此亭也。故亭今有高祖庙,庙前有碑,延熹十年立④。庙阙崩褫⑤,略无全者。水中有故石梁处,遗石尚存。高祖之破黥布也⑥。过之,置酒沛宫,酒酣,歌舞,慷慨伤怀。曰:"游子思故乡也⑦。"

① 选自任松如《水经注异闻录》。 ② 小沛:即沛县。秦置。二世元年,陈涉起沛。父老共杀沛令,迎高祖,立为沛公。高祖定天下,以沛为汤沐邑,后以属沛郡,亦谓之小沛。故城在今江苏沛县东。 ③ 垞:土丘。一说城名。《水经注》二五《泗水》:"泗水又迳留县而南,迳垞城东。"在江苏徐州北。 ④ 延熹十年:延熹为东汉桓帝年号,即公元167年。 ⑤ 阙:古代宫庙及墓门立双柱者谓之阙。褫:解除,废弛。 ⑥ 黥布:即英布,汉六

人。曾犯法被黥面，故又称黥布。秦末率骊山刑徒起事，归附项羽，封九江王。楚汉相争时，随和说之归汉，封淮南王。高祖十一年，韩信、彭越被杀，布不自安，遂发兵反。高祖亲征，破布军于蕲西，布败走长沙，为番阳人所杀。
⑦ 游子：长年漂流在外的人。

【译文】

　　小沛县。县政府在旧城东南面的土丘上。东岸有泗水亭，汉高祖刘邦曾任泗水亭长，就是这个亭子。亭的旧址有高祖庙，庙前有一块石碑，东汉桓帝十年时建立。庙门前的连阙都已倒塌废弛，一点都看不到原来的样子。河上有旧石桥，旧石墩还在。高祖在蕲春打败黥布，从这里经过，在故家摆酒庆贺，酒喝醉了，还唱歌跳舞，激昂慷慨，颇有伤感，说："游子是多么想念家乡啊！"

<h1 style="text-align:center">客　愁①</h1>

　　行人于斜日将堕之时②，暝色逼人，四顾满目非故乡之人，细聆满耳皆异乡之语，一念及家乡万里，老亲弱弟必时时相语，谓今当至某处矣。此时真觉柔肠欲断，涕不可仰③。故予有句云：

　　　　日暮客愁集，
　　　　烟深人语喧。

皆所身历，非托诸空言也。

① 选自鲁迅《戛剑生杂记》。题目为译者所加。　② 行人：出门在外的人。　③ "此时"两句：表示伤心到极点。肠都断了，哭得抬不起头来。

【译文】

出门在外的人,每当夕阳西下,天色渐暗,望望周围都不是故乡的人,细听他们的说话,又都是异乡的口音;我离开故乡已经很远很远了。年老的母亲和幼小的弟弟此时定在念叨,说我现在该到什么地方了。这时的我真觉得肠子要一寸寸断裂,泪流满面,难以控制。所以我有诗写道:(略)都是从亲身经历中得来,而不是凭空说说的。

故园之思①

过朝天宫②,见人于小池塘内捕鱼,劳而所得不多,大抵皆鰌鱼之属耳③。忆故乡菱荡钓鯈之景④,宁可再得,令人不觉有故园之思。

① 选自周作人《旧日记抄》。题目为译者所加。 ② 朝天宫:道教宫观名。在今江苏南京市。即吴冶城。五代杨吴建紫极宫,宋改天庆观,明洪武中改今名。并为当时朝贺习礼的场所。 ③ 鰌鱼:俗称泥鳅。④ 鯈(tiáo):鱼名。即小白鱼。俗称鯈鱼白鲦。1983 年商务版《辞源》"鲦"字下:"鱼名。即白鯈,长仅数寸,生江湖中。"

【译文】

经过朝天宫,看见有人在小池塘里捉鱼,辛辛苦苦地却捉不到多少鱼,而且大多数是泥鳅之类的东西。想起在绍兴菱荡里钓鯈鱼白鲦的情景,今后再也不会有这样的机会了,教人不知不觉地有了思乡的念头。

论 文

思 无 邪^①

子曰:"《诗》三百,一言以蔽之,曰:'思无邪^②'。"

① 选自《论语》。题目为译者所加。论语:为孔子弟子及其后学关于孔子言行思想的记录。二十篇。   ② 思无邪:本是《诗经·鲁颂·駉》篇之一;孔子借来作为评论《诗经》的话。思,汉郑玄《笺》、宋朱熹《集传》训为思想。毛公无传,《论语集传》包咸《注》只释"无邪",以思为语辞。"駉"篇中八思字都是语辞,思无邪即无邪。

【译文】

孔子说:"《诗经》三百篇,用一句来概括,就是作者的思想完全是纯正的。"

《三都赋》^①

左太冲作《三都赋》初成^②,时人互有讥訾,思意不惬。后示张公^③,张曰:"此《二京》可三,然君文未重于世,宜以经高名之士。"思乃询求于皇甫谧^④。谧见之嗟叹,遂为作叙。于是先相非贰者^⑤,莫不敛衽赞述焉^⑥。

① 选自南朝宋刘义庆《世说新语》。题目为译者所加。   ② 左太冲:左思,字太冲,西晋临淄人,官秘书郎。貌丑口讷而博学能文。司空张华辟为祭酒,贾谧举为秘书。谧诛,归乡里专事著述。曾作《三都赋》,十年始成。豪贵之家,竞相传写,洛阳为之纸贵。三都:魏、蜀、吴三都,指邺(今安阳)、益州

（今成都）、建业（今南京）。　　③ 张公：张华，字茂先，西晋著名文学家。
④ 皇甫谧：晋朝那人，字士安，号玄晏先生。年二十余始力学，受业于席坦，
有志著述，屡征不就。后得风痹疾，犹手不释卷。　　⑤ 非贰：非难。
⑥ 敛衽：整顿衣襟，表示敬肃。赞述：赞美称道。

【译文】

左思作《三都赋》刚完成，当时人就纷纷讽刺诋毁，思心里很不
痛快。后来把《三都赋》拿给张华看，张华说："这篇赋可以与班固
的《两都赋》、张衡的《两京赋》鼎足而三，不过你的文章还没被世人
看重，应该经高明之士推荐一下才好。"思于是就征求皇甫谧的意
见。谧读了《三都赋》后赞叹不已，就为它写了篇序。就这样，那些
非难过《三都赋》的人，就赞美称道起来，跟先前完全不同。

蝉噪林愈静①

王籍《入若耶溪》诗云②："蝉噪林愈静，鸟鸣山更幽。"
江南以为文外独绝，物无异议，简文吟咏，不能忘之，孝元
讽味，以为不可复得，至《怀旧志》载于籍传。范阳卢询祖
邺下才俊，乃言此不成语，何事于能，魏收亦然其论③。诗
云："萧萧马鸣，悠悠旆旌"，毛《传》云："言不喧哗也。"吾
每叹此解有情致，籍诗生于此意耳。

① 选自北朝颜之推《颜氏家训》。题目为译者所加。　　② 王籍：字文
海，梁代琅邪临沂人。著名诗人，曾任萧绎湘东王府咨议参事。　　③ 魏
收：北齐钜鹿下曲阳人。字伯起，小字佛助。机警能文。

【译文】

王籍在《入若耶溪》诗中云："蝉噪林愈静，鸟鸣山更幽。"梁国
人认为这是超凡脱俗的佳句，大家都没有异议。简文帝读过后难
以忘记，孝元帝在赏玩之余也认为世上难得，甚至在《怀旧志》里把

它写进了王籍的传记。然而北齐的才子范阳人卢询祖却说:"这诗句不成话,有什么好称赞的。"魏收也同意他的看法。《诗经·小雅·车攻》篇说:"萧萧马鸣,悠悠旆旌。"毛《传》注解说:"言不喧哗也。"我总是叹服这注解说得有情趣,王籍的诗句就脱胎于此。

人各有所得①

吴兴僧昼一,字皎然,工律诗。尝谒韦苏州②,恐诗体不合,乃于舟抒思,作古体十数篇为献。韦皆不称赏,昼一极失望。明日写其旧制献之,韦吟讽,大加叹赏,因语昼一云:"几致失声名。何不但以所工见投,而猥希老夫之意③?人各有所得,非卒能致。"昼一服其能鉴。

① 选自宋王谠《唐语林》。题目为译者所加。 ② 韦苏州:韦应物,唐京兆人。少年时以三卫郎事玄宗,乱后失官,更折节读书。后历官滁州、江州、苏州刺史,有惠政,人称韦江州或韦苏州。性行高洁,诗如其人,闲谈简远似陶潜,世称陶韦。与顾况、刘长卿等多所唱和。 ③ 猥希:曲意迎合。

【译文】

吴兴有个和尚叫昼一,表字皎然,擅长写律诗。曾经去拜见韦应物,怕律诗不合韦的胃口,就在船里苦苦思索,写了十多篇古体诗呈上。韦全都看不上眼,昼一非常失望。第二天将平时写的旧作呈上,韦读了这些诗篇,反而大加赞赏,因此就对昼一说:"差一点失掉了欣赏佳作的机会。你何不以拿手之作送给我看,而要曲意迎合我的心意呢?每个人都有每个人的长处,不是一时三刻所能造得出来的。"昼一非常佩服韦的艺术鉴赏力。

熟 能 生 巧①

顷岁孙莘老识欧阳文忠公②,尝乘间以文字问之。云无它术,唯勤读书而多为之,自工。世人患作文字少,又懒读书,每一篇出,即求过人。如此,少有至者。疵病不必待人指摘,多作自能见之。此公以其尝试者告人,故尤有味。

① 选自宋苏轼《东坡志林》。题目为译者所加。 ② 孙莘老:名觉,字莘老。宋高邮人。欧阳文忠:即欧阳修,卒谥文忠。

【译文】

近年来,孙莘老结识欧阳文忠公,有机会拿写作的事向他请教。文忠公说:"也没有别的诀窍,只要勤读书、多动笔,自然就会提高。大多数人的毛病出在动笔少,又懒得读书,每写一篇文章,就想超越别人。这样的人很少有成功的。文章的缺点不必等人指出,多写自己就能发现。"这位老先生拿自己的经验告诫别人,所以意味特别深长。

书渊明集①

余闻江州东林寺陶渊明诗集②,方欲遣人求之,而李江州忽送一部遗予,字大纸厚,甚可喜也。每体中不佳,辄取读,不过一篇,惟恐读尽,后无以自遣耳。

① 选自宋苏轼《东坡志林》。 ② 江州:州名。西晋元康元年分荆、扬二州地,因江水之名而置江州。东林寺:寺名。故址在今江西庐山。晋江州刺史桓尹为释慧远所建。时有释慧永,先居西林,此在其东,故名东林。

【译文】

我听说江州东林寺有陶渊明的诗集,正想派人去访求,想不到李刺史却忽然送了一部来给我,不仅字大,纸张也厚实,我十分喜欢。每次身体不适,就拿出来阅读,只读一篇,唯恐读完了再没有可以消遣的。

爱 好 不 同①

欧阳文忠公极赏林和靖"疏影横斜水清浅②,暗香浮动月黄昏"之句,而不知和靖别有《咏梅》一联云:"雪后园林才半树,水边篱落忽横枝",似胜前句,不知文忠缘何弃此而赏彼? 文章大概亦如女色,好恶止系于人。

① 选自宋黄庭坚《山谷题跋》。题目为译者所加。 ② 林和靖:名逋,北宋钱塘(今杭州)人。布衣诗人。

【译文】
欧阳文忠公非常欣赏林和靖"疏影横斜水清浅,暗香浮动月黄昏"的句子,却不知道和靖另有《咏梅》诗中的一联说:"雪后园林才半树,水边篱落忽横枝",似乎比前两句更好,不知道文忠公为什么把它给丢掉了? 大概看文章就像看女人的容貌,喜不喜欢在于个人的爱好。

《责子诗》跋①

观靖节此诗,想见其人慈祥戏谑可观也②,俗人便谓渊明诸子皆不肖③,而愁叹见于诗耳。

① 选自宋黄庭坚《山谷跋》。题目为译者所加。陶潜《责子诗》云:"白发披两鬓,肌肤不复实,虽有五男儿,总不好纸笔。阿舒已二八,懒惰故无匹。阿宣行志学,而不爱文术。雍端年十三,不识六与七。通子才九龄,但觅梨与栗。天运苟如此,且进杯中物。" ② 戏谑:玩笑。 ③ 不肖:子不似父。或不才,不正派。

【译文】

读靖节的这首诗,可以想像他是一个亲切慈祥而又喜乐的人,俗人却说他的几个儿子都没出息,所以诗中才有这种忧愁悲叹的情绪。

长亭怨慢小序①

予颇喜自制曲,初率意为长短句,然后协以律,故前后阕多不同。桓大司马云②:

> 昔年种柳,依依汉南③。
> 今看摇落,凄怆江潭。
> 树犹如此,人何以堪。

此语余深爱之。

① 选自宋姜夔《白石道人诗集》。题目为译者所加。　② 桓大司马:即桓温。见前注。所说的六句话,系根据庾信的《枯树赋》。　③ 汉南:县名。即今湖北宜城县治。

【译文】

我很喜欢自己作曲,起先随意写成词句,然后配上曲子,所以上下片往往不同。桓温大司马说:(略)这几句话我非常喜欢。

今人解杜诗①

今人解杜诗,但寻出处,不知少陵之意,初不如是。且如《岳阳楼》诗:

昔闻洞庭水，今上岳阳楼。

吴楚东南坼②，乾坤日夜浮。

亲朋无一字，老病有孤舟。

戎马关山北，凭轩涕泗流。

此岂可以出处求哉？纵使字字寻得出处，去少陵之意益远矣。盖后人元不知杜诗所以妙绝古今者在何处，但以一字亦有出处为工。如《西昆酬唱集》中诗③，何曾有一字无出处者，便以为追配少陵，可乎？且今人作诗，亦未尝无出处，渠自不知，若为之笺注，亦字字有出处，但不妨其为恶诗耳。

---

① 选自宋陆游《老学庵笔记》。题目为译者所加。　　② 坼：分裂。
③《西昆酬唱集》：宋杨亿编。录杨亿、刘筠等十七人倡和诗。杨亿、刘筠、钱惟演等人所作的诗，大抵追求辞藻，好用典故，文字绮丽，而语言轻浅，一时慕之，号西昆体。亦简称昆体。

【译文】

　　如今的人解释杜甫的诗，只找出典，不知道少陵的原意，本来就不是这样的。例如《登岳阳楼》诗云（略）。这难道可以用有出典来要求的吗？要是字字找到了出典，反而离少陵的原意更远。后来的人不知道杜诗所以古今无人能比的原因何在，只以为每个字有出典就好。譬如《西昆酬倡集》中的诗，不曾有一字没有出典，便以为可以配得上唐代的杜甫了，这可能吗？况且如今人作诗，也不是没有出典，但他们不明白,如果替它笺注,也字字都有出典,但仍然不影响它成为一首坏诗。

《岁时杂记》①

承平无事之日,故都节物及中州风俗人人知之,若不必记,自丧乱来七十年②,遗老凋落无在者,然后知此书之不可阙。吕公论著实崇宁大观间,岂前辈达识固已知有后日耶。然年运而往。士大夫安于江左,求新亭对泣者正未易得③,抚卷累欷④,庆元三年二月乙卯,笠泽陆游书⑤。

① 选自《放翁题跋》卷三。题目为译者所加。《岁时杂记》:书名。宋吕原明著。　② 丧乱:宋钦宗靖康二年(1127),金兵攻破汴京。至宋宁宗庆元三年(1197),正好是七十年。　③ 新亭对泣:见前注。　④ 欷(xī):欷歔。叹息声,抽咽声。　⑤ 笠泽:水名。即今松江(吴松江)。宋徽宗宣和七年(1125)陆游生于"淮(水)之湄",故称"笠泽陆游"。

【译文】
国家太平无事的日子,汴京应节的物事以及河南的风俗人人都知道,好像没有记录的必要,但是从靖康二年至今七十年来,遗老都已谢世,才知道吕公这本书的可贵。吕公记的是崇宁、大观间的事情,难道前辈中的有识之士早已知道会有今天的吗?然而他们也都随着时间过去了。如今的士大夫苟安于江左,要找个"新亭对泣"的人真的已经很不容易。我捧着这本书屡屡叹息。庆元三年二月乙卯,笠泽陆游记。

参　寥　诗①

吴几先尝言:"参寥诗云:'五月临平山下路,藕花无数满汀洲。'五月非荷花盛时,不当云'无数满汀洲'。"廉宣仲云:"此但取句美,若云'六月临平山下路'则不佳矣。"几先云:"只是君记得熟,故以五月为胜,不然止云六月,亦岂不佳哉。"

① 选自宋陆游《老学庵笔记》。题目为译者所加 。参寥:即道潜。号参寥子。曾作七绝《临平道中》,受到东坡的赞赏。

【译文】

吴几先曾说:"参寥在一首诗中说:'五月临平山下路,藕花无数满汀洲。'五月不是荷花盛开的季节,不应当说'无数满汀洲'。"廉宣仲说:"这是考虑到句子美,如果说'六月临平山下路'就不美了。"几先说:"这是因你背熟了五月,所以就认为五月好,不然仅仅只说六月,岂不是也很好吗?"

钓 台 记①

闻之前辈云,范文正公作《严子陵钓台记》,其文已就,召人能为改一字者,当有厚赠。有一士人乞改一字。记云:"云山苍苍,江水泱泱。先生之德,山高水长。"乞改"德"字作"风"字。公大喜,遂改风字。因厚赠之。改德字作风字,虽只一字,其意深长,文益大增胜矣。

① 选自宋李如篪《东园丛说》。李如篪:宋崇德人。字季牖,括苍(一作崇德)人。约北宋末前后在世。少游上庠,博学能文。晚以特科官桐乡丞。

著有《东园丛说》三卷。

【译文】

从前辈那里听来，说范仲淹作《严子陵钓台记》，文章已经写好，对人说如能更改一个字的，就给予重赏。有一个读书人请改一个字。《记》写道："云山苍苍，江水泱泱。先生之德，山高水长。"请把"德"字改成"风"字。范仲淹大为高兴，就把德字改成风字。因此就给了他一份厚礼。把德字改成风字，虽然只有一个字，意义就深远得多，文章也变得更为佳妙。

立　意①

葛延之在儋耳②，从东坡游，甚熟。坡尝教之作文字云："譬如市上店肆，诸物无种不有，却有一物可以摄得，曰钱而已。莫易得者是物，莫难得者是钱。今文章，词藻、事实，乃市诸物也；意也，钱也。为文若能立意③，则古今所有，翕然并起④，皆起吾用。汝若晓得此，便会做文字也。"

①　选自宋费衮《梁溪漫志》。题目为译者所加。　　②　儋耳：即儋州。今海南岛儋县。详见前注。　　③　立意：确定主题。　　④　翕：合，聚。

【译文】

葛延之在儋耳时，跟苏东坡有交往，而且彼此非常稔熟。东坡曾经教他作文说："譬如街上的店铺，各种各样的货物都有，只有一样东西可以吸引得来，这就是钱。容易得到的没有比这些货物了，最难得到的没有比这钱了。如今说到文章，词藻、事实，就像街上的各种货物；而所谓意呢，就是钱。写文章如果能确定主题，那么古今所有的词藻、事实，都会一下子聚集拢来，跑来听你使唤。如懂得这个道理，就会写文章了。"

长 安 僧①

元和中长安有沙门,(不记名氏)善病人文章,尤能捉语意相合处。张水部颇恚之②,冥搜愈切,因得句曰:"长因送人处,忆得别家时。"径往夸扬,乃曰:"此应不合前辈意也!"僧微笑曰:"此有人道了也。"籍曰:"向有何人?"僧乃吟曰:"见他桃李树,思忆后园春。"籍因抚掌大笑。

① 选自五代王定保《唐摭言》。题目为译者所加。　② 张水部:即张籍。唐吴郡人,寓和州乌江。字文昌。贞元十五年进士。历任太常寺太祝、水部员外郎、国子监司业等职。工诗,尤长乐府,与王建并称张王乐府。元和中张籍、白居易、孟郊所作歌词,为当时所尊崇,称为元和体。有《张司业集》。

【译文】

元和年间,长安有个和尚,名氏记不起来,擅长指摘别人文章中的毛病,尤其能找出与古人类同处。张籍最忌恨他,枯思冥索,想到了这样两句:"长因送人处,忆得别家时。"立即向和尚去夸耀,说:"这两句应该不会与前辈相同了吧?"和尚微笑着说:"这也已经有人说过了。"张籍说:"从前还有什么人?"和尚就念道:"见他桃李树,思忆后园春。"张籍拍手大笑。

新 诗①

黄州潘大临工诗②,多佳句,然甚贫,东坡、山谷尤喜之。临川谢无逸以书问③:"有新作否?"潘答书曰:"秋来景物,件件是佳句,恨为俗氛所蔽翳。昨日清卧,闻搅林风雨声,欣然起,题其壁曰:'满城风雨近重阳',忽催税人至,遂败意。止此一句奉寄。"闻者笑其迂阔④。

① 选自宋释惠洪《冷斋夜话》。题目为译者所加。惠洪:名觉范,俗姓彭氏,宜丰人。少孤,能为文,尤工诗。张天觉闻其名,请住陕州天宁寺。未几,坐累为民。及天觉当国,复度为僧,易名德洪,常延入府中。及天觉去位,制狱穷治其传言语于郭海大信,窜海南岛。后北归,卒。著有《筠溪集》、《冷斋夜话》等。陈振声谓:"其文俊伟,不类浮屠语。"　② 潘大临:字邠老,黄冈人,生卒年均不详,约宋哲宗元祐中在世,善诗文,又工书。　③ 谢无逸:谢逸,字无逸,临川人,生卒年均不详,约宋哲宗元祐末前后在世。博学工文词,尝作《咏蝶》诗三百首,人称为"谢蝴蝶"。　④ 迂阔:不切实际。

【译文】

　　黄州的潘大临,擅长作诗,颇有好句,只是十分贫穷,苏东坡、黄山谷尤其喜欢他的诗。临川人谢无逸写信问他:"近来有新作否?"潘在回信中说:"秋天的景物,哪样不能成为佳句,只可惜被俗气所遮蔽。昨天闲卧着,听到外面风吹树木的声音,心有所感,就起来写在墙壁上:'满城风雨近重阳',突然有催讨税款的人进来,打断了我的诗思,所以只能将这一句奉上。"知道这事的人就没有不笑他是个迂夫子。

作 记 妙 手①

　　宋陆务观、范石湖②,皆作记妙手,一有《入蜀记》,一有《吴船记》,载三峡风物,不异丹青图画,读之跃然。

① 选自明何宇度《益部谈资》。题目为译者所加。何宇度:明万历中官夔州通判。有《益部谈资》。　② 陆务观、范石湖:即陆游与范成大。陆游字务观,曾作《入蜀记》;范成大号石湖居士,曾作《吴船录》。

【译文】

　　宋代的陆游、范成大,都是写日记的高手,一个有《入蜀记》,一个有《吴船录》,记载三峡的风景,与图画没有什么不同,读了令人高兴得跳起来。

徐文长诗①

徐文长七言古有李贺遗风,七言律虽近晚唐,然其佳者升少陵、子瞻之堂,往往自露本色,唯五言律味短,而五言古欠蕴藉②,集中诙语俊语学之每能误人③,此其所病,然嘉、隆间诗人毕竟推为独步。近日持论者贬剥文长几无余地④,盖薄其为诸生耳。谚云:"进士好吟诗",信哉。

① 选自明贺贻孙《激书》。题目为译者所加。徐文长,即徐渭,明山阴人。字文长,别号天池生,晚年号青藤道人。诸生,曾为总督胡宗宪幕客。工诗文,中年学画花卉,重写意神似。亦善草书,渊源苏轼、米芾。　② 蕴藉:含蓄宽容。　③ 俊语:聪明才智的话。　④ 贬剥:贬低打击。剥,击,打。通"扑"。

【译文】

徐渭的七言古诗具有李贺的风格,七言律诗虽然接近晚唐,不过写得好的能达到杜甫、苏轼的水平,往往能显示出他自己的特点来;五言律诗缺少情趣,五言古诗不够含蓄宽容,诗集中的游戏语和才子语别人学了往往受害匪浅,这是他的毛病,不过在嘉靖、隆庆间的诗人当中还是要推他为第一。近来的评论家贬低打击徐渭几乎不留余地,这是因为轻视他是一个秀才而已。俗语说:"进士好吟诗",这话一点都不错。

心 眼 各 异①

少陵不喜渊明诗,永叔不喜少陵诗,虽非定评,亦足见古人心眼各异,虽前辈大家不能强其所不好,贬己徇人②,不顾所安③,古人不为也。

① 选自明贺贻孙《激书》。题目为译者所加。　② 贬己徇人：贬低自己，讨好别人。徇，为达到某种目的而献身。通"殉"。　③ 安：对环境或事物感到安适满足或习惯。

【译文】

　　杜甫不喜欢陶潜的诗，欧阳修不喜欢杜甫的诗，虽然这种说法未必正确，但也可以知道古人的想法、看法各不相同，即使是前辈的大作家也不能因此而改变态度，勉强自己去屈从别人，这是古人所不愿意做的。

无 理 有 情①

　　近日吴中山歌《桂枝儿》语近风谣②，无理有情，为近日真诗一线所存。如汉古诗云：

　　　　客从北方来，欲到到交趾，
　　　　远行无他货，惟有凤凰子③。

句似迂鄙，想极荒唐，而一种真朴之气，有张、蔡诸人所不能道者④。晋宋间《子夜》、《读曲》及《清商曲》亦尔，安知歌谣中遂无佳诗乎。每欲取吴讴入情者汇为风雅别调，想知诗者不为河汉也⑤。

　　① 选自明贺贻孙《激书》。题目为译者所加。　② 风谣：反映风土民情的歌谣。　③ 凤凰子：砚石名。上等砚石。即红丝石。出山东淄博东北之仙岩洞。石形如卵，故名。所制之砚称红丝砚。　④ 张蔡：似指张衡、蔡邕。　⑤ 河汉：比喻言论迂阔，不切实际。

【译文】

　　近来苏州老百姓唱的小调《桂枝儿》内容接近民歌，看似没有道理,其实却富于感情,是近来真实诗歌的一线命脉所在。正如汉代的古诗说(略)。

　　句子好像低级浅陋,设想也很荒唐,但那一种真实质朴的气息,却是张衡、蔡邕所说不出的。晋、宋之间的《子夜歌》、《读曲歌》以及《清商曲》也是如此,怎能说歌谣中没有好诗呢?我多次想将这些吴歌中动人的篇什编成一本《诗经》别集,想必懂诗的人不会觉得这是荒唐之举吧。

看　诗①

　　看诗当设身处地,方见其佳。王仲宣《七哀》诗云②:

> 出门无所见,白骨蔽平原。
> 路有饥妇人,抱子弃草间。
> 顾闻号泣声,挥涕独不还。
> 未知身死处,何能两相完。
> 驱马弃之去,不忍听此言。

　　昔视之平平耳,及身历乱离,所闻所见殆有甚焉,披卷及此,始觉酸鼻③。

　　① 选自明贺贻孙《激书》。题目为译者所加。　② 王仲宣:王粲,三国魏山阳高平人,字仲宣,博学多识,文思敏捷,为建安七子之一。　③ 酸鼻:因悲痛而鼻子感到辛酸。

【译文】

　　读诗应当设身处地的想,这才能发现它的好处。王粲的《七哀》诗说(略)。从前把它看成是一首平平常常的诗,后来亲身有了战乱中生离死别的经验,甚至比它还要惨痛的,如今再翻看到它,就感到悲痛而鼻子发酸。

总批《水浒传》①

施耐庵作《水浒传》，其圣于文者乎！其神于文者乎！读之令人喜，令人怒，令人涕泗淋浪，复令人悲歌慷慨。或如亲当其厄，而危切身，又如己与其谋，而功成事定。他如报仇雪耻之举，孝亲信友之情，以及市谑街谈，方书兵法，鬼神变化，龙虎飞腾，种种无不绝妙。

然更有一段苦心，惟叶文通略识其意②。耐庵，元人也，而心忠于宋。其立言有本，故不觉淋漓婉转，刻画如生。其称宋江者，宋与宋同文，故以宋江为之首。其谋主曰吴用者，吴与无同音，言宋家辅相之臣，皆无用以至败亡了。奸臣必称蔡京、童贯、杨戬、高俅者，诛元凶也。首称破大辽者，即所以破金、元也。称平河北，定淮西者，所以吐宋家恹恹不振之气也。征江南方腊，而皇秀大半死亡者，宋家偷安江左，赵家一块肉，终于此也。宋公明葬楚州，而神游蓼儿洼者，死不忍忘故土也。林冲之杀白衣秀士王伦者，王伦与王伦同名，伦首附秦桧倡成和议，杀之所以雪愤也。晁天王不得其死者，君子恶乱始，所以戒后世也。宋江等之生始于洪兴走魔者，盖指道君信任左道，首开祸乱也。

其命意大率如此。故其文纵横出没，莫敢逼视，当与《十空经》并垂不朽③。若以世间小说目之，呜呼！冤哉！罗鹤林谓④："施耐庵作《水浒传》，三代皆哑"，岂有如此之天道耶！

———

① 选自明盛于斯《休庵影语》。盛于斯，字此公，南陵（今属安徽）人。据

周亮工《赖古堂集》卷十八《盛此公传》所记，于斯卒于明崇祯六年（1633）。② 叶文通：叶昼，明无锡人，字文通，又自称锦翁，或称叶五叶，或称叶不夜，最后名梁无知，谓梁溪无人知之也。多读书，有才情，故为诡异之行。有四书第一、第二评，《水浒》、《琵琶》、《拜月》诸评。　　③《十空经》：宋遗民郑思肖作。郑思肖自称三外野人，著《大无工十空经》，寓为大宋经。空字去工而加十，宋也。自题其后曰："臣思肖呕三年血方能书此。"画兰不画土，人询之，则曰："地为番人夺去，汝不知……"　　④ 罗鹤林：即罗大经，字景纶，号儒林，又号鹤林。详见前注。

【译文】

施耐庵写的《水浒传》，文章之美达到出神入化的境地。读了教人欢喜，教人发怒，教人痛哭，还教人激动得呼号悲歌。有时像亲临困境，危险及于自身，有时又像自己参与其谋，结果是大获全胜。其他像报仇雪耻的豪举，孝亲信友的真情，以及街谈巷语，医书兵法，鬼神变化，龙腾虎跃，诸如此类，无不美妙之极。

不过还有一番苦心，大概只有叶文通稍稍懂得其中的奥妙。耐庵，是元代人，但是一心向着宋朝。他的话句句有着落，所以不知不觉就有一种委婉动听，栩栩如生的感觉。首领所以叫宋江，因为宋与宋字相同，所以拿宋江作为头目。参谋叫吴用，吴与无音相同，这是说辅助宋家的那些大臣，都是些无用之辈，难怪最后以败亡了结。说到奸臣必定是蔡京、童贯、杨戬、高俅之类，这就是所谓"首恶必办"的意思。开始写的破大辽，这也就是破金、元。所谓平河北，定淮西，这就想为恹恹不振的宋朝出一口气。征讨江南的方腊，结果优秀的英雄死了大半，这是说南宋在

【桐陰論畫】牧工楷法。

沈白字蒲人【青浦縣志】白工書真行書皆入妙【大瓢偶筆】百書在米蕉間。

李炳旦字道男【高郵州志】炳旦善類趙吳興。

沈禧昌字平湖人【平湖縣志】禧昌善書。

程泰京字新安人【畫徵錄】泰京善草書。

龍鯷字高郵人【高郵州志】鯷力摹右軍書法。

湯溥字元人【湯準云溥素工書初學顏後摹右軍蒼老秀勁不輕爲人

孔毓圻曲阜人在【阮元云毓圻工璧窠書

書故存者甚少。

江左设立小朝廷,赵家唯一的一滴血脉,到此也已消耗殆尽。宋公明埋葬在楚州,而魂灵儿重游梁山泊,这是说他到死都还忘不了这块发祥之地。林冲的杀死白衣秀士王伦,王伦与王伦名字相同,伦首先依附秦桧提倡与金人议和,所以杀掉他以此雪恨。晁盖不得好死,这是人们对始作乱者的一种惩罚,借此告戒后世。宋江等人的兴起开始于洪兴的放走妖魔,这是指宋徽宗信任邪教,为祸乱开了个头。

　　《水浒传》的创作意图大体上是这样。所以它的文章光芒四射,简直没法近距离看它,定会跟郑思肖的《十空经》并传不朽。如果把它当作世间的一般小说看待,这真是冤枉到极点了!罗鹤林说:"施耐庵写了《水浒传》这部书,家里三代的人都成了哑吧",天底下哪有这样的道理呢!

竹 　 轩①

　　西京一僧院后有竹园甚盛,士大夫多游集其间,文潞公亦访焉②,大爱之。僧因具榜乞命名③,公欣然许之,数月无耗,僧屡往请,则曰:"吾为尔思一佳名未得,姑稍待。"逾半载,方送榜还,题曰"竹轩"。妙者题名,只合如此,使他人为之,则绿筠、潇碧为此君上尊号者多矣④。

　　① 选自明尤侗《艮斋续说》。题目为译者所加。尤侗:字同人,更字展成,号悔庵,晚号艮斋,又号西堂老人,江苏长洲人。少博闻强记,弱冠补诸生,才名籍甚。康熙十八年,试中"博学鸿儒"科,授翰林院检讨,分修《明史》。居三年,告归。著述甚富。　　② 文潞公:文彦博字宽夫,汾州介休人。明仁宗时进士及第,知翼城县,通判绛州。累官同中书门下平章事,封潞国公。著作有《潞公集》十四卷,补集一卷。　　③ 榜:木片,匾额。通"牓"。
④ 此君:竹的代称。

【译文】

在洛阳一个寺庙的后面,竹园里的竹子长得特别茂盛,士大夫多喜欢聚集在那里游玩,文潞公也喜欢去游玩,还对它表示极大的兴趣。和尚因此就拿了块木板请他题名,文潞公高兴地答应了,几个月不见音讯,和尚就屡次去敦促,文潞公只是说:"我想替你想一个好名称,只是找不到,暂且再等等吧。"过了半年多,才将榜送来,题的是"竹轩"二字。好啊!这个题名,就只有这个名字才好,要是换成别人,一定是"绿筠"、"潇碧"为此君"加冠进爵"了。

《圣果寺》诗①

唐释处默《圣果寺》诗:"到江吴地尽,隔岸越山多。"本是佳句,以寺在吴山南曲,俯江面越,故实录也。或谓钱唐非吴地,其山亦不宜称吴山,此谬语何足传诵。予初亦疑之。按《国语》勾践之地,南至于句无②,北至于御儿,杜《注》谓御儿即嘉兴县之御儿乡,则钱唐非吴地。在前此固然。然考《左传》哀十七年越子伐吴之时,《国语》载大夫种倡谋,谓吴师方还黄池,其边鄙之兵必不能至,即至亦必不能战,我将践其地,用御儿临之。夫以御儿而称曰其地,则直吴地矣。且前此伍员自杀,《国语》谓吴王取其尸,盛以鸱夷而投之于江,此江不著所在,而作《吴越春秋》者直谓钱唐之潮,皆伍胥为之,则此江即钱唐江矣。又且《吴越春秋》及郦元《水经注》皆云:"子胥死而浮尸于江,吴人怜之,立祠于江上,名曰胥山,胥山即吴山也。"则此时钱唐、吴山皆属吴地,而且竟称其人为吴人。意者夫椒之败③,越王保栖会稽时,吴已尽有越地,即行成以后④,勾践还越,亦只仍保江东,而江以西地皆吴有之,故吴得浮胥于江而名胥江,祠胥于山而名胥山。虽王充《论衡》

极辨子胥之浮江不知何江,然犹曰余暨以南属越⑤,钱唐以北属吴。钱唐之江,两国界也,则御儿为越地者前此之越,而钱唐为吴地,胥山为吴山,杭民为吴人者,则春秋之吴也。是以东汉将钱唐改入吴郡,而晋代因之,即唐末钱镠守杭州名曰吴国,以曾并江东更名吴越国,则自春秋以至《郡国》,古名今名,皆得称吴,而以吴地为谬语,岂通人论乎⑥?

① 选自清毛奇龄《西河诗词话》。题目为译者所加。吴山:山名。在杭州市城南,俗称城隍山。　② 句无:句无山,在浙江诸暨县西南四十里。③ 夫椒之败:《左传·哀》元年:"吴伐越,败之夫椒。"《水经注》二九《沔水》:"(太)湖中有苞山,春秋谓之夫椒山。"苞山亦作包山。即今洞庭西山。一说太湖中别有山为夫椒山。　④ 行成:春秋时代诸侯国之间订立和议,求和。　⑤ 余暨:旧县名。汉置。吴王阖闾弟夫概之所邑。孙权改曰永兴。故城在今浙江萧山县西。　⑥ 通人:指学问渊博的人。

【译文】

唐代和尚处默的《圣果寺》诗云:"到江吴地尽,隔岸越山多。"原是好句子。圣果寺在吴山南面的山上,俯视钱塘江,面对古越国,所以写的是实际情况。有人说杭州不是吴国的地方,那山也不该叫吴山,这种错误的言论不值得称赞。我开始也对它有怀疑。据《国语》说勾践的国土,南到句无,北到御儿。杜预《注》说御儿就是嘉兴的御儿乡。那么钱唐不是吴国的地方。这在先前的确是如此。然而根据《左传》哀十七年越国攻打吴国的时候,《国语》说由大夫文种献计,谓"吴师方还黄池,其边鄙之兵必不能至,即至亦必不能战,我将践其地,用御儿临之。"把御儿说成"其地",这就明明说是吴国的地方了。况且以前伍员自杀,《国语》说吴王把他的尸体盛入皮袋抛在江里,这江不指明所在,而作《吴越春秋》的人却直截了当地说"钱唐之潮",都是伍胥所为,这就明明告诉我们这江就是钱唐江了。同时《吴越春秋》和郦道元的《水经注》都说:"子胥死而浮尸于江，吴人怜之，立祠于江上，名曰胥山，胥山即吴山也。"这是说当时的钱唐、吴山都归吴国所有，而且竟然称那里的人为吴人。猜想夫椒一战失败，越王败退回会稽，吴国实际上占有越国的所有国土，即使议和以后，越国也只保留江东一块地方，而江以西的地方全归吴国所有，所以吴才能将伍员的尸体抛在江里而称江为胥江，在山上为伍胥立祠而称为胥山。虽然王充在《论衡》中竭力辨驳子胥的浮江不知是什么江，可是还是说萧山以南的地方属于越国，杭州以北的地方属于吴国，钱塘江是两国的国界。如此看来，嘉兴属于越国是以前的事，而杭州为吴地，胥山为吴山，杭民为吴人，是春秋时候的事情。因此，东汉将杭州改入吴郡，晋代照旧，就是唐末钱镠占据杭州称为吴国，后来吞并了江东，才更名为吴越国。可知从春秋时代以至《郡国志》，它们都得把杭州称为吴，而把"吴地"作为错误的言论，这难道是有学问的人说的话吗？

崇 祯 宫 词①

吴博士《崇祯宫词》有云②：

> 夜半昭仪赐凤凰，昭阳前殿奏霓裳。
> 自言阿母亲传授，不比新声出教坊。

按其事,以田礼妃好鼓琴③,上尝赐小雷琴令弹④。忽一日询之:"何师得之?"妃以母授对,既而妃请召母至,伺上见幸时,无意间令母弹《广陵散》曲⑤。上闻之,颇忆其语,大悦,赏赉最厚。礼妃本秦产,母多技,幼尝教妃;妃恐上见疑,故令母入宫,一实其语。凤凰、飞燕琴名,见《梁元帝纂要》。

① 选自清毛奇龄《西河诗词话》。题目为译者所加。 ② 吴博士:即吴伟业。明太仓人,字骏公,号梅村,崇祯四年进士,官至翰林院编修。明亡家居。康熙时出仕清朝,任国子监祭酒,又称博士。生平著作甚多,尤长于诗歌。 ③ 田礼妃:据吴伟业《绥寇纪略·虞渊沉中》和毛奇龄《胜朝肜史拾遗记》载,田贵妃,本陕西西安人,家于扬州。崇祯元年(1682)封为礼妃,进皇贵妃。她容貌秀丽,禀性巧慧,多才多艺,受到崇祯帝宠幸。崇祯十五年五月病逝。 ④ 小雷琴:即小忽雷。唐代乐器名,形似琵琶。唐韩滉奉使入蜀,得良木,制成大、小忽雷两件乐器。 ⑤《广陵散》:琴曲名。散,曲类名称,如操、弄、序、引之类。

【译文】

吴梅村在《崇祯宫词》中有这样几句:(诗略)考究这事,因为礼妃喜欢弹琴,崇祯帝就赏给她一把小雷琴,让她弹奏。忽然有一天问礼妃:"这是哪个师傅教的?"礼妃说是母亲教的。接着礼妃就请母亲到宫里来,趁崇祯帝临幸时就请她弹了一曲《广陵散》。崇祯帝听了,就想起礼妃前次说的话,非常高兴,还赏赐给礼妃的母亲一大批礼物。礼妃原来是陕西人,母亲又多才多艺,幼年时学会了弹琴;礼妃怕被皇上怀疑,所以才请母亲入宫,证明她说的话不错。凤凰、飞燕都是琴的名称,事见《梁元帝纂要》。

二十年前旧板桥①

《丹铅录》云②:"《丽情集》载湖州妓周德华者,刘采春女也,唱刘梦得《柳枝词》云云。此诗甚佳,而刘集不载。"
余按此乃白乐天诗,诗本六句,题乃《板桥》,非《柳枝》。
盖唐乐部所歌,多剪截四句歌之,如高达夫"开箧泪沾
臆",本古诗,止取前四句;李巨山"山川满目泪沾衣",本
《汾阴行》,止取末四句是也。白诗云:

> 梁苑城西三十里,一染春水柳千条。
> 若为此路今重过,二十年前旧板桥。
> 曾与美人桥上别,更无消息到今朝。

　　板桥在今汴梁城西三十里中牟之东,唐人小说载板
桥三娘子事即此③,与谢玄晖之新林铺板桥异地而同名
也④。升庵博极群书,岂未睹《长庆集》者⑤,而亦有此
误耶?

① 选自清王士祯《香祖笔记》。题目为译者所加。王士祯:清山东新城
人,初名士禛,卒后因避胤禛(雍正)讳,追改士正。乾隆时,命改士祯,字子
真,一字贻上,号阮亭,别号渔洋山人。顺治十五年进士,官至刑部尚书。士
禛善文、词,尤工诗,以神韵为宗,主诗坛数十年,与朱彝尊并称"朱王"。著有
《带经堂集》、《池北偶谈》、《香祖笔记》等。　　②《丹铅录》:明杨慎(升庵)
作。其中余录、续录、摘录,为慎自编,总录则为其学生梁佐编。慎生平著述
多至二百余种,凡考证诸书异同的著作,都冠以"丹铅"二字。丹铅,丹砂与铅
粉,古人多用来校勘文字,所以称考订工作为丹铅。　　③《板桥三娘子》:
作者薛渔思,生平不详。出小说集《河东记》。故事:唐汴州西有板桥店,店娃
三娘子者,不知何从来。寡居,年三十余,无男女,亦无亲属。有舍数间,以鬻
餐为业。然而家甚富贵,多有驴畜,往来公私车乘,有不逮者,辄贱其估以济
之。人皆谓之有道,故远近行旅多归之。　　④ 新林铺:又名新港,源出牛
头山,西流七里入大江。南齐谢朓有《之宣城郡出新林浦向版桥》诗(文献),
唐李白有《新林浦阻风寄友人》诗(《李太白诗》十三)。　　⑤ 长庆集:白居
易著有《长庆集》七十五卷。

【译文】

　　杨升庵《丹铅录》说:"《丽情集》载湖州妓周德华者,刘采春女也,唱刘梦得《柳枝词》云云。此诗甚佳,而刘集不载。"我说这是白居易的诗,诗本来有六句,题目叫《板桥》,不是《柳枝词》。因为唐代乐部中唱的歌,大多截取其中的四句,如高适"开箧泪沾臆",本来是首古诗,只取前面四句;李峤"山川满目泪沾衣",根据《汾阴行》,只取末了四句。白居易诗云(略)。板桥在现在开封城西三十里中牟县东边,唐人小说记载板桥三娘子的事就在这里,与谢朓的新林铺板桥地点不同名称相同。升庵博览群书,岂有不曾看《长庆集》的,而也有这样的错误!

桃　源　诗①

　　唐宋以来作《桃源行》,最传者王摩诘、韩退之、王介甫三篇。观退之、介甫二诗,笔力意思甚可喜。及读摩诘诗,多少自在! 二公便如努力挽强,不免面赤耳热,此盛唐所以高不可及。

　　① 选自清王士禛《池北偶谈》。

【译文】

　　唐、宋以来,作《桃源行》诗最受赞赏的是王维、韩愈、王安石这三篇。我看韩愈、王安石那两篇,笔力雄健内容充实。但等到读了王维的那一篇,就觉得格外自在舒适,而韩、王二位就像用尽全力在拉硬弓,免不了有面红耳赤之概。这就是盛唐了不起的地方。

论　坡　谷①

　　许彦周《诗话》云:"东坡诗不可轻议,词源如长江大河,飘沙卷沫,枯槎束薪,兰舟绣鹢,皆随波矣。珍泉幽涧,澄泽灵沼,无一点尘滓,只是体不似江河耳。"林艾轩论苏、黄云:"譬如丈夫见客,大踏步便出去;若女子便有许多妆裹,此坡、谷之别也。"

① 选自清王士禛《池北偶谈》。

【译文】

　　许彦周在《诗话》中说:"东坡的诗不可以随便批评,他的文章就像长江黄河,浪滔滚滚,既浮载着兰舟画船,又挟带着枯枝泥沙。譬如珍泉幽涧,澄泽灵沼,虽然找不出一点杂质,但是论容量自然难与江河相比。"林艾轩对苏、黄也有评论,他说:"譬如男子汉出去会客,拔起脚就走;如是女人,就少不了还要打扮一番。这就是东坡与山谷的不同之处。"

采　茶　歌①

　　旧春上元在衡山县卧听采茶歌②,赏其音调。而于辞句懵如也③。今又□衡山④,于其土音虽不尽解,然十可三、四领其意义,因之而叹古今相去不甚远,村妇稚子口中之歌,而有十五国之章法⑤。顾左右无与言者,浩叹而止。

　　① 选自清刘献廷《广阳杂记》。题目为译者所加。　　② 上元:农历正月十五日为上元节。衡山县:属湖南省。　　③ 懵(měng)如:不明。如:助词,然。　　④ □:此字原缺。　　⑤ 十五国:即十五国风。通称"国风"。

【译文】

　　去年上元节我在衡山县,床上听到采茶歌,欣赏那音调的美妙,不过对于辞句是不很明白的。如今我又来到衡山,对那些方言虽然不能全部懂得,可是十分之三四的意义是能够领会的。可见古今人相差得实在不怎么大,农妇孩子口中的歌谣却具有十五国风的章句法则。环顾四周找不到一个可以说话的人,就只好独个儿慨叹罢了。

与紫庭论诗①

偶与紫庭论诗,诵魏武《观沧海》诗②:"水何澹澹,山岛竦峙,草木丛生,洪波涌起。"紫庭曰:"只平平写景,而横绝宇宙之胸襟眼界,百世之下犹将见之。汉魏诗皆然也。唐以后人极力作大声壮语以自铺张,不能及其万一也。"余深叹服其语,以为发前人未发。紫庭慨然诵十九首曰③:"'不惜歌者苦,但伤知音稀',非但能言人难,听者正自不易也。"

① 选自清刘献廷《广阳杂记》。题目为译者所加。紫庭:姓茹,作者的朋友,余未详。　② 魏武《观沧海》诗:曹操,字孟德,汉谯郡人。年二十举孝廉,位至丞相、大将军、封魏王。子曹丕篡汉即帝位,追尊他为魏武帝。《观沧海》为曹操作所《步出夏门行》四章之一,凡四言十四句。　③ 十九首,即古诗十九首,见于梁代萧统主编的《文选》。"不惜"两句为第五首中的句子。

【译文】

偶尔跟紫庭讨论诗歌,我朗诵魏武帝《观沧海》那首诗:"水何澹澹,山岛竦峙,草木丛生……洪波涌起。"紫庭说:"只是平平常常的描写景色,而充塞天地间的那种伟大气概与抱负,百代以后的今天还可以感觉得到,汉魏时期的诗歌都是这个样子。唐代以后的人竭力用豪言壮语加以铺陈夸张,还赶不上它的万分之一呢。"我对紫庭的话又是赞叹又是佩服,以为是从前人不曾说过的。紫庭引用《古诗十九首》的句子感慨万分地说:"'不惜歌者苦,但伤知音稀。'不但会说这种话的人难能可贵,听得懂这种话的人又何其少啊。"

《水经注》①

郦道元博极群书,识周天壤。其注《水经》也,于四渎百川之原委支派②,出入分合,莫不定其方向,纪其道里,数千年之往迹故渎,如观掌纹而数家宝,更有余力铺写景物,片语只字,妙绝古今,诚宇宙未有之奇书也。

① 选自清刘献廷《广阳杂记》。题目为译者所加。　② 四渎:指江、淮、河、济四条水。渎,沟渠,也泛指河川。百川:泛指众川。

【译文】

郦道元博览群书,精通天文地理,他所注的《水经》,对于四渎百川的来龙去脉、汇合分离,没有不指明方向、记下道路里程的,几千年前的河道旧迹,像是观看掌上的手纹,查点家里的宝贝一样清楚,还有多余的力量,就用来描写景物,哪怕是一句话一个字,都美妙得古今人难以相比。真是天地间不曾有过的一本奇书啊。

学问当以孝经论语中庸大学孟子为本熟味详究然后通求之诗书易春秋必有得也既自做得主张则诸子百家长处皆为吾用矣孔子已前异端未作虽政有污隆而教无他说故诗书所载但说治乱大檠至孔子后邪说并起故圣人与弟子讲学皆深切显明论语大学中庸皆可考也其后孟子又能发明推广之大程先生名颢字伯淳以进士得官正献公为中丞

童蒙训卷上　吕氏 本中 居仁

分香卖履①

魏武临卒,遗命贮歌妓铜雀台及分香卖履事②,词语缠绵③，情意悱恻④，摘录之作儿女场中一段佳话，便自可人，正不必于为真为伪之间枉费推敲也。

　　① 选自清秦书田《曝背余谈》。题目为译者所加。曹操在所作《遗令》中说："余香可分与诸夫人。诸舍中无所为，学作组履卖也。"诸舍中，指众妾。后来用分香卖履指人临死时舍不得丢下妻子儿女。　　② 铜雀台：台名。汉末建安十五年曹操建铜雀、金虎、冰井三台。故址在今河北临漳县西南。铜雀台高十丈，周围殿屋一百二十间。于楼顶置大铜雀，舒翼若飞，故名铜雀台。　　③ 缠绵：情意深厚。　　④ 悱恻：忧思抑郁。

【译文】

　　曹操临终，据说他曾将妻妾聚集到铜雀台，有"分香卖履"的事。词语缠绵，情意悱恻，记录下来可做痴男怨女的一段佳话，本来十分可爱，也不必在是真是假上去多费脑筋。

应　璩　诗①

　　应璩《三叟》诗云："三叟前致辞，量腹节所受②。"量腹二字最妙，或多或少非他人所知，须自己审量。节者，今日如此，明日亦如此，宁少无多。又古诗云："努力加餐饭。"老年人不减足矣，加则必扰胃气。况努力定觉勉强，纵使一餐可加，后必不继，奚益焉。

　　① 选自清曹廷栋《老老恒言》。题目为译者所加。应璩：三国魏汝南人。字休琏，应瑒之弟，官至侍中，典著作。作《百一诗》，讽刺时政。原有集，已失传。明张溥辑《应休琏集》。　　② 量腹：成语有"量腹而食"：谓自加节制。

【译文】

　　应璩《三叟》诗说："三叟前致辞，量腹节所受。"量腹二字用得最恰当，能多能少不是别人所知道的，必须自己衡量。节的意思是：今天是这样，明天也是这样，宁可少不能多。又有古诗说："努力加餐饭。"老年人不减少就已经很好了，增加必定会加重肠胃的负担。何况努力定觉勉强，即使一餐可以增加，以后必定无法继续，怎么能会对身体有益呢？

善于夺胎①

钱唐俞君祺，(偶忘其字，似是佑申也。)乾隆癸未，在余学署。偶见其《野泊不寐》诗曰：

芦荻荒寒野水平，四围唧唧夜虫声。
长眠人亦眠难稳，独倚枯松看月明。

余曰："杜甫诗曰：'巴童浑不寝，夜半有行舟。'张继诗曰：'姑苏城外寒山寺，半夜钟声到客船。'均从对面落笔，以半夜得闻，写出未睡；非咏巴童舟，寒山寺钟也。君用此法，可谓善于夺胎②。然杜、张所言，是眼前景物；君忽然说鬼，不太鹘兀乎③？"

① 选自清纪昀《阅微草堂笔记》。题目为译者所加。　② 夺胎：即"夺胎换骨"。道家语。谓夺别人的胎而转生，换去俗骨而成仙骨。后用以比喻师法前人而不露痕迹，并能创新。　③ 鹘兀：即"鹘突"。不合道理。

【译文】
钱塘的俞君祺(一下子想不起他的字来，好像是佑申吧。)乾隆癸未那年在我的学署中。偶然看见他的一首《野泊不寐》诗（略）。我说:"杜甫诗说:'巴童浑不寝,夜半有行舟。'张继诗说:'姑苏城外寒山寺,半夜钟声到客船。'都是从对面落笔,因为半夜里听到,说明还未睡着;而不是写巴童的船,寒山寺的钟声。你能运用这一方法,可以说是善于学习。不过杜甫、张继所写的是眼前的景物,你却忽然说到鬼魂上去,不是太突然了吗?"

《论语通释》①

唐宋以后,斥二氏为异端②,辟之不遗余力,然于《论语》攻乎异端之文未之能解也。唯圣人之道至大,其言曰,一以贯之③。又曰,焉不学,无常师④。又曰,无可无不可⑤。圣人一贯,故其道大,异端执一,故其道小。子夏曰⑥,虽小道,必有可观者焉,致远恐泥,是以君子不为也。致远恐泥,即忠恕⑦。杨子唯知为我而不知兼爱,墨子唯知兼爱而不知为我,使杨子思兼爱之说不可废,墨子思为我之说不可废,则恕矣,则不执矣。圣人之道,贯乎为我兼爱者也,善与人同,同则不异。执一则人之所知所行与己不合者皆屏而斥之,入主出奴,不恕不仁⑧,道日小而害日大矣。

① 自清焦循《论语通释》。题目为译者所加。焦循:字里堂,一字理堂,江苏江都(一作甘泉)人。少颖异,八岁时,在阮赓尧家,与宾客辨壁上冯夷字曰:"此当如《楚辞》读'皮冰'切,不当读如'缝'。"赓尧奇之。既壮,雅尚经术,与阮元齐名。嘉庆六年举人,一应礼部试后,遂托足疾归隐,不入城市者十余年。葺其老屋曰半九书塾,复构一楼曰雕菰楼,有湖光山色之胜,读书著述其中。尝叹曰:"家虽贫,幸蔬菜不乏。天之疾我,福我也。我老于此矣。"著有《雕菰楼》文集等。　② 二氏:指释道两家。异端:见前注。　③ 一以贯之:见《论语·里仁》。　④ 焉不学,无常师:见《论语·子张》。原文

为:"夫子焉不学？而亦何常师之有？"　⑤无可无不可:见《论语·微子》。
⑥子夏曰:四句见《论语·子张》。　⑦忠恕:忠诚、宽容。　⑧仁:古代一种含义广泛的道德观念,其核心指人与人相亲,爱人。《论语·雍也》:"夫仁者,己欲立而立人,己欲达而达人。"《墨子·经说》下:"仁,仁爱也。"

【译文】

　　唐宋以来,人们把佛教道教看作异端,攻击不遗余力,却对《论语》中"攻乎异端"的话全然没有理解。只有孔子的学说是正确伟大的。他说,要用一种道理来贯穿别的事物。子贡说,我的老师何处不学,也何必要有一定的老师,专门的传授呢？孔子说,我就跟他们不同,出仕或退让,相机而行,初无成见。圣人能一以贯之,所以道路宽广,固执一端的,道路就狭小。子夏说,虽然是小技艺,也一定有可取的地方;但是,恐怕它妨碍远大的事业,所以君子不去搞它。"致远恐泥",就是恐怕固执一端会对远大的事业不利。只因为不同,甚至会固执一端;固执一端是由于不忠不恕造成。杨子只知道为我而不知道兼爱,墨子只知道兼爱而不知道为我,假如杨子懂得兼爱的道理不可偏废,墨子懂得为我的道理不可偏废,这就是恕了,这就是不固执了。圣人的学识,是贯穿于为我、兼爱的呀,善于跟别人沟通,沟通就不异;固执一端就会把别人的所知所行跟自己不相同的都屏而斥之,把自己当作主人,把别人当作奴隶,这样就是不恕不仁,道路也就日益狭窄而危害也就愈来愈大了。

瑞玉说《诗》①

一

瑞玉问②："'女心悲伤'③，应作何解？"余曰："恐是怀春之意④，管子亦云：'春女悲。'"瑞玉曰："非也，所以伤悲，乃为女子有行，远父母故耳。"盖瑞玉性孝，故所言如此。余曰："此匡鼎说《诗》也⑤。"（《诗说》）

① 选自清郝懿行《诗说》或《诗问》。题目为译者所加。郝懿行：清山东栖霞人。字恂九，号兰皋。嘉庆进士，官至户部主事。精于名物训诂之学。著有《尔雅义疏》、《诗说》、《诗问》等。　② 瑞玉：姓王，为郝懿行夫人。名圆照，字婉佺。清山东福山人，有才名。书仿欧、柳，工古文，得六朝人笔意。尤精汉学，日与懿行考订经史，疏《尔雅》，笺《山海经》，名噪都下。　③ 女心伤悲：《诗·豳风·七月》："女心伤悲"。　④ 怀春：谓少女思婚嫁。⑤ 匡鼎：匡衡，汉东海人。字稚圭。家贫，为人佣作。从博士受《诗》，善说《诗》。当时流传说："无说《诗》，匡鼎来；匡说《诗》，解人颐。"累官至太子少傅。元帝时为相。封乐安侯。

【译文】

瑞玉问我："'女心悲伤'，应该作怎样解释？"我说："恐怕是怀春的缘故吧，管子也说：'春女悲。'"瑞玉说："不对，她所以悲伤，是因为将要出嫁，要远离父母之故。"这是因为瑞玉有孝心，所以才这么说。我说："这就像匡鼎说《诗》呀！"

二

余问："微行《传》云①：'墙下径'？"瑞玉曰："野中本有

小径。"余问："遵小径以女步迟取近耶?"曰："女子避人尔。"(《诗问》)

① 微行:小径。《诗·豳风·七月》:"遵彼微行,爰求柔桑。"《传》:"微行,墙下径也。"

【译文】

　　我问瑞玉:"'微行'据朱熹《诗集传》说是'墙下径',你以为怎样?"瑞玉说:"野外本来也有小路。"我又问她:"走小路是因为女人走得慢才抄近吗?"答道:"是女人想躲避人罢了。"

三

　　《丘中有麻》①,《序》云"思贤也",留氏周之贤人,遯于丘园,国人望其里居而叹焉。瑞玉曰:"人情好贤,经时辄思,每见新物则一忆之。有麻秋时,有麦夏时,无时不思也。麻麦,谷也;李,果也,无物不思也。"(《诗问》)

① 丘中有麻:《诗·王风·丘中有麻》:"丘中有麻,彼留子嗟。"《小序》认为"思贤也"。

【译文】

　　《丘中有麻》,《诗序》认为是为思念贤人而作,留氏是周朝的贤人,隐居在丘园,人们见了他的住处就想起他来。瑞玉说:"人是崇拜贤人的,随时都会想到他,每次见到新的事物就会触景生情。秋天苎麻长成了,夏天麦子成熟了,都没有不会想念的。苎麻、麦子属于五谷,李子属于果蔬,这就是

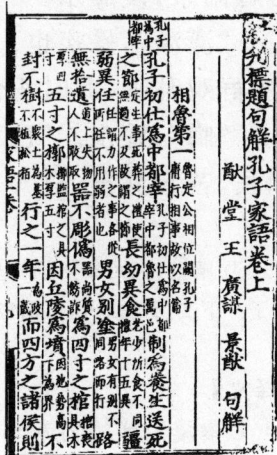

说无论何物都会引起人们的思念。"

四

《风雨》①，瑞玉曰："思故人也。风雨荒寒，鸡鸣嘈杂，怀人此时尤切。或亦夫妇之辞。"(《诗问》)

①《风雨》：属《诗·郑风》卷。

【译文】

关于《风雨》一章，瑞玉说："这是为思念老朋友而作。风雨交加，天气阴冷，鸡声嘈杂，这时候思念之情更为迫切。不过也有人说，这是写夫妇之间的。"

五

"凄凄"，寒凉也。"喈喈"①，声和也。瑞玉曰："寒雨荒鸡，无聊甚矣，此时得见君子②，云何而忧不平？故人未必冒雨来，设辞尔。"

"潇潇"，暴疾也。"胶胶"，声杂也。瑞玉曰："暴雨如注，群鸡乱鸣，此时积忧成病，见君子则病愈。"

"晦"，昏也。"已"，止也。瑞玉曰："雨甚而晦，鸡鸣而长，苦寂甚矣，故人来喜当何如！"(《诗问》)

① 喈喈(jiē)：摹声词。　② 君子：泛称有才德的人。妻对夫也可称君子。下文所谓故人，可以包括这两层意思。故人可解释为好友。

【译文】

"凄凄"，寒冷的意思。"喈喈"，象声词。瑞玉说："雨声潇潇，鸡鸣喈喈,无聊极了,这时如能见到故人,有什么忧愁不能消除呢?故人未必会冒着雨来,所以只是假设而已。"

"潇潇",雨下得很大。"胶胶",声音很嘈杂。瑞玉说:"暴雨倾注,群鸡乱鸣,这时积忧成病,一见故人,病霍然而愈。"

"晦",昏暗的意思。"已",停止。瑞玉说:"雨天天色灰暗,鸡又叫个不停,无聊寂寞到极点,故人来该有多高兴呵!"

六

《溱洧》①,《序》云:"刺乱也②。"瑞玉曰:"郑国之俗,三月上巳修禊溱洧之滨③,士女游观,折华相赠,自择婚姻,诗人述其谣俗尔④。"

①《溱洧》:属《诗・郑风》卷。溱洧:均水名。溱水,源出河南密县东北。洧河,即今双洎河。发源于河南登封县东阳城山,东流至新郑县,会溱水为双洎河,入于贾鲁河。　②刺乱:讽刺淫秽行为。　③上巳:农历三月上旬的巳日(魏以后固定为三月初三)。修禊:古人于三月上巳这天到水边游玩,以驱除不祥,称为修禊。　④谣俗:风俗。

【译文】

《郑风・溱洧》篇,据《诗序》说是讽刺淫秽行为。瑞玉说:"郑国的风俗,三月上巳这天在溱、洧河边修禊,青年男女在那里玩耍,赠送鲜花,私订终身,诗人写的就是这种风俗。"

学 随 年 进①

少年爱绮丽②,壮年爱豪放,中年爱简练,老年爱淡远。学随年进,要不可以无真趣,则诗自可观。

① 选自清叶松石《煮药漫抄》。题目为译者所加。叶松石:周作人在《煮

药漫抄》一文中说："书凡两卷,著者叶炜号松石,嘉兴人。同治甲戌(1874)受日本文部省之聘,至东京外国语学校为汉文教师,时为明治七年,还在中国派遣公使之前。光绪六年庚辰(1880)夏重游日本,滞大阪十阅月,辛巳暮春再客西京,忽患咯血,病中录诗话,名之曰《煮药漫抄》,纪实也。"　②绮丽:华丽。

【译文】

少年人喜欢华丽,壮年人喜欢豪放,中年人喜欢简练,老年人喜欢淡远。学问如果能随着年龄的增长而增长,要不是缺乏真情实感,诗也一定值得一读。

说《女曰鸡鸣》①

《女曰鸡鸣》第二章,"琴瑟在御,莫不静好",此诗人拟想点缀之辞,若作女子口中语似觉少味。盖诗人一面叙述,一面点缀,大类后世弦索曲子②,《三百篇》中叙语述景,错杂成文,如此类者甚多,《溱洧》、齐《鸡鸣》皆是也③。"溱与洧"亦旁人述所闻所见演而成章④,说家泥《传》淫奔者自叙之辞一语⑤,不知"女曰"、"士曰"等字如何安顿。

①选自清张尔岐《蒿庵闲话》。题目为译者所加。张尔岐:清济阳人。字稷若,号蒿庵。明季诸生。入清,隐居教授,不求闻达。其学以笃志力行为本,确守程朱说。有《蒿庵集》、《蒿庵闲话》等。　②弦索曲子:金元以来或称琵琶、三弦等弦乐伴奏的戏曲、曲艺为弦索,一般指北曲。　③《溱洧》齐《鸡鸣》:《溱洧》《鸡鸣》都是《诗经》中的篇名。《溱洧》属《郑风》,《鸡鸣》属《齐风》。　④溱与洧:《溱洧》云:"溱与洧,方涣涣兮。"故此处亦作《溱洧》看。　⑤《传》:即《诗集传》,宋朱熹撰。初稿用《小序》,后改从郑樵废《小序》之说,训诂多用毛、郑,间用三家诗说,而断以己见,常有新意。

【译文】

《女曰鸡鸣》第二章,有"琴瑟在御,莫不静好"两句,这是诗人设想、描写的话,如果作为女子嘴里说似乎缺少情味。大概诗人一边叙述,一边描写,极像后世弦索曲子,三百篇中叙事写景,错杂成文,像这样的例子很多,《溱洧》和齐风《鸡鸣》都是的。《溱洧》也是根据别人的话演绎而成,评论家拘泥于《诗集传》有"淫奔者自叙之辞"这句话,却不知道"女曰""士曰"等话如何解释?

李 杜 并 称①

韩、柳并称,而柳较精博②,一辟佛③,一知佛之不可辟也。李、杜并称,而李较空明④,一每饭不忘君⑤,一则篇篇说妇人与酒也。妇人与酒之为好诗料,胜所谓君者多矣。

① 选自清末民初洪允祥《醉余随笔》。题目为译者所加。　② 精博:精萃宽博。　③ 辟佛:排除佛教。　④ 空明:通明透彻。　⑤ 每饭不忘君:东坡云:"古今诗人多矣,而惟以杜子美为首,岂非以其饥寒流落,而一饭未尝忘君也欤?"

【译文】

韩愈与柳宗元并提,而柳宗元比较精萃宽博,一个要排除佛教,一个知道佛教是不可以排除的;李白与杜甫并提,而李白比较通明透彻,一个每次吃饭都要想到皇帝,一个却篇篇说的是女人和酒。女人和酒的作为诗料,要比皇帝好得多了。

志　异

螺　女①

福州谢端得巨螺,大如斗,置之于家,出归则饮食盈案。端潜伺之。有一好女子具馔于室,执而问之,曰:"吾螺女,水神也,天帝悯君孤子②,遣为具食,君已悉,我当去。"乃留空螺曰:"君有所求,当取于其中。"因出门不复见。

① 选自晋陶潜《搜神后记》。题目为译者所加。陶潜:晋浔阳人,一名渊明,字元亮。大司马陶侃曾孙。曾为州祭酒,复为镇军、建威参军,后为彭泽令。因不能"为五斗米折腰",弃官归隐,以诗酒自娱。征著作郎,不就。南朝宋元嘉初年卒。世称靖节先生。有《陶渊明集》。　② 孤子:孤单。

【译文】

福州的谢端拾到一颗大田螺,像斗那么大,放在家里面;一天外出归来,发现桌上摆着一桌子的饭菜;谢端暗中观察,原来是一个美丽的姑娘为他做的。谢端抓住她问个究竟,那姑娘说:"我是田螺精,是海里的神女,龙王可怜你孤单,就派我来帮你操办家务。现在已经被你发觉,就该回到海里去。"临走时留下一个田螺壳,说:"如果需要什么,就从这空壳里取。"随即跑出门去,不见了踪影。

杨生之狗①

晋太和中②,广陵人杨生③,养一狗,甚爱怜之,行止与俱。后,生饮酒醉,行大泽草中,眠不能动。时方冬月燎原④,风势极盛。狗乃周章号唤⑤,生醉不觉。前有一坑水,狗便走往水中,还,以身洒生左右草上。如此数次,周旋跬步⑥,草皆沾湿,火至,免焚。生醒,方见之。

尔后,生因暗行,堕于空井中。狗呻吟彻晓。有人经过,怪此狗向井号,往视,见生。生曰:"君可出我,当有厚报。"人曰:"以此狗见与,便当相出。"生曰:"此狗曾活我已死,不得相与。余即无惜。"人曰:"若尔,便不相出。"狗因下头目井,生知其意,乃语路人曰:"以狗相与。"人即出之,系之而去。却后五日⑦,狗夜走归。

① 选自晋陶潜《搜神后记》。题目为译者所加。 ② 太和:东晋废帝司马奕的年号。 ③ 广陵郡:即今江苏扬州市。 ④ 冬月燎原:冬天烧野火。 ⑤ 周章:急得团团转。 ⑥ 周旋跬步:周围半步以内。 ⑦ 却后:过后。

【译文】

晋废帝太和年间,扬州有个姓杨的读书人,养着一条狗,非常喜欢它,时刻带在身边。后来,杨生喝醉了酒,经过一片草地,就醉倒在地上。此时正当冬天烧野火的季节,风大火旺。狗就在杨生的身边叫唤,杨生醉得不省人事。前面有一坑水,狗就跑到水坑中,回来,用身上的水洒在杨生四周的草上。这样来回几次,杨生四周的草弄得稀湿,等火烧到时,杨生没有被火烧着。等杨生醒来,才知道了这事。

此后,杨生因为走夜路掉进了一口枯井。狗一直叫喊到天明。有人经过,奇怪狗向着井叫,过去一看,发现杨生落在井中。杨生说:"你如救我出来,我就重重答谢。"那人说:"将这条狗给我,我便救你出来。"杨生说:"这条狗曾救过我的命,不能给你。别的都不吝惜。"那人说:"如果是这样,我便不能救你。"这时狗就低下头去看看井。杨生知道它的意思,就对那人说:"就把狗给你吧。"那人就把杨生救了出来,然后牵着狗走了。过了五天,狗却在夜里跑了回来。

瑞 龙 脑 香①

天宝末,交趾贡龙脑,如蝉蚕形。波斯言老龙脑树节方有,禁中呼为瑞龙脑。上唯赐贵妃十枚,香气彻十余步。上夏日尝与亲王棋,令贺怀智独弹琵琶,贵妃立于局前观之。上数枰子将输,贵妃放康国猧子于坐侧②。猧子乃上局,局子乱,上大悦。时风吹贵妃领巾于贺怀智巾上,良久,回身方落。贺怀智归,觉满身香气非常,乃卸幞头③,贮于锦囊中④。及上皇复宫阙⑤,追思贵妃不已,怀智乃进所贮幞头,具奏他日事。上皇发囊,泣曰:"此瑞龙脑香也。"

① 选自唐段成式《酉阳杂俎》。题目为译者所加。段成式:字柯古,齐州临淄人,段文昌之子。以荫为校书郎。家多奇篇秘籍,成式博学强记,无所不览。早有文名。著作有《酉阳杂俎》二十卷。龙脑:香料名。以龙香树干中树膏制成的一种结晶体,莹白如冰,俗称冰片,又曰梅片。产于闽广及南海等地。　② 康国猧子:即今所谓西洋狗。康国,唐时西域城国名。为昭武九姓之一。永徽时以其地为康居都督府。其地当在今中亚撒马尔罕北。③ 幞头:包头软巾。　④ 锦囊:锦制的囊。　⑤ 上皇:太上皇。玄宗自四川回京后,其子李亨即位,是为肃宗;而尊玄宗为太上皇。

【译文】

　　天宝末年，岭南进贡龙脑香，形状像蝉或蚕。胡人说，这宝物只有在老龙脑树的关节上才生长，皇宫里的人都称它为"瑞龙脑"。唐明皇只赏给杨贵妃十枚，香气扑鼻，十余步外的地方也闻得到。一年夏天，明皇与亲王下棋，叫贺怀智独个儿弹琵琶，贵妃站在一边观战。明皇估计这一局棋将输给对方；贵妃就把一只西洋狗放在明皇的坐位旁边。西洋狗爬上棋盘，搅乱了棋子，明皇大为高兴。当时一阵风吹起了贵妃的领巾，有一端正好落在怀智的幞头上面，过了好久，等贵妃转过身去才落下。怀智回到家里，发觉身上有一股异常的香气，就脱掉了幞头，用锦囊保存起来。后来明皇逊位给太子肃宗，住在南内，苦苦想着贵妃，怀智就将那个锦囊呈上，还详细地叙述了当年的情景。明皇打开锦囊来看，流着泪说："这就是瑞龙脑啊！"

云芳子魂事李茵①

　　僖宗幸蜀年②，有进士李茵，襄州人，奔窜南山民家，见一宫娥，自云宫中侍书家云芳子③，有才思，与李同行诣蜀，具述宫中之事，兼曾有诗书红叶上，流出御沟中，即此姬也。行及绵州，逢内官田大夫识之，乃曰："书家何得在此？"逼令上马，与之前去。李甚快怅，无可奈何。宫娥与李情爱至深。至前驿，自缢而死。其魂追及李生，具道忆恋之意。迨数年，李茵病瘠，有道士言其面有邪气。云芳子自陈人鬼殊途，告辞而去。

---

　　① 选自宋孙光宪《北梦琐言》。孙光宪：宋陵州贵平人。字孟文。仕荆南高从诲为从事，累官至检校秘书监兼御史大夫。宋灭荆南，为黄州刺史。家有藏书千卷，孜孜校勘，老而不废，自号葆光子。所著甚多，但大都散失，今仅存《北梦琐言》一种。　　② 僖宗：唐懿宗第五子，名儇，即位后天下盗起，

王仙芝作乱,黄巢众应之,陷东都,入潼关,帝走兴元。巢杀唐宗室在长安者无遗类。李克用破巢,帝还长安。 ③ 家:自称、人称的语尾。犹奴家、姑娘家。

【译文】

唐僖宗为了避李仙芝乱,逃到四川兴元那一年,有个进士叫李茵的,湖北襄阳人,逃窜在终南山中的农民家,遇到了一个宫女,据她自己说是宫中的侍书云芳子,此人颇有才思,与李一道进入四川,详细讲述宫中的事,还说在红叶上写诗,流进御沟的,就是她。二人来到绵州,遇到了太监田大夫与她相识,就说:"你怎么会在这里?"逼她上马,一同到兴元去。李十分懊丧,但也没有办法。宫女与李茵十分相爱。宫女来到前面的驿站,就自经而死。她的灵魂追上了李生,详细地诉说了相忆相恋的意思。等到几年以后,李生日益消瘦,有个道士说他面带邪气。云芳子这才告诉李生自缢而死的事,就此告别而去。

海 市①

登州海中,时有云气如宫室、台观、城堞、人物、车马、冠盖,历历可见,谓之海市。或曰蛟蜃之气所为②,疑不然也。欧阳文忠曾出使河朔,过高唐县驿舍中,夜有鬼神自空中过,车马、人畜之声一一可辨,其说甚详,此不具纪。闻本处父老云,二十年前尝昼过县,亦历历见人物,土人亦谓之海市，与登州所见大略相类也。

① 选自宋沈括《梦溪笔谈》。　② 蛟蜃：指神化的海上蛟龙与蜃（大蛤蜊）。

【译文】

　　登州附近的海面上，时常有云气好像宫室、台观、城堞、人物、车马、冠盖的形状，一一清楚可见，人们把它叫作"海市"。有人说，这是海里面的蛟龙与巨蜃吐气所造成的，我怀疑不是这样。欧阳文忠公（修）曾奉命出使河北，经过高唐县住宿在驿站的官舍中，夜里听见有鬼神从空中通过，车马人畜的声音，一样样分得清清楚楚，他的叙述十分详细，这里就不重复。我听高唐本地的老人说，二十年前这种景象也曾在白天出现过，天上路过的人物也历历可见，当地人也把它叫作"海市"，与登州所看见的大体上相同。

龙　卷　风①

　　熙宁九年，恩州武城县有旋风自东南来②，望之插天如羊角，大木尽拔。俄顷，旋风卷入云霄中。既而渐近，所经县城官舍、民居略尽，悉卷入云中。县令儿女奴婢卷去，复坠地，死伤者数人。民间死伤亡失者不可胜计，县城悉为丘墟，遂移今县。

① 选自宋沈括《梦溪笔谈》。　② 武城：今山东武城。

【译文】

　　熙宁九年（1076），恩州武城县有旋风从东南方袭来，望去直插云天，状如羊角，大树全被拔起。不一会儿，旋风卷入云霄。没多长时间，旋风逐渐靠近经过的县城，县城里的官舍、民居几乎被一扫而空，并统统卷入云霄。县官的儿女和奴仆都被卷去，再坠落在

地上,死伤了好几个人。民间死伤失踪的就无法计算,县城完全成
了一片废墟,只得改到现在的地方重建。

刺 客①

天宝已前,多刺客。李汧公勉为开封府②,鞫囚有意
气者③,咸哀勉求生,纵而逸之。后数岁,勉罢官,客行河
北。偶见故囚,迎归,厚待之。告其妻曰:"此活我者,何
以报德?"妻曰:"以缣千匹,可乎?"曰:"未也。""二千匹,
可乎?"亦曰:"未也。"妻曰:"大恩难报,不如杀之。"故囚
心动。其僮哀勉,密告勉,被衣乘马而遁。比夜半,百余
里至津店④。津店老人曰:"此多猛兽,何故夜行?"勉因言
其故。未毕,梁上有人瞥下曰⑤:"几误杀长者!"乃去。未
明,携故囚夫妇二首而至示勉。

① 选自宋王谠《唐语林》。题目为译者所加。　② 李勉:字玄卿。肃
宗擢为监察御史。代宗时为滑亳节度使,居镇八年,不威而治。诸帅暴桀者,
皆尊惮之。卒谥贞简。　③ 意气:意志与气概。　④ 津店:渡口的客
栈。　⑤ 瞥:过目,眼光掠过。也即
迅速。

【译文】

天宝以前,刺客很多。李勉任开
封府尹,审判囚犯时有坚毅强横的,
都会哀求李勉手下留情,李勉就都释
放了他们。几年以后,李勉下任在河
北作客,偶尔遇到从前被释放的一个
囚犯,他把李勉请到家里,加以热情
招待。他告诉妻子说:"这就是救过

我命的人,应该怎样报答才好?"妻子说:"送他细绢一千匹,可以吗?"说:"不够。""二千匹,怎么样?"他还是说:"不够。"妻子说:"大恩难报,那就杀了他吧。"他有点心动。他的家奴有恻隐之心,就把这事偷偷地告诉了李勉,还给他衣服、马匹让他逃走。到了半夜里,李勉赶了一百多里路来到渡口的一家客栈里。客栈老板说:"这里猛兽很多,你为何在夜里赶路?"李勉把事情的经过说了一遍。话未说完,从梁上忽然跳下来一个人,说:"几乎误杀了大人!"就走了。天还没亮,那个人却提着忘恩负义的夫妇俩的首级来到李勉的面前。

故 都 戏 事①

余垂龀时,随先君子故都②,尝见戏事数端③,有可喜者,自后则不复有之,姑书于此,以资谈柄云。

① 选自宋周密《癸辛杂识》。 ② 先君子:对人自称已故的父亲为"先君子"。故都:旧京。这里指南宋京城临安(今杭州)。作者写此书时,南宋已亡,故曰"故都"。 ③ 戏事:指杂技、魔术一类的文娱活动。

【译文】

我幼年时,跟父亲住在故都临安(杭州),看到不少杂技表现,非常有趣。以后就再也见不到了。姑且写在这里,可作闲谈的资料。

一

呈水嬉者①,以髹漆大斛满贮水,以小铜锣为节,凡龟、鳖、鳅、鱼皆以名呼之,即浮水面,戴戏具而舞。舞罢即沉,别复呼其他,次第呈伎焉。此非禽兽可以教习,可谓异也。

① 呈:表现,献技。

【译文】

有个耍水族把戏的人,用一个涂漆的犹如大斗的木桶装满了水,敲小锣作为节拍,凡是乌龟、甲鱼、泥鳅、小鱼,呼唤它们的名字,就都头戴戏具浮上水面来跳舞,跳完舞,又都沉下水底去。再叫别的,就这样一批批表现着。水族不像禽兽,可以训练教导,所以这是桩怪事。

二

又,王尹生者,善端视①。每设大轮盘,径四五尺,画器物、花鸟、人物凡千余事②,必预定第一箭中某物,次中某物,次中某物,既而运轮如飞,俾客随意施箭,与预定无少差。或以数箭,俾其自射,命之以欲中某物,如花须、柳眼、鱼鬣、燕翅之类③,虽极微藐④,无不中之。其精妙入神如此,然未见能传其技者。

① 善端视:指视力敏锐。端:审视。 ② 事:件,种。 ③ 花须:花蕊。柳眼:初生的柳叶,细长如眼。鱼鬣(liè):鱼类颔旁的硬刺。燕翅:燕子的翅膀。 ④ 微藐:同"微渺"。

【译文】

又有名叫王尹生的人,视力特别敏锐。每次摆上一个大轮盘,直径约四五尺,画着器物、花鸟、人物,共有上千种。王生预先说定目标,第一箭某器物,第二箭某器物,接着轮盘飞快地转动起来,叫观众随意放箭,射中的与预定的分毫不差。要是拿几根箭让他自己射,由观众告诉他射中的目标,如花须、柳眼,鱼鬣,燕翅之类,即使是更为细小的东西,他也没有射不中的。他的巧妙神奇就是这样。不过以后也不曾听说有像他这样的技能的。

三

又，太庙前有戴生者①，善捕蛇。凡有异蛇必使捕之，至于赤手拾取如鳅、鳝然。或为毒蝮所啮，一指肿胀如椽②，旋于笈中取少药糁之，即化黄水流出，平复如初。然十指所存亦仅四耳。或欲捕之蛇藏匿不可寻，则以小苇管吹之，其蛇则随呼而至，此为尤异。其家所蓄异蛇凡数十种，锯齿毛身，白质赤章③，或连钱、或绀碧、或四足、或两首④。或仅如称衡而首大数倍⑤，谓之饭揪头，云此种最毒。其一最大者如殿楹，长数尺，呼之为蛇王。各随小大以筥篮贮之，日啖以肉，每呼之，使之旋转升降，皆能如意。其家衣食颇赡，无他生产，凡所资命⑥，惟视吾蛇尚存耳，亦可仿佛豢龙之技矣⑦。

① 太庙：帝皇的祖庙。在杭州城南。　② 椽：椽子。承架瓦片的圆木。　③ "锯齿"句：指蛇皮的颜色或花纹。白质指蛇皮的底色是白色的；赤章是指有红色的花纹。　④ "或连钱"四句：这几种蛇是按蛇的形状命名。连钱，像连环的钱币。绀（gàn）碧：深青带红的颜色。　⑤ 称衡：秤杆。　⑥ "凡所资命"两句：所有维持生活的经济来源。惟视吾蛇尚存：只靠自己的蛇安然无恙。柳宗元《捕蛇者说》："吾恂恂而起，视其缶，而吾蛇尚存，则驰然而卧。"　⑦ 豢龙：传说虞舜时有董父，能豢龙，有功，舜赐之氏曰豢龙，旧许州临颍县有豢龙城，相传即董父封邑。

【译文】
再一个是太庙前姓戴的人，擅长捕蛇。凡是有奇奇怪怪的蛇，都叫他去捕捉。他赤手空拳，捕蛇就像捉泥鳅、黄鳝一样容易。偶尔也有被毒蛇咬伤的，手指肿得像椽子。接着从竹篓中取出少量的药来敷上，立即化成黄水从伤口流出，就平复与未被咬伤时一样。不过话虽如此，他的十个指头也只剩了四个了。有时要想捕捉的蛇躲在洞中不肯出来，他就吹起一根小苇管，蛇就立即跑出来。这是最令人奇怪的。他家里养着各种怪蛇几十种：锯齿、毛身、白质、赤章；连钱、绀碧、四足、两头；有秤杆般细小的身子，头却大上好几倍的，称为饭揪头，据说这种蛇最毒。其中最大的就像殿堂的柱子，几尺长，称它为蛇王。一条条蛇按照大小不同关在竹篓中，每日给它们吃肉。要是叫唤它们或叫它们做各种动作，它们也没有不听话的。他家衣食颇为富足，也没别的生计，所有的生活来源全靠自家的蛇安然无恙。这真可以与豢龙氏比一比技术了。

四

又尝侍先子观潮，有道人负一篋自随，启而视之，皆枯蟹也。多至百余种，如惠文冠①、如皮弁②、如箕、如瓢、如虎、如龟、如螘③、如猬，或赤、或黑、或绀，或斑如玳瑁④，或粲如茜锦⑤，其一上有金银丝，皆平日目所未睹。信海涵万类⑥，无所不有。昔闻有好事者居海濒为蟹图，未知视此为何如也。

① 惠文冠：汉代武官的帽子，饰以貂尾。"惠文"的名称本于战国时的越惠文王。　② 皮弁（biàn）：古代武官的一种帽子。　③ 螘："蚁"的本字。　④ 玳（dài）瑁（mào）：龟类动物，甲可制饰物。　⑤ 茜（qiàn）锦：红色的织锦。　⑥ 海涵：包容。

【译文】

　　有一次跟父亲去看潮水。有一个道士随身背着一只箩筐,打开看时,全都是些枯蟹,多到一百多种。有像惠文冠的,有像皮帽子的,有像簸箕的,像瓢,像老虎,像乌龟,像蚂蚁,像刺猬;颜色有赤的,黑的,绀的,有斑点如玳瑁的,有灿烂如茜锦的,其中一只上面还有金银丝的。都是我们平时未曾见到过的。确实的,海里包容着无数种生物,无所不有。从前听说有个好奇的人,住在海边,就画了幅蟹图,不知道与道士所有的比起来怎样?

<h1 style="text-align:center">疟　　鬼①</h1>

　　世人疟疾将作,谓可避之他所,闾巷不经之说也,然自唐已然。高力士流巫州②,李国辅授谪制③,力士方逃疟功臣阁下。杜子美诗:

> 隔日搜脂髓,增寒抱雪霜。
> 徒然潜隙地,有觋屡鲜妆。

则不特避之,而复涂抹其面矣。

　　① 选自宋赵与时《宾退录》。题目为译者所加。赵与时:为宋太祖七世孙,《宋史》无传,其生平事迹略见于赵孟坚《从伯故丽水丞赵公墓铭》:为人幼敏悟,方弱冠,已荐取应举。宁宗时补官右选,先后任婺、泰、衢三州筦库,又监御前军器。　② 高力士:唐潘州人。本姓冯。少阉,圣历元年入宫,武则天令给事左右。宦官高延福收为养子,改姓高。睿宗时为内给事。玄宗时,因诛萧岑等有功,知内侍省事,宠任极专。肃宗在东宫时以兄视之。四方奏请,先省后进。权臣豪将如李林甫、杨国忠、安禄山等均厚结。累官骠骑大将军,封勃海郡公。安史之乱起,随玄宗入蜀。肃宗上元元年,配流黔中道。宝应元年赦回,病死途中。巫州:唐置。后曰沅州。寻复曰巫州。又改曰潭阳郡。后改曰溆州,治龙标。即今湖南黔阳县。　③ 制:帝王的

命令。

【译文】

世人患疟疾将要发作，以为可以跑到别处去躲避，这是民间的无稽之谈。不过这种习俗从唐朝开始就有。高力士流放巫州，李国辅送交贬谪的圣旨时，高力士正好在功臣阁下逃疟疾。杜甫诗云（略）。就不仅躲避，还要在脸上涂抹一番。

禽　　戏①

余在杭州日，尝见一弄百禽者，蓄龟七枚，大小凡七等，置龟几上，击鼓以使之，则第一等大者先至几心伏定，第二等者从而登其背，直至第七等小者登第六等之背，乃竖身直伸，其尾向上，宛如小塔状，谓之乌龟叠塔。

又，见蓄虾蟆九枚，先置一小墩于席中，其最大者乃踞坐之，余八小者左右对列。大者作一声，众亦作一声。大者作数声，众亦作数声。既而小者一一至大者前，点首作声，如作礼状而退，谓之虾蟆说法。

至松江见一全真道士②，寓太古庵。一日取二鳅鱼③，一黄色，一黑色，大小相侔者，用药涂利刃，各断其腰，互换接缀，首尾异色，投放水内，浮游如故。郡人卫立中，以盆池养之，经半月方死。

叠塔说法，固教习之功，但其质性蠢蠢，非他禽鸟可比，诚难矣哉。若夫断而复续，死而复生，药软法软，是未可知也。但剧戏中似此者亦罕见哉。

①选自元陶宗仪《辍耕录》。陶宗仪：字九成，黄岩人。生卒年均不详。工诗文，深究古学。元时，举进士，一不中，即弃去。家贫，教授自给。洪武初，累征不就。晚年，有司聘为教官。宗仪常客松江，躬亲稼穑，闲则休于树

阴,有所得,摘叶书之,贮一破盎。十年,积盎以十数。一日发而录之,得三十卷,名为《辍耕录》。又有《南村诗集》、《沧浪棹歌》等。　　②　全真道士:道教的一派。功行齐全,叫全真。　　③　鳅鱼:即泥鳅。形似鳝,长约三四寸,尾扁,色青黑,无鳞而微有黏液。

【译文】

我在杭州的时候,曾经看见一个耍各种禽兽的人,养着七个乌龟,大小分成七等,把它们放在小桌子上,它们一听到鼓声,第一等大的就先爬到桌子中间伏着,第二等的接着就爬到它背上,直到第七等小的爬上第六等的背上,它就竖直身子,尾巴向上,宛如一座小塔,叫做乌龟叠塔。

又看见养虾蟆九个,先放一个小墩在席子中间,那个大的就大模大样地坐着,其余八个小的分两边站立,大的叫一声,八个小的就叫一声,大的叫几声,八个小的就叫几声,接着小的一一来到大的面前,点点头叫一声,好像行礼的样子,然后退去,这就叫虾蟆说法。

司馬子
坐忘論
敬信論一
敬者道之根信者德之蒂根深則道可長蒂固
則德可茂如人聞坐忘之言信是修道之要敬
仰尊重決定無疑加之勤行得道必矣莊云贈
支體黜聰明離形去智同於大道是謂坐忘如
此坐忘何所不忘
斷緣論二

到了松江,看见一个全真道士,住在太古庵里。一天拿了二条泥鳅,一条黄色,一条黑色,大小差不多,用药涂在刀刃上,把它们拦腰斩断,交互缀接起来,头和尾巴两种颜色,放在水里,游来游去同原来一样。同乡人卫立中,用盆把它们养起来,过了半个月才死。

叠塔、说法,本来可以通过教练而成,但是乌龟泥鳅性质愚蠢,不是其他禽鸟好比,真是难了啊!再说泥鳅斩断了又接起来,死而复生,是药的效果呢,还是作了法术? 实在是很难知道了。这样的事在杂技场中也是少见的啊!

张 九 哥①

宋庆历中,有张九哥者,混迹市丐中,燕王呼而赐之酒②。因请以技悦王,乃乞黄绫一端,金剪一具,叠而碎剪之,俄成蜂蝶无数。或集王襟袖,或乱栖宫人鬓髻。九哥复呼之,一一来集,复成一匹罗,中有一空,如一蝶之痕,乃宫人偶捕之耳。王曰:"此蝶可复完罗否?"九哥曰:"不必,姑留以表异。"

① 选自明李日华《紫桃轩杂缀》。题目为译者所加。张九哥的故事,不知道出于何处?《中国人名大辞典》也有记载,与李日华说的稍有不同:"张九哥:宋庆历中居京师,虽冻雪亦单衣。燕王奇之,常召与饮。后见王曰:'将远游,故来别。有小技欲悦王观。'乃取重罗剪为蛱蝶,飞去遮蔽天日。少顷呼之皆来,复成罗。王曰:'吾寿几何?'曰:'与开宝寺浮图齐。'后浮图灾,王遂卒。九哥游历名山,不知所终。" ② 燕王:赵俣,宋仁宗第十子。靖康初授河东剑南四川节度使,累封燕王。徽宗幸青城,与弟偲为徐秉哲逼送金营,北行至庆源境上,俣乏食死。偲至韩州亦卒。

【译文】

宋仁宗庆历年间,有个叫张九哥的人,生活在街上的乞丐当中,燕王唤了他来,还赏给他酒喝。九哥因此就献上杂技让燕王开心,他要了一匹黄色的绸缎,剪刀一把,把绸缎折叠后剪碎,一会儿就有蜜蜂、蝴蝶无数只,有的聚集在燕王的胸前袖口上,有的杂乱地停息在官女们的发髻上。九哥又招呼一声,那些蜜蜂、蝴蝶就纷纷聚集拢来,重新变成了一匹绸缎,中间只留下一个空缺,就像一只蝴蝶的痕迹,这是因为宫女偶尔把它捉住了。燕王说:"这只蝴蝶还能回到绸缎上去吗?"九哥说:"不须要,姑且留着作为奇迹的验证吧。"

试　刀①

倭奴制刀②，必经数十锻，故铦锐无比。其国中，人炼一刀自备，起卧不离，即黔、蜀诸土夷亦然③。土夷试刀，尝于路旁，伺水牛经过，一挥，牛首辄落，其牛尚行十步许才仆。盖锋利之极，牛已毙，猝未觉也④。其人走死如鹜⑤，亦略如倭同。

① 选自明包汝楫《南中纪闻》。题目为译者所加。包汝楫：书中自题"明禾水包汝楫公㦸著"，可知其为江西人，而又久寓杭州者。禾水，又名旱禾江，在江西泰和县西。　② 倭：古代对日本人的称谓。倭刀，日本旧时所制佩刀，以犀利著称。　③ 黔、蜀：即贵州、四川。　④ 猝：突然。　⑤ 走死如鹜：为效忠国家而死义无反顾。走，趋向。死，死事。

【译文】
　　日本人制刀，一定经过几十次锻炼，所以锋利无比。在他们国内，每个人都制一把刀作为防身之用，日夜不离，就是我国贵州、四川那些少数民族也是这样。他们试刀时，常在路边等水牛经过，一刀砍去，牛头就落在地上，那牛却还要走十多步才跌倒，因为刀实在太锋利了。他们为效忠国家而死义无反顾，也跟日本人相同。

锡　肚　肠①

天启六年，建魏忠贤生祠于张掖门内，上亲赐额，各省直靡然效尤，竞为奢丽，而我浙尤甚。浙祠宫庭之僭侈②，不必言；至为忠贤像，婉转便捷，一切如生。人间开盛筵，邀忠贤像、张乐高会，陈馔进觞，悉如献酬礼。腹中置锡肚肠。上酒，辄灌入锡肠中。度将满，捐像出庭小遗。去锡口塞,酒辄注放一磁坛内。随命撤肴,并酒赐随侍者。谄媚之工至此。时余在沅陵③,闻之南都来者云④,此浙抚为之,抚潘汝祯也。

① 选自明包汝楫《南中纪闻》。题目为译者所加。　② 僭侈:指建造生祠特别奢侈,超越了魏忠贤的身份。　③ 沅陵:县名。属湖南省。
④ 南都:明代人称南京为南都。

【译文】

　　明熹宗天启六年(1626),建魏忠贤的生祠,在张掖门内,皇帝亲自送匾,全国各省纷纷效法,争相奢侈华丽,而我们浙江做得尤其过分。生祠超越魏的身份自不必说;甚至还做了个忠贤的人像,灵巧便捷,一切都如活人一样。人间举办盛宴,邀请忠贤像入座,张灯结彩,丝竹并奏,摆上菜肴,举杯敬酒,全跟平时设宴请客的礼节相同。忠贤像腹中放了个锡制的肚肠,敬酒时就将酒灌进锡肠中,估计盛满时,向像作揖行礼,请到庭院中小解。拔掉锡肠口的塞子,酒就泻在一个瓷坛中。随即就叫撤席,菜肴连同酒一起赏给仆役。马屁拍到如此程度! 当时我在湖南沅陵,听从南京来的人说,这是浙江巡抚干的,他就是潘汝祯啊!

挂　角　寺①

　　广东清远县有飞来寺。其地山水极奇秀,忽飞堕一佛殿,殿内大佛五尊,上站一尊,左右各二尊,皆立相;殿内一僧偕来。垣屋墙壁皆不动,止殿后缺一角,飞来时挂在梅岭地方一崖石上。至今飞来寺一角旋葺旋倒,不能长久。梅岭人因有挂角之奇,随庀材造成一寺②,名挂角寺。

① 选自明包汝楫《南中纪闻》。题目为译者所加。 ② 庀（pǐ）材：准备材料。

【译文】

广东清远县有一座飞来寺，这地方山水风景特别秀丽，忽然飞来一间佛殿掉落到这里，殿内大佛五尊，上面站着一尊，左右各二尊，都是站着的模样；殿内有一个和尚也一起跟了来。屋子墙壁都保持着原来的样子，只有殿后边少了一只角，飞来时挂在梅岭地方的一块岩石上。到如今飞来寺所缺的一角总是造好了又倒坍，不能保持长久。梅岭人因为有挂角的奇迹，就准备材料造了一座寺庙，就取名为挂角寺。

孔 氏 二 姐①

弘治间，旬宣街有少年子徐景春者，春日游湖山，至断桥，时日迨暮矣，路逢一美人与一小鬟同行。景春悦之，前揖而问曰："娘子何故至此？"答曰："妾顷与亲戚同游玉泉，士子杂遝②，遂失群，惘惘索途耳③。"景春曰："娘子贵宅何所？"答曰："湖墅宦族孔氏二姐也。"景春遂送之以往，及门，强景春入曰："家无至亲，郎君不弃，暂寄一宿，何如？"景春大喜，遂入宿焉。备极缱绻④，以双鱼扇坠为赠。明日，邻人张世杰者，见景春卧冢间，扶之归。其父访之，乃孔氏女淑芳之墓也，告于官，发之，其祟绝焉。

① 选自明田汝成《西湖游览志余》。题目为译者所加。田汝成：字叔禾，钱塘人。生卒年均不详。嘉靖五年进士。历广西右参议，分守右江，政绩颇著。累迁福建提学副使。归田后，盘桓名山，搜剔名胜，殊以风流自赏。汝成博学工诗古文，尤善叙述，著有《田叔禾集》、《西湖游览志》等。　② 杂遝（tà）：同"杂沓"。杂乱。　③ 惘惘：精神恍惚。　④ 缱绻：情投意合，难舍难分；缠绵。

【译文】

明孝宗弘治年间，杭州旬宣街有个青年叫徐景春，春天去游玩西湖，到了断桥，时间已接近傍晚，看见路上有一个美女带着一个丫鬟在走。景春心里喜欢，就上前施了礼，并且问道："姑娘出来做什么事？"回答说："我刚才跟亲戚同游玉泉，不想人多杂乱，就失散了，现在正在找回家的路。"景春说："姑娘贵宅在什么地方？"回答说："湖墅孔家，我就是二姐。"景春就送她们回去。到了孔府门口，姑娘硬要景春进去，说："家里没有什么亲戚，您如肯赏脸，暂且住上一宵，不知道心意如何？"景春十分高兴，就在那里住宿。二人情投意合，二姐还送了一个双鱼扇坠作为定情之物。第二天，邻居有个叫张世杰的，看见景春躺在一座坟墓旁边，就把他扶了回去。景春的父亲找到那地方，却是孔家女儿淑芳的坟墓，就将此事禀告了官府，官府掘掉了这座坟墓，以后就再没发生过奇怪的事。

祝 英 台①

英台，上虞祝氏女子，易为男子装出游学，与会稽梁山伯同肄业。山伯字处仁。祝先归二年，山伯访之，方知为女子，怅然如有所失，告其父母求聘，时祝已许马氏矣。山伯后为鄞令②，疾革，葬鄮城西③。明年祝适马氏，舟过墓所，风涛不能进。英台闻有山伯墓，因登塚号恸，地忽裂开，祝氏陷焉，遂埋双璧，人皆异之。晋丞相谢安奏之，因表其墓云。此与紫玉及华山畿女之事甚相类④，今俗演为杂剧也。

① 选自明田艺蘅《留青日札》。田艺蘅：字子艺，钱塘人，汝成之子。生卒年均不详。十岁从父过采石，赋诗有佳句。以岁贡生为徽州训导，罢归。性高旷磊落，至老愈豪。艺蘅多闻好奇，著述宏富，世以比之杨慎。诗文有《田艺蘅集》，又有杂著《煮泉小品》、《留青日札》等。　② 鄞(yín)：鄞县，属浙江省。　③ 鄮(mào)：古县名。在今浙江宁波市。　④ 紫玉：古代传说春秋时吴王夫差小女名紫玉，爱慕韩重，不得成婚，气结而死。重游学归，往玉墓哀节。玉现形，赠重明珠，并作歌。重欲抱之，玉如烟而没。见晋干宝《搜神记》。后喻少女去世有"紫玉成烟"之语。本此。华山畿女：古乐府吴歌曲名。相传南朝宋少帝时，有南徐士子从华山畿往云阳，见客舍有女子，年十八九，悦之，无因，遂感心疾而死。及葬日，车度华山，比至女门，车不前，牛不动。女妆点沐浴而出，歌曰："华山畿，君既为侬死，独活为谁施？欢若见怜时，棺木为侬开。"棺应声开，女遂入，乃合葬。人呼为神女塚。现成歌调二十五首。

【译文】

　　英台，上虞县姓祝人家的女儿，女扮男装外出求学，与会稽县的梁山伯同学。山伯表字处仁。英台先回去二年，山伯去访问，才知道她是个女的，感到十分失落，告诉父母前去求婚，但当时英台已经由父母之命许配给一个姓马的人了。山伯后来做了会稽县官，生病死后，葬在鄮县城西边。第二年英台出嫁，船经过山伯的坟前，忽然为狂风所阻，船无法前进。英台听说附近有山伯的墓，就登岸到墓前痛哭，地忽然开裂，英台就跳了进去，与山伯埋在一起。人都感到奇怪。东晋的丞相谢安把这事禀告皇帝，所以就表彰了这座坟墓。这跟紫玉及华山畿女的故事很相类似，如今已被人改变成戏剧。

相 思 鸟①

　　予过浦城②，得相思鸟，合雌雄一笼，初闭一纵一，一即远去,久之必觅道归,宛转自求速入③。居者于其初归,亦鸣跃接喜,三数纵之,则归者居者意只寻常,若田间夫妇有出入皆可数迹而至④,不似闺人望远、荡子思归也。宿则以首互没翼中,各屈其中距立⑤。予常夜视之,惊失其一。久之,觉距故二,而羽则加纵。笑语人曰:"视此增伉俪之重⑥。"或有言,独闭雌能返雄耳,闭雄则否。予视之不然,视同媚鲎⑦,诬此贞禽矣。

① 选自清周亮工《闽小记》。　② 浦城:县名,在福建省北部。
③ 宛转:展转,曲折。也作"婉转"。　④ 数迹而至:犹立即归来。迹,足迹。　⑤ 距:鸡爪。　⑥ 伉俪:配偶,妻子。　⑦ 鲎(hòu):介类。其形似蟹,十二足,雌负雄而行。据说"鲎负雌以游,人呼曰鲎媚,得雌则雄不去,得雄则雌远徙矣。"

【译文】

我经过浦城,得到一种相思鸟,把雌雄关在同一个笼子里,先是关一只放一只,一只就远远地飞去,长时间后一定寻着原路回来,一次次要求再赶快跑进笼子。在笼子里的,对于第一次回来的它,也叫着跳着高兴地接待,三四次后,两方面都显得平常,好像农民夫妇对出门一样的随便,而不像闺中的女人盼望远行夫婿,或流荡不归的男子思念妻子那样迫切。它们在睡眠时,彼此拿头埋在对方的翅膀中,都缩起中间的一只脚站立着。我曾经在夜里看它们,奇怪怎么脚少了一只。好长时间,才发觉脚原有两只,只是羽毛加宽了些。我笑着对人说:"看了相思鸟可以增加夫妇间相亲相爱的感情。"有人说,把雌的单独关起来,雄的就会回来,关了雄的,雌的就不回来。我所看到的不是如此,把它们看成同鲎鱼一样,实在是冤枉了这种忠贞不渝的鸟儿了。

夜　　燕①

闽中龙眼熟时,专有飞盗缘枝接树,趫捷如风②,若巨

寇然,瞬息不觉,则千万树皆被渔猎,名曰夜燕,毒过于荔
之石背③。此果人未采时,虫鸟不敢侵,夜燕一过,群蠹竞
起矣④。

① 选自清周亮工《闽小记》。　② 趫捷:矫健迅速。　③ 石背:荔
枝的害虫,状如荔核,名曰石背。"言背坚如石也"。详见《闽小记》卷一。
④ 蠹(dù):蛀虫。

【译文】

福建的龙眼成熟时,专门有飞盗爬上树枝,一棵接着一棵,矫
健迅速像一阵风,仿佛巨盗行劫,以迅雷不及掩耳之势,就使千万
棵树遭到掠夺,名叫夜燕,厉害超过戕贼荔枝的石背。龙眼在人未
采摘时,虫鸟不敢侵犯,一经夜燕蹂躏,各种害虫就争先恐后地
到来。

枫 亭 井 水①

兴化枫亭②,宋徐铎状元故居,手植荔枝,名延寿红,
至今尚存。树下有井亦公所凿,井上横亘一石梁,左汲水
重,右汲水轻,此理之莫测者。然闻武当南岩宫③,有日月
池,相距数尺,日池色绿,月池色黑。罗浮白水山佛迹
院④,涌二泉,相距步武⑤,东为汤泉,西为雪泉,东极热,指
不可触,以西泉解之,然后调适可浴。造物之巧如此,不
独枫亭井水重轻也。

① 选自清周亮工《闽小记》。　② 兴化:即莆田县。明清为兴化府治。
③ 武当:山名。在湖北均县南,为大巴山脉分支。　④ 罗浮:山名。在广
东省境内。　⑤ 步武:古以六尺为步,半步为武。指相距不远。

【译文】

　　兴化地方的枫亭，是宋代徐铎状元的老家，铎亲手种的荔枝，名叫延寿红，直到现在还活着。荔枝树下有一口井，也是铎所开凿，井上横搁着一块石条，左边汲的水分量重，右边汲的水分量轻，不知道是什么道理。不过我听说湖北武当山南岩宫，有一个日池和月池，两个池只相隔几尺，日池的水碧绿，月池的水墨黑。广东罗浮白水山的佛迹院，冒出两口泉眼，相距不到半步，东面的是汤泉，西面的是雪泉，东泉极热，连手指也碰不得，拿西泉羼和，然后才温度适中可以沐浴。大自然巧妙到这样，不单是枫亭的井水有轻重之别。

追　写　真①

　　宋宪使荔裳（琬）幼失恃②，每忆母夫人形容，辄泣下。吴门某生者，自言有术能追写真，人殁数十年，皆可得其神似。乃令设坛净室中，自书符咒，三日，陈丹青纸笔，令宋礼拜，出，扃镭其户③，戒毋哗。比夜，忽闻屋瓦有声，已夜分，闻掷笔于地铿然，屋瓦复有声。生乃开户，引视之，灯烛荧然，丹青纵横，笔落地上，而纸仍缄封未启。启视，则像已就，宛然如生，宋捧持悲泣，重酬之。生云，过六十年则不复可追也。苏谷原《迤游琐言》云，澶渊宋敛宪敬夫，幼失怙，不识父形容，请方海山人貌之，持归家，母夫人视之如生，悲不自胜。世或有此理耳。

　　① 选自清王士禛《池北偶谈》。　　② 宋宪使：宋琬，清山东莱阳人。字玉叔，号荔裳。顺治四年进士，官至四川按察使。魏晋以来，称御史为按察使，又简称为"宪"。　　③ 扃镭（jiōng jué）：加在门窗上的锁。

【译文】

　　宋荔裳(琬)幼年丧母,每次想要知道母亲的模样,就流下泪来。苏州有个人说他有办法可以把死人追回来画出他的状貌;人死了几十年,都可以追回来画得活灵活现。他先教人在清静的屋子里布置一个神坛,自己在里面画符念咒,三天之后,摆上颜料纸笔,再教宋琬进去跪拜,等宋琬出来,就锁上门窗,还叫人不可喧哗。到了夜里,大家听到屋上的瓦片在响,半夜以后,又听到屋里有把笔丢在地上的声音,接着又听到屋上瓦片的响声。那人这才将门打开,领宋琬进去观看,屋内灯火明亮,颜料胡乱放着,笔掉在地上,而纸却封得好好的。拆开来看,人像已经画好,就像活的一样,宋琬捧着这画像就哭。那人得了一笔很大的报酬。据那人说,超过六十年就没法追得回来了。苏谷原在《迤旒琐言》中也说,澶渊人宋敬夫,自幼死了父亲,不知道父亲长得什么模样,请方海山人追画了一幅,拿回家去,母亲以为跟活着时一模一样,不禁哭了起来。世界上或许真有这样的事呢。

狼①

　　一屠晚归,担中肉尽,只有剩骨。途中两狼,缀行甚远。屠惧,投以骨。一狼得骨止,一狼仍从。复投之。后狼止,而前狼又至。骨已尽,而两狼之并驱如故。屠大窘:恐前后受其敌。顾野有麦场,场主积薪其中,苫蔽成丘。屠乃奔倚其下,弛担持刀。狼不敢前,眈眈相向②。少时,一狼径去。其一犬坐于前,久之,目似瞑,意暇甚。屠暴起,以刀劈狼首,又数刀毙之。方欲行,转视积薪后,一狼洞其中,意将隧入以攻其后也。身已半入,只露尻尾。屠自后断其股,亦毙之。乃悟前狼假寐,盖以诱敌。

　　① 选自清蒲松龄《聊斋志异》。蒲松龄:字留仙,号柳泉居士,山东淄川

人。幼有轶才,读书于黉山中。老而不达,以诸生授徒于家。康熙五十年,始成岁贡生。著作有《聊斋志异》、《醒世姻缘》等。相传他作《志异》时,设烟茗于门前,强邀行人谈说异闻,以为粉本,积二十余年而书始成。　② 眈眈:威视貌。

【译文】

　　有个屠夫傍晚收市回家,担上的肉都已卖完,只剩了几根骨头。路上遇到两只狼,紧跟着走了好长一段路。屠夫害怕起来,拿起一块骨头丢过去。一只狼抢到骨头后停下来,另一只狼还跟在后面。屠夫又拿一块骨头丢给它。后面一只狼停下来,可是前面一只狼又跟上来。一直到骨头都已丢完,两只狼却还是并排着紧跟不放。屠夫感到很大为难:深怕前后受到袭击。看看野外有一块打麦场,场主把麦草堆垛在场地上,上面还用草荐遮盖起来,俨然像座小山的样子。屠夫就跑过去,卸下担子,手握屠刀,倚靠在麦草堆下面。那两只狼不敢冲上来,只用凶狠的目光盯着他。过了一会儿,一只狼顾自己走了。另一只狼像狗那样坐在屠夫的对面,好半天,它眼睛眯晞,态度显得很平静。屠夫突然跳起来,用屠刀劈开那只狼的脑袋,一连砍了几刀才把它砍死。屠夫正打算上路,回过头去却看到麦草堆后面,另一只狼正在麦草堆后面挖洞,想要挖成一条隧道从屠夫的背后进行袭击。它的身子已经有一半钻进去,只有屁股和尾巴露出在外面。屠夫就从后面砍断了它的后腿,也把它杀死了。屠夫这才明白坐在他对面的那只狼假装打瞌睡,只是用来迷惑敌人的一种方法。

邓　公　庙①

　　康熙十五年,余姚有客山行②,夜宿山神祠。夜半,有虎跪拜祠下,作人言,神以邓樵夫许之。明晨伺于祠外,果见一樵过之,逆谓曰③:"子邓姓乎?"曰:"然。"因告以夜所闻见,戒勿往。邓曰:"吾有母,仰食于樵。一日不樵,母且饥。死生命也，吾何畏哉？"遂去不顾，客随而觇之。樵甫采薪，虎突出丛箐间。樵手搏数合，持虎尾盘辟久之④。虎不胜愤，乃震哮一跃，拔尾负痛遁去，樵逐而杀之。客逆劳之。樵曰："感君高义，盍导我至庙下。"既至，大诟，以死虎示神曰："今竟何如？"遂碎其土偶，樵一笑跃上神座，瞑目而逝。乡人重为建祠，额曰"邓公庙"。

① 选自清王士禛《香祖笔记》。题目为译者所加。　② 余姚：县名。属浙江省。　③ 逆：迎（上前去）。　④ 盘辟：犹盘旋，反复。

【译文】

　　康熙十五年（1676），余姚有个过客走山路，夜里宿在土地庙里。半夜里，有只老虎到庙里跪拜，能讲人话，土地神就把邓樵夫答应给它（吃）。第二天早晨等在庙外，果然有一个樵夫从这里经过，就迎上前去说："你姓邓吗？"说："是的。"就告诉他夜里所见到听到的，警告他不要去砍柴。邓说："我家里还有母亲，全靠砍柴为生，一天不砍柴，母亲就要挨饿。况且生死是命中注定的，我有什么可怕的！"就自顾自走了。过客跟着他想看个究竟。樵夫刚动手砍柴，老虎就突然从竹丛中跳出来，樵夫跟它搏斗，抓住它的尾巴较量了好一回。老虎不堪愤怒，大叫着跳起来，脱掉了尾巴带着疼痛想要逃走，樵夫赶上去将它打死了。过客迎上去表示慰劳，樵夫说："多谢你的好意，何不跟我一起到土地庙去？"到了土地庙，樵夫对着土地神大骂，指着死老虎对土地神说："现在怎么样？"就敲碎了泥塑的神像，笑了笑跳上神座，闭上眼睛死去。乡里人重新为他造了个祠堂，题曰："邓公庙"。

天 然 日 晷①

　　江宁有西域贾胡，见人家几上一石，欲买之，凡数至，主人故高其值，未售也。一日重磨洗，冀增其价。明日贾胡来，惊叹曰："此至宝，惜无所用矣。石列十二孔，按十二时辰，每交一时，辄有红蟢子布网其上②，后网成，前网即消，乃天然日晷也。今蟢子磨损，何所用之！"不顾而去。

① 选自清王士禛《香祖笔记》。题目为译者所加。日晷（guǐ）：古代测日影定时刻的仪器。　② 蟢子：蜘蛛的一种。又叫喜子。

【译文】

南京有个西域的商人，看见人家小桌子上放着一块石头，想要买了去，一连来了好几趟，主人故意抬高价格，所以没有成交。一天主人将石头重新磨洗了一番，以为这样可以卖更高的价钱。第二天那个胡商又来，却惊讶地说："这是件宝贝啊！可惜现在没有用了。石头上有十二个孔，按照十二个时辰排列，每过一个时辰，就有红蟢子在上面布网，后网布成，前网就消失，这是天然的日晷。现在蟢子已经被磨伤，再也不能结网了！"说罢转身就走。

白　蛇①

皖城某者②，某弁司阍仆也③。夜见一少妇通体缟素，投阍止焉。仆遂与合。阅数日，弁忽有失物诘责司阍人，仆因祷之五猖神④，祈其阴摄窃物人，至是夜少妇至仆，谓曰："尔家失物是我窃去，今五猖神摄我铁锁琅珰殆不堪也，急苏我。"仆如其言，随祷五猖神释之。是夜妇来谢仆。仆询其家于何所，妇曰："妾住枞阳门外⑤，君不弃，可至家一视；当即于今夜行。"仆曰："夜何以出郭？"妇曰："无难也。"仆遂与妇俱，见有仆从数辈，执灯前导，须臾出郭。至其家，堂屋檐楹间自内达外遍张羊角灯⑥，辉煌宏敞,俨然阀阅⑦,妇因止仆宿,仆已心异之。鸡鸣妇促仆起,入郭门即谢去。夜复至仆所,比曙将行,含凄谓仆曰:"妾本非人,盖白蛇也,与君有四十年缘,今渐闻之于人,不复能如此久矣。"语毕忽不见。仆骇甚,随诣枞阳郭门外,果于桥下见一白蛇蟠桥柱,见仆至,乃释柱,以其首数向仆回顾,作告别状而逝。

　　① 选自清佟世思《耳书》。　　② 皖城:皖城县,故城在今安徽潜山县北。　　③ 弁:武官服皮弁,因称武官曰弁,将弁。　　④ 五猖神:鲁迅《五猖会》:"其一便是五猖庙了,名目就奇特。据有考据癖的人说:这就是五通神。然而也并无确据。"　　⑤ 枞阳:县名。属安徽省。　　⑥ 羊角灯:疑即"羊灯",铜制羊形的灯,一名"金羊灯"。　　⑦ 阀阅:本作伐阅。功绩和经历。也以指世家门第。

【译文】

　　皖城有个人,是某武官家看门的仆人。夜里看见一个浑身穿白衣的年轻女人前来投宿。仆人就与她睡在一起。过了几天,武官家失窃了东西,责问看门的仆人,仆人就向五猖神祷告,请神为他找到那个偷窃的人。这天夜里少妇又到仆人这里,对仆人说:"你家失窃的东西是我偷的,如今五猖神找到我,脚链手铐实在受不了,你救救我。"仆人照她说的去向五猖神求情把她放了。这天夜里少妇来向仆人道谢,仆人问她家住在哪里。少妇说:"我住在枞阳城外,你如看得起我,可以到我家去一看,今天夜里就去。"仆人说:"夜里怎么出得了城?"少妇说:"这个不难。"仆人与少妇同行,只见几个奴仆领着路,提着灯,一会儿出了城。到了她家里,堂前走廊里里外外都挂满了羊角灯,又宽敞又亮堂,俨然像个世家门第的样子。仆人感到有些奇怪。第二天天亮时少妇催仆人起床,送他到城门口才告别。夜里少妇又到仆人这里,天亮离开时凄凉地对仆人说:"我原本不是人,是一条白蛇呀,跟你有四十年的缘分,如今事情已被人发觉,就不能照这样继续下去了。"说罢就不见了。仆人很害怕，随即跑到枞阳城外去看，果然看见一条白蛇蟠绕在桥柱子上，见仆人到来，就放开桥柱，用头几次看着仆人，好像作告别的样子，然后就不见了。

虾蟆教书蚁排阵①

余幼住葵巷②，见乞儿索钱者，身佩一布袋两竹筒。袋贮虾蟆九个，筒贮红白两种蚁约千许。到店市柜上，演其法毕，索钱三文即去。一名"虾蟆教书"。其法设一小木椅，大者自袋跃出坐其上，八小者亦跃出环伺之，寂然无声。乞人喝曰："教书。"大者应声曰"阁阁"，群皆应曰"阁阁"，自此连曰阁阁几聒人耳。乞人曰："止。"当即绝声。

一名"蚂蚁摆阵"。其法张红、白二旗，各长尺许。乞人倾其筒，红、白蚁乱走柜上。乞人扇以红旗曰："归队。"红蚁排作一行，乞人扇以白旗曰："归队。"白蚁排之作一行。乞人又以两旗互扇喝曰："穿阵走。"红、白蚁遂穿杂而行，左旋右转，行不乱步。行数匝，以筒接之，仍蠕蠕然各入筒矣③。虾蟆蝼蚁，至微至蠢之虫，不知作何教法。

① 选自清袁枚《新齐谐》。　　② 葵巷：巷名。在今杭州城东。
③ 蠕蠕：虫爬行貌。

【译文】
　　我小时候住在葵巷，看见乞丐讨钱的事，身上佩带着一只布袋和两个竹筒，布袋里装着虾蟆九只，竹筒里装着红、白两种蚂蚁一千多只，跑到市上店家的柜台上，表演戏法后讨三文钱就离开。一种叫"虾蟆教书"，方法是：准备一张小木椅子，大的虾蟆从袋中出来跳上椅子坐着，八只小虾蟆也从袋中出来围着它，静静地不发出一点声音。乞丐喝道："教书。"大虾蟆随即发出声音"阁阁。"那些小虾蟆也随即发出"阁阁"。从此一连发出"阁阁"的声音,噪得人耳朵发痛。乞丐说："停。"随即静寂无声。

一种叫"蚂蚁摆阵",方法是:打开红、白两面旗子,每面旗子都有一尺多长。乞丐放倒竹筒,红、白两种蚂蚁就在柜台上乱爬起来。乞丐摇动红旗说："归队。"红蚂蚁就排作一行;乞丐摇动白旗说："归队。"白蚂蚁也排作一行。乞丐又分别拿两面旗子摇动说："穿阵走。"红、白蚂蚁就穿插爬行起来,左转右弯,爬得十分整齐。几圈之后,再拿竹筒凑近它们,它们就扭着身子跑进竹筒里去。虾蟆、蚂蚁都是最小最笨的虫子,不知道是用什么办法将它们教会的。

雁荡动静石①

南雁荡有两石相压②,大可屋二间。下为静石,上为动石,欲推动之,须一人卧静石上,撑以双脚,石轰然作声,移开尺许如立,而手推之,虽千万人不能动石一步,其理卒不可解。

① 选自清袁枚《新齐谐》。　② 南雁荡:山名。在今浙江温州市。

【译文】

南雁荡山上有两块石头彼此叠着,有两间屋子那么大,下边的为静石,上边的为动石,想要推动它,必须一个人躺在静石上,用两只脚撑,石头就发出轰然的声音,移开一尺多远,站起来,而用手推,即使有千万个人也推不动一步,这道理终于难以明白。

南 野 社 令①

桃江之滨有渔者②,一人一舟,往来烟水,卖鱼得钱,沽酒独酌。一夕，明月满江，欸乃既息③，有客造舟求饮。渔即引与其酌。问其姓名，客诡以对。于是谈风说雨，相得甚欢。天将曙，客始辞去，至夜复来。渔是日得鱼倍于往日，沽酒亦倍之，复与客畅饮，无少吝色。客笑曰："君可谓得鱼而不忘筌矣④。虽然，君贶吾酒而不费，我贡君鱼而不劳，可谓相须亦复相济。"渔愕然，不解所谓。客从容曰："君勿怖，吾溺鬼也。今日之鱼我所致，所以报昨夕之惠也。此后，当日日为之，少佐壶觞耳。"渔素豪旷，闻而乐之。自是，捕鱼辄盈网，量皆鬼力也。昼则捕鱼买酒，夜则与鬼豪饮，鸡鸣而罢。近半载矣。

一夕，饮半酣，鬼色不豫。诘之，乃曰："明日受代，行与君别矣。"词甚凄恻，渔亦惘然。明日伺之，有一妇人携幼子而来，既及河干，自投于水。子恋母，亦从之。渔心知鬼之所为，殊为之悲恻，欲救之而无从也。少顷，妇人复携子冲波而出，迤逦上岸去，若有自下捧之者。心转讶之，谓鬼之不能祸也。比夜，鬼复来曰："吾今日本当得代，然毙一妇人并戕其子，吾不忍为。宁终处水国，隶于波臣之籍耳，故复得盘桓于君前。"渔益敬之，谓其已死而仁心特厚也。因纵酒欢呼，订交莫逆。

又数年，鬼复辞去，曰："吾前者一念之善，冥王嘉之。已为转奏上帝，得授南野社令，明日走马赴任矣。君倘念故人，宜来相访。虽不能复见，然必有以待君也。"渔许之，且问不复见之故。鬼曰："此非吾所能主也。"遂殷勤洒泪而别。

越数日，渔棹舟糒⑤，南至某村，求社令之祠而造焉，则村民相待于路，闻渔至，则皆讶且喜。渔问故，村民皆曰："昨梦社公言，'明日吾故人来访，尔当迎于郊，为吾作东道主人，慎毋慢客也。'故先俟于此。"亦叩渔所以访社令之故。渔具告之，莫不嗟异。既引渔至祠，设香楮、蜡炬、茶酒、鸡鱼之供。渔捧香醑酒，拜祝曰："故人别来无恙，今受祀兹乡，不忧馁。而故人仁厚爱物，亦宜有大造于兹乡也。唯是澄江静夜，孤岸扁舟，无复素心人来共杯杓矣。"言讫，不觉泪下。忽有香风起于神座，拂渔衣袂，飘飘举动，他人则否。

于是观者咸异之。竟邀至家，劳以酒食，数日不能周。且各有钱帛之赠，皆体神意也。渔将归，辞于神。复有香风送之，至舟而后散。渔每数年一往，神异如初。

---

① 选自清乐钧《耳食录》。乐钧：初名宫谱，字元淑，号莲裳，江西临川人。嘉庆六年举人。秀气孤秉，少日喜为骈俪之文。继至京师，游吴、越，无所遇，家贫，奉母侨江、淮间。南城曾燠招寓题襟馆中，由是所学日进。与吴嵩梁同为翁方纲弟子，能继诗家蒋士铨之后，并负盛名。钧所为诗古文辞，务追古人不传之隐，靡不绮丽。尝赋《绿春诗》二十章，又续赋三十章，盛行于时。著有《青芝山馆诗文集》及《耳食录》等，并传于世。社令：俗称土地神或土地菩萨。　　② 桃江：源出江西虔南县西南冬佩山。东流至龙南县城北。东北流经信丰入赣县界，注于贡水。在龙南者名桃水，在信丰者名桃江。　　③ 欸（ǎi）乃：行船摇橹声。　　④ 得鱼忘筌：筌一作荃。荃，香草，可作鱼饵。筌，捕鱼的竹器。比喻达到目的后就忘记了原来的凭藉。　　⑤ 糒（bèi）：干饭。

【译文】

　　江西桃江边有个渔人，独自划一条船，来往于烟水迷茫的江上,卖鱼得了钱,就买酒喝。一天夜里,月光照着江面,船停在岸边,有个人上船来讨酒喝。渔人就拿出酒来与客人同饮,问他姓名,他也不说实话。就这样谈天说地,相处得很和睦。天将黎明,客人才告辞。到了夜里客人又来。这一天渔人捉到的鱼比往日多了一倍,买的酒也加倍,又与客人畅饮,丝毫没有吝惜之意。客人笑道:"你可以说是个得鱼而不忘筌的人了。这就像是,你给我酒喝而不破费,我送给你鱼而不麻烦,可以说是各有所出而又各有所得了。"渔人感到惊讶,不明白他说的是什么意思。客人这才慢慢地说:"你别怕,我其实是个河水鬼!今天的鱼就是我赶过来的,这是报答你昨晚上的款待,今后我会每天这样做,也算是对喝酒稍作点贡献吧。"渔人向来豪爽,所以听了鬼的话不仅不害怕,反而觉得很高兴。从此以后,渔人捕鱼总是网网不会落空,自然都是鬼的力量。白天捕鱼买酒,晚上与鬼痛饮,每天都到天快亮结束,这样已过了半年了。

一天晚上,饮酒差不多醉了,鬼显得很不开心,问他,就说:"明天有人来替代,我就将与你分别了。"说话非常凄凉,渔人也感到很落寞。第二天渔人在岸边候着,看见有个女人带着一个小孩走来,到了河边,投水自尽。小孩舍不得母亲,也跟着跳进了河中。渔人

知道这是鬼在作祟,很为母子俩感到伤心,但要救他们又无从着手。片刻之后,女人又带着小孩浮上水面来,慢慢爬上岸去,好像是有人在水底托着他们似的。心中感到很奇怪,说鬼怎么又不找替代了。到了晚上,鬼又来说:"我今天本当可以得到替代,只觉得死了一个女的还搭上她的儿子,实在于心不忍。我宁可一直耽在水里,做个水鬼,所以还能出现在你的面前。"渔人更加尊敬他,说他虽然已经做了

鬼,恻隐之心却依然存在。随即又痛饮欢呼,成了最要好的朋友。

　　过了几年,鬼又向渔人告别,说:"我前次做了一点好事,冥王给予嘉奖,已经为我转奏上帝,封我做南野的土地。明天就要上任去了。你倘若还当我是你的朋友,应该过来看看我。虽然不能见面,也同样会受到优待的。"渔人答应着,但问为什么不能见面?鬼说:"这不是我做得了主的。"就这样抹着眼泪依依不舍地分手了。

　　过了几天,渔人划着船带着干粮,往南到了某村,问到土地庙的所在。这时村民都已等候在路边,看到渔人来了,又是惊奇又是高兴。渔人问这是为什么?村民说:"昨天夜里梦见土地公公说:'明天我的朋友要来,你们就在村外迎接,替我做个东道主,切勿怠慢了他。'所以预先在此等候。"同时,村民也问渔人到此的缘由。渔人也都一一地说了。村民都感到奇怪和感叹。村民带渔人到土地庙,摆上香烛、鱼肉、烟酒之类的祭品。渔人上香敬酒,叩头祝祷说:"老朋友别来可好?你如今能享受全村人的香火,想必是不会再饿了吧。你一向仁慈厚道,做了这一方土地,也一定会造福于这里的百姓的,只是我在荒江静夜里,孤身一人,就再没有人陪我喝酒聊天的了!"说着,禁不住流下泪来。这时,忽然有一阵香风从神座上升起来,拂着渔人的衣裳,飘飘而动,不过这只有对渔人一个人是如此。

　　面对这种种情况,看到的人都没有不感到奇怪的。村民们邀请渔人到家里去,待以酒食,几天都轮不过来。而且每家人家都送钱送物,也都是秉承土地公公的意思。渔人要回去时,再到庙中去告别。离开时就有一阵香风尾随着他,直到上船才消失。渔人每隔几年去拜访一次,每次去都跟当初一样的感到神奇。

邓　无　影①

　　邓乙,年三十,独处。每夜坐,一灯荧然,沉思郁结。因顾影叹息曰:"我与尔周旋日久,宁不能少怡我乎?"其影忽从壁上下,应曰:"唯命。"乙甚惊,而影却笑曰:"既欲

尔怡,而反畏我,何也?"乙心定,乃问:"尔有何道,而使我
乐?"曰:"惟所欲。"乙曰:"吾以孤栖无偶,欲一少年良友
长夜晤对,可乎?"影应曰:"何难。"即已成一少年,鸿骞玉
立②,倾吐风流,真良友也。乙又令作贵人。俄顷,少年忽
成官长,衣冠俨然,踞床中坐,乃至声音笑貌,无不逼肖。
乙戏拜之,拱受而已。乙又笑曰:"能为妙人乎?"官长点
头下床,眨眼间便作少女,容华绝代,长袖无言。乙即与
同寝,无异妻妾。由是,日晏灯明,变幻百出,罔不如念。

久之,日中亦渐离形,而为怪矣。他人不见,唯乙见
之,如醉如狂,无复常态。人颇怪之,因诘而知之,视其
形,果不与形肖也。形立,而影或坐;形男,而影或女也;
以问乙,而乙言其所见,则又不同。一乡之人,咸以为
妖焉。

后数年,影忽辞去。问其所之,云:"在离次之山③,去
此数万余里。"乙泣而送之门外,与之诀。影凌风而起,顷
刻不见。乙自是无影,人呼为"邓无影"云。

　　① 选自清乐钧《耳食录》。　　② 鸿骞:喻人神情轩昂。玉立:喻人风姿
秀美。　　③ 离次之山:待查。

【译文】

　　邓乙,三十岁年纪,独自一人居住。每次夜里独坐,只有孤零
零的一盏灯陪伴,沉默深思,郁郁不欢。因而对着影子叹息道:"我
与你相处这么久,能不能给我一点快乐呢?"那个影子忽然从壁上
下来,答应道:"可以的。"邓乙非常吃惊,而影子却笑着说:"既然想
要我给你快乐,反而害怕起我来,这是为什么?"邓乙定下心后,就
问:"你有什么法道,能让我快乐?"说:"只要你喜欢的。"邓乙道:
"我因为孤零零地无人陪伴,想要有个年轻朋友夜里说说话,可以

吗?"影子回答:"这有什么难的。"随即变成了一个少年,神情轩昂,风度俊美,谈吐脱俗,真的是个难得的朋友。邓乙又叫他变成个贵人。一会儿,少年忽然变成了一个长官,官衣官帽,大模大样地坐在太师椅上,甚至声音笑貌,也都没有不极其相像的。邓乙假装跪拜,长官也拱手受礼。邓乙又笑着说:"能替我变个佳人吗?"长官点点头从太师椅上站起来,霎时间就变成了个少女,容华绝代,含情脉脉。邓乙就与她睡在一起,跟妻妾没有什么不同。从此之后,日暮灯明,变幻无穷,而且没有不如心如愿的。

日子一久,即使是在白天影子也能离开人体,变出奇奇怪怪的形状来。别人看不见,只有邓乙看得见,像喝醉了酒发狂一样,不再像平常的样子。人们很觉得奇怪,问了才知道是这么回事。看看他的影子,真的不像他的人。人立着,影子却坐着;人是男的,影子却是女的。问问邓乙,邓乙说他看见的,又是另一种形状。全乡的人都说邓乙是遇到了妖怪了。

几年以后,影子忽然离邓乙而去。问他到什么地方去,说:"在离次的山上,距这里很远很远的地方。"邓乙流着眼泪送他到门外,跟他告别。影子随风飞去,霎时间不见了踪影。邓乙从此就没了影子,人们称他为"邓无影"。

白 衣 妇 人^①

临汝之东^②,一水湛然,游鳞可数,然深浅莫测,虽善泅者不能穷其底也。尝有少年偕数人出游,见二白衣妇人,甚娟雅,立于水旁,鼓掌大笑。因往就之,欲诘其故。二妇人遂推少年入水,妇人亦入。众皆惶惑。半晌,少年复奋波而出,妇人亦出,皆鼓掌大笑。少年遍体淋漓,妇人白衣略不沾濡。又推少年之兄入,妇人亦复入。久之,竟不复出矣。众骇甚,皆大哭,少年独笑不止,谓众曰:"彼甚乐,尚何哭?"为问其状,终身不肯言。

① 选自清乐钧《耳食录》。　　② 临汝:地名。今为江西临川区。

【译文】

在临汝东边,有一个清水塘,看得出鱼儿在水中游动,却不知道它有多深,即使是水性最好的人也不能没到它底里。曾经有个年轻人同几个伙伴到这里游玩,看见两个穿白衣服的女人,非常文雅明净,站在水塘旁边,还拍手大笑。年轻人就靠近她们,想问个究竟。两个白衣女人就把他推进了水塘,自己也跟着跳下水去。其余的人都惊惶不解。过了些时候,年轻人又从水中冲出来,两个白衣女人也跟着走上岸来,而且都拍手大笑。年轻人浑身稀湿,两个白衣女人的白衣服上却滴水不沾。两个白衣女人又把年轻人的哥哥推下水去,自己也跟着下去。过了好一回,还不见他上来。大家害怕极了,甚至大哭起来,只有年轻人笑个不停,还对大家说:"他很快活,你们哭他做甚?"问他在水中干些什么,他至死都不肯说。

又一骆宾王①

范蘅洲言②:昔渡钱塘江,有一僧附舟,径置坐具,倚樯竿,不相问讯。与之语,口漫应,目视他处,神意殊不属。蘅洲怪其傲,亦不再言。时西风过急,蘅洲偶得二句曰:"白浪簸舡头,行人怯石尤③。"下联未属,吟哦数四。僧忽闭目微吟曰:"如何红袖女,尚倚最高楼。"蘅洲不省所云;再与语,仍不答。比系缆④,恰一少女立楼上,正着红袖,乃大惊,再三致诘,曰:"偶望见耳。"然烟水森茫,庐舍遮映,实无望见理。疑其前知,欲作礼,则已振锡去⑤。蘅洲惘然莫测,曰:"此又一骆宾王矣⑥。"

① 选自清纪昀《阅微草堂笔记》。题目为译者所加。　　② 范蘅洲:会

稽人,名家相,字左南,号蘅洲。甲戌进士。官柳州府知府。有《环渌轩诗
钞》、《三家诗拾遗》及《诗瀇》。　　③石尤:传说石氏女嫁尤郎。尤为商远
行,妻阻之,不从。尤久不归,妻思念致病,临亡叹曰:"吾恨不能阻其行,以至
于此。今凡有商旅远行,吾当作大风为天下妇人阻之。"故称逆风、顶头风为
石尤或石尤风。　　④系缆:犹系舟,将船停下来。缆:系船的绳索。
⑤锡:锡杖,僧所持之杖,亦称禅杖。　　⑥骆宾王:初唐诗人。徐敬业起兵
反对武则天,相传《讨武曌檄》为骆宾王写,后来兵败,被追杀。一说在杭州灵
隐寺出家。

【译文】

　　范蘅洲说:从前我渡钱塘江,有个和尚同搭一条船,他只顾自
己在桅杆边铺好坐位坐下,也不跟我打招呼。我同他说话,只是随
便答应几句,眼睛望着别处,注意力很不集中。我觉得他太骄傲,
也不再跟他说话。当时西风吹得很急,我偶尔想到两句诗:"白浪
簸船头,行人怯石尤。"底下就联不下去,咿唔了好久。和尚忽然闭
着眼睛轻轻地念道:"如何红袖女,尚倚最高楼。"我不知道他为什
么要这么说。再想跟他说话,他依旧不愿理睬我。等到船靠岸停
下来,恰好看见有一个少女站在楼上,穿的就是红衣服,于是我大
为吃惊,再三问他,他说:"偶尔望见罢了。"然而烟水迷茫,房屋遮
隔,根本没有望得见的可能。我疑心他有未卜先知的本领,想跟他
说说话,他却拿起禅杖走了。这时我脑子里一片糊涂,说:"这又是
一个骆宾王了!"

泥 孩 儿①

　　余两、三岁时,尝见四、五小儿,彩衣金钏,随余嬉戏,
皆呼余为弟,意似甚相爱,稍长时乃皆不见。后以告先姚
安公②,公沉思久之,爽然曰:"汝前母恨无子,每令尼媪以
彩丝系庙泥孩归③,置于卧内,各命以乳名,日饲果饵,与
哺子无异,死后吾命人瘗楼后空院中,必是物也。恐后来

为妖,拟掘出之,然岁久已迷其处矣。"

① 选自清纪昀《阅微草堂笔记》。题目为译者所加。　② 姚安公:纪昀父,名容舒,字迟叟,号竹厓。康熙举人,官姚安知府。　③ 尼媪:俗称尼姑。

【译文】

　　我两、三岁时,曾经看见四五个小孩子,身穿花衣服,手戴金镯子,跟我在一起玩耍,都叫我弟弟,似乎十分亲热,稍后长大时就都不见了。后来我把这事情告诉了父亲,父亲想了很久,茫然说:"你前母怨恨自己没有孩子,常常叫庙里的尼姑从神前用彩色丝线缚泥孩儿回来,放在寝室里,每个人都取了名字,每天给他们果子糕饼吃,同抚养儿子没有什么不同;你前母死后,我就叫人将它们埋在楼房后面的空院子里,你说的定是这些泥孩儿无疑。我怕日后会兴妖作怪,打算将他们掘出来,但是日子一久就不知道埋的地方了。"

偶 然 现 象①

　　余族所居曰景城②,宋故县也,城址尚依稀可辨。偶或于昧爽时,遥望烟雾中现一城影,楼堞宛然,类乎蜃气。此事他书多载之,然莫明其理。余谓凡有形者必有精气③;土之厚处,即地之精气所聚处,如人之有魂魄也。此城周回数里,其形巨矣;自汉至宋千余年,为精气所聚已久,如人之取多用宏,其魂魄独强矣。故其形虽化,而精气之盘结者,非一日之所蓄,即非一日所能散;偶然现象,仍作城形,正如人死鬼存,鬼仍作人形耳。然古城郭不尽现形,现形者又不常见,其故何欤? 人之死也,或有鬼,或无鬼;鬼之存也,或见,或不见;亦如是而已矣。

① 选自清纪昀《阅微草堂笔记》。题目为译者所加。　② 景城:景城县。故城在今直隶交河县东北六十里。　③ 精气:阴阳元气。《易·系辞》:"精气为物,游魂为变,是故知鬼神之情状。"

【译文】

　　我们这一族的住地叫景城,是宋代的老县城,旧址还依稀可以分辨得出来。偶尔在拂晓时,远远从烟雾中还可以望见一个城市的影子,城墙上的短墙也好像看得见,类似海市蜃楼。这样的事在别的书上也有记载,然而弄不清这是什么道理。我以为凡是有形的东西必定有精气;土地深厚的地方,也就是精气所凝聚处,好像人的有魂魄一样。这个城周围有几里路,它的范围很大了;从汉朝到宋朝有一千多年的历史,被精气所积聚已经很久,就像人的取得多用得也多,他的魂魄也就格外强劲。所以它的形状虽然消失了,而精气所盘绕纠结的,不是一天所储蓄,也就不是一天能消散得了;偶然显现出形状来,依旧还是城市的样子,正像人死了鬼还存在,鬼仍然作人的模样罢了。然而古城郭不尽显现出城市的形状,显现的又不是经常看得见,这是什么缘故呢? 人死了,或者有鬼,或者无鬼;鬼的存在,有时看得见,有时看不见;也像是这个样子罢了。

鼠亦有礼①

　　余居西湖寓楼②,楼多鼠,每夕跳踉几案,若行康庄③。烛有余烬,无不见跋④。始甚恶之,继而念鼠亦饥耳。至于余衣服、书籍一无所损,又何恶焉。适有馈饼饵者,夜则置一枚于案头以饲之。鼠得饼,不复嚼蜡矣。一夕,余自食饼,觉不佳,复吐出之,遂并以饲鼠。次日视之,饼尽,而余所吐弃者故在。乃笑曰:"鼠子亦狷介乃尔⑤。"是夕,置二饼以谢之⑥。次日,止食其一。余叹曰:"不惟狷介,乃亦有礼。”

① 选自清俞樾《春在堂随笔》。题目为译者所加。　② 寓楼:即孤山俞楼。　③ 康庄:四通八达的大道。　④ 跋:火炬或烛燃尽残余的部分。　⑤ 狷介:拘谨自守。　⑥ 谢:道歉。

【译文】

我住在孤山寓楼,楼上老鼠极多,每天夜里在书桌上跳跃,像是行走在康庄大道上。蜡烛有未燃尽的蒂头,没有不被吃得精光的。开始时很觉得讨厌,接着又想它们也许是饥饿了吧。至于我的衣服、书籍都不损伤,这又何必讨厌呢。正好有人送来糕饼,夜里就放一枚在书桌上喂它们。老鼠有糕饼吃,就不再咬蜡烛头了。有一天夜里我自己吃糕饼,觉得滋味不好,就又吐出来,就与糕饼一起喂老鼠。第二天来看,糕饼吃完了,可是我所吐掉的依旧还在。我就笑着说:“小小的老鼠也是这样的拘谨自守啊!”这天夜里,我就放了两块糕饼表示道歉。第二天,它们却只吃了一块。我叹息道:“不仅拘谨,还很有礼貌呢。”

纪 岁 珠①

吴牧驺太守仰贤,手录所为诗一册见示。内有《纪岁珠》一首,序云:“歙人某②,娶妇甫一月即行贾。妇刺绣易食,以其所余,岁置一珠,以彩丝系之,曰‘纪岁珠’。夫归,妇殁已三载,启箧得珠,已积二十余颗。”余谓此妇幽贞自守,而“纪岁珠”之名,亦新艳可传,惜不得其姓氏也。

① 选自清俞樾《春在堂随笔》。题目为译者所加。　② 歙（shè）：歙县，属安徽省。

【译文】

吴牧驹太守（仰贤）把他自己写的一册诗拿给我看，其中有一首题目叫《纪岁珠》，小序上说："歙县有这样一个商人，新婚刚满月就外出经商。他的妻子以刺绣维持生活，尚有积余，就每年买一颗珍珠，用彩色的丝线穿起来，叫做'纪岁珠'。等到她的丈夫回来，她已经死了三年。丈夫打开箱子，珍珠已经穿了二十多颗。"我说这个女人真是个坚贞不渝的女人，而"纪岁珠"的名称也取得新奇，可惜的是不知道她姓甚名谁。

雨　蛙①

光绪辛巳岁，花农与倪儒粟茹及孤山寺僧本慧，同至俞楼②，于楼后山上西爽亭小坐。既下山，僧自后招花农曰："来看！来看！"花农视之，见松树上一蛙，浅绿色，竟体滑泽如碧玉琢成，无磊砢之状③，与常蛙异。儒粟曰："此非金华将军邪？"僧点首曰："无多言。"

① 选自清俞樾《右台仙馆笔记》。题目为译者所加。雨蛙为两栖动物，又叫青鼃，脚上有吸盘，能够上竹木。杭州人视为金华将军曹杲，显然是由于音同所误。　② 俞楼：楼名。在西湖孤山上，为俞樾住处。　③ 磊砢：委积、众多貌。

【译文】

　　光绪辛巳(1881)那一年,花农与倪儒粟以及孤山寺里的和尚本慧,同到俞楼来,在楼后山上的西爽亭里坐了一会。下山来的时候,本慧从后面招呼花农说:"来看！来看！"花农看时,只见松树上有一只青蛙,浅绿色,整个身子滑润有光泽,就像是用碧玉雕刻而成,没有"颗颗粒粒"的东西,跟平常的青蛙不同。儒粟说:"这不是金华将军吗?"和尚点点头说:"不要多说话。"

钟进士像题记二则①

一

　　图中古木槎牙②,霜叶半脱,老馗倒戴纱帽,沉醉不能步,张天师星冠象简③,掖之而行。一小鬼于路侧屈半膝,持手板作通谒状④。下临深潭,潭中月影与天际光相射。(张樵野作)

　　① 选自清王笏甫《王笏甫先生画钟进士像题记》。钟进士:即钟馗。传说唐玄宗病疟,昼梦一大鬼,破帽、蓝袍、角带、朝靴,捉小鬼啖之。自称终南进士钟馗,尝应举不第,触阶死。玄宗觉而瘳,诏吴道子画其像。其说自唐已盛行,时翰林例于岁暮进钟馗像,并以赐大臣。民间亦贴钟馗像于门首。宋元明之际犹然。惟改悬于端午,不知是何时始。　　② 槎牙:错杂不整齐貌。　　③ 张天师:汉张道陵后裔的封号。象简:象牙笏。　　④ 手板:即笏。古代官吏上朝或谒见上司时所执,备记事用。通谒:向上司禀报。

【译文】

　　图画中画的是古木蓬松,树叶经霜后一半已经脱落,老馗倒戴着纱帽,酒醉得连路都走不成,由头戴星冠、手执象简的张天师挽着走。一个小鬼在路边行半跪礼,捧着手板做出禀报的样子。身边是一个深潭,潭中的月影与天空的月亮互相辉映。

二

　　图中石床一,竹炉旁设茶具,一鬼汲水,一鬼持扇。老馗反袂侧立①,作凝睇状,背有小鬼提酒壶,戟手揶揄之②。山径转处,两鬼扛一竹篮,红签标题八分书四字云③:"六安春茗④。"(芝舫作)

　　① 反袂:袂,衣袖。反袂,指以袖掩面,形容哭泣。但这里作"凝睇状"。有如以手遮目。小说中谓之"搭凉棚"。　　② 戟手:用食指中指指点,其形如戟。有时表示指斥怒骂;有时表示勇武。揶揄:耍笑,嘲弄。　　③ 八分书:汉字书体名。字体似隶而体势多波磔。　　④ 六安香茗:即六安茶。产自安徽霍山县的大蜀山。因霍山过去属六安郡,故称六安茶。相传能消除垢腻,去积滞。

【译文】

　　图画中有一张石头床,竹炉边摆着茶具,一个鬼在汲水,一个鬼拿着扇子。老馗转过身去拿袖子遮住面孔,眼睛望着远处,背后有一个小鬼提着酒壶,伸出两个指头装了个鬼脸。山路拐弯处,有两个鬼扛着一只竹箩,红色的标签上用八分书写着四个字道:"六安春茶。"(芝舫作)

雷　　公①

　　是年学村童骂人,大姊恐之曰:"雷将击尔,可骂人乎?"奇龄弟亦同骂人。一日雷电交作,大姊扯余及弟同跪于堂阶上朝南,而霹雳至,大姊逃入廊下,奇龄弟亦惊啼而逃入。予跪而独见雷电之神果随霹雳由西厅栋而来,先一神瘦长,锐头毛脸,细脚,两翼联腋间,随声跳跃。

余南面而跪,彼北面而来,至中厅檐间即转身向东南栋逃出而去。又一声霹雳,如前神而稍肥矮者跳跃来往均如之。予大呼姊来同视,而姊掩耳不闻。迨父母出来,起予跪而告之,父母皆谓我荒诞云。

① 选自清范寅《扁舟子自记履历》。题目为译者所加。范寅:字啸风,别号扁舟子,清会稽人。著作有《越谚》等。

【译文】

这一年我学村上孩子的样骂人,大姐恐吓我说:"要遭雷打的,可以骂人吗?"跟我一起骂人的还有奇龄弟。一天雷电交加,大姐就扯着我和奇龄弟一起跪在阶沿边朝南的地方,霹雳一声,大姐逃进廊下,奇龄弟也惊叫着逃了进去。我独个儿跪着,看见雷公菩萨随着雷声由西面厅堂的屋顶上过来,前一个雷公身体瘦长,尖头毛脸,细脚,两只翅膀生在腋下,随声跳跃。我朝南跪着,他从北面过来,到了厅堂前的廊檐时就转身向东南方的屋顶上逃走了。再一下雷声,像前一个雷公似的只是身体较肥较矮的也照样跳跃起来。我大声叫大姐来看,大姐掩着耳朵没有听到。等到父母亲出来把我从地上扶起时我告诉他们这件事情,他们都说我是无稽之谈。

灾　　荒①

连岁荒歉,百物之产渐见亏缩,至道光十四甲午而极。屋背墙头恒终日无一禽鸟翔集,行山间二三里,或绝无飞鸣形声,回忆少时林间池畔颉颃喧噪之景象②,大不侔矣。水中鱼虾十仅一二,携渔具者每废然空归。凡春末交夏,入暮则蛙鸣聒耳,令人难寐,至此则几于寂静,火照渔蛙者寥寥。夏秋数月,苍蝇丛噆③,盘碗羹饭为黑,粪污器物密点如麻,至此则疏疏落落,一堂之内或不盈十。

此数物者并不资生于谷粟，若苍蝇又非可佐人饮餐，而亦随凶年而减少，殆于仅存，岂非天地生生之气至此忽索然欲竭耶。

① 选自清李元复《常谈丛录》。李元复，字伦表，又名登斋，江西金溪县人。清道光恩贡。小时家境贫寒。余未详。　② 颉颃：鸟飞上下貌。③ 噆（chuài）：咬，叮。

【译文】

连年灾荒，各种物产逐渐减少，到道光十四年甲午（1834）已达到顶点。屋顶墙头常常整天看不到有鸟雀聚集，在山中走上两三里路，也看不到它们的影子，听不到它们的叫声，回忆幼年时水边林下鸟儿飞上飞下鸣声不绝的样子，大不相同。水中鱼虾只剩十分之一二，渔翁常常拿着渔具空手而返。每年春末夏初，一到傍晚耳朵里满是青蛙的叫声，教人难以入睡，到这时候却几乎一片静寂，拿着火把照青蛙的人绝无仅有。夏末秋初这几个月，苍蝇成群飞舞，叮在食物上，粥饭都成了黑漆漆的一片，粪污麻麻密密地落在盘碗上，到这时候却只有稀稀疏疏的几只，一间屋子里或者还不满十只。这几样东西并不孳生于稻麦，如苍蝇又不能充当人的粮食，却也跟着荒年而减少，少到不能再少的地步，岂不是天地育人养人的气运到这时候全然断绝了吗？

龟　语①

永康县②。刘敬叔《异苑》曰③："孙权时，永康县有人入山，遇一大龟；即束之以归。龟便言曰：'游不量时，为君所得。'担者怪之。载出，欲上吴王。夜宿越里，缆船于大桑树。宵中，树忽呼龟曰：'元绪！奚事尔也？'龟曰：'行不择日。今方见烹。虽尽南山之樵，不能溃我。'树曰:'诸葛元逊④,识性渊长,必致相困。令求如我之徒,计将安治?'龟曰:'子明无多辞⑤!'既至建业,權将煮之。烧柴万车,龟犹如故。诸葛恪曰:'燃以老桑,乃熟。'献人仍说龟言。权使伐桑,取煮之,即烂。故野人呼龟曰元绪。"

① 选自任如松《水经注异闻录》。　② 永康县:汉乌伤县地。今属浙江金华市。　③ 刘敬叔:字敬叔,南朝宋彭城人。著有《异苑》十余卷。其志怪异,略如魏晋小说。　④ 诸葛元逊:诸葛恪,三国吴人。诸葛瑾长子,字元逊。少知名,弱冠拜骑都尉。年三十二,孙权拜为抚越将军。　⑤ 子明:一说老桑树名。

【译文】

浙江永康县。刘敬叔《异苑》说:"孙权时,永康县有人在山里遇到一只大乌龟;把它缚了回来。乌龟能作人言曰:'我出游没考虑好时间,被你抓到了。'抓它的人感到奇怪。跑出山来,想把它献给吴王孙权。夜里住在越里,把船系在大桑树上。半夜里,桑树忽然对乌龟说:"元绪!你为什么弄成这个样子?'乌龟说:'我出门不拣日子,如今才成了锅中之物。不过即使烧尽了南山的木柴,也休想把我煮烂。'桑树说:'诸葛元逊,是个见多识广的人,必定会使你遭灾的。假如用了像我这样的材料,你又将如何呢?'乌龟说:'你知道了就不必多嘴。'到了建康,孙权准备煮乌龟,烧掉了上万车的木柴,乌龟还是依然如故。诸葛元逊说:'用老桑树来烧,就煮烂了。'献龟的人也把乌龟同老桑树说过的话重述了一遍。孙权叫人砍来了老桑树,用老桑树煮乌龟,乌龟就烂了。所以老百姓把乌龟叫作元绪。"

后 记

一

在好多年前，我把我生平难忘的事用仿古诗写下来，题曰《往昔四十首》，其中有一首就是写购买古旧书的。诗云：

> 往昔有余钱，常跑旧书库。
> 拣回一大叠，俱是奇与古。
> 西洋有谚语：书不同妇女。
> 将缣与素比，新人不如故。
> 世人难理解，更为妻所怒。
> 怒则由她怒，我还买我书。
> 教书是职业，杂览得好处。
> 分道且扬镳，终归是一路。

杂览其实不是件坏事，许多学者都拿它打基础；基础扎实了，屋子就造得高。但是我却只打基础不搞建筑，直到老年才想到要在那上头搭建点什么，于是就把记忆中特别深刻的抄录下来，这就有了眼下这本小书的规模。其实像这样的书我已经抄过两本，一本是《晚明小品名篇译注》，一本是《艺苑轶事名篇译注》，都已经于上两年出版；这一本是第三本，抄的是笔记。

二

笔记在我国卷帙浩繁,虽然名称颇不一致。据说第一个拿"笔记"做书名的是北宋的宋祁,他有《笔记》三卷。但是这不能说中国有笔记就是从他开始,这好像一家人家有兄弟多人,名为"笔记"的只是其中的一个,而其余像"丛谈"、"杂俎"、"琐言"、"漫抄"、"随笔",等等,也都与他有同胞之谊。如果再往上推,到春秋战国去看一看,《老子》简古,《庄子》华瞻,显然与笔记不是同出一源;倒是被后世称为"四书"之首的《论语》,无论从形式或内容诸方面看,都与笔记有着极其相似的地方。所以笔记如要"寻根问祖",《论语》就是最适当的对象。

三

我抄这些笔记,并没有从大量的典籍中去找材料,只是尽我所有,把爱读的抄录下来,至于加上注释和翻译,也不过是爱不忍释的一种习惯动作罢了。古人说:"蓬生麻中,不扶自直。"我作为千千万万个普通人当中的一个,凭了自己的真情实感,不趋亦不避,即使稍有偏差,也不会离大众的旨趣太远。原则自然也是有的,就是老生常谈的"物理人情"四个字。情与理有时也会发生龃龉,我就采取兼收并蓄的办法。譬如从热爱祖国、反对侵略的角度说,岳飞理应受到尊敬,尤其是在外敌入侵、民族处于危难之际,思念英雄就比"大旱之望云霓"还迫切。但是揆诸南宋当时的实际情况,要硬拼是否妥当也的确值得考虑。所以我在选了王思任谒岳王坟的文章的同时,又抄录了赵翼等人的"反面"文章作为参考。

四

笔记还有一个很大的贡献,这就是我们常说的"野史"。在漫

长的封建社会里,统治者为了维护自己的颜面,往往把真相掩盖起
来,甚至当面说谎也不会脸红!所以"正史"未必就是"真史"。相
反的,倒是"天地之大,苍蝇之微"无所不谈的笔记,有时候还能告
诉我们一点真实的情况。譬如历史上钳制言论最严酷的雍正、乾
隆两朝,他们的那些丑事不是也被后人知道了吗?这是野史的好
处,也就是笔记的功劳。

有的虽然不直接写到国家大事,却从另一个角度反映了民心
之所向,譬如《来苏渡》就是一个很好的例子:

> 脩水深山间有小溪,其渡曰来苏。盖子由贬高安监酒时,
> 东坡来访之,经过此渡。乡人以为荣,故名以来苏。呜呼!当
> 时小人媒蘖摧挫,欲置之死地,而其所经过之地,溪翁野叟亦
> 以为光华,人心是非之公,其不可泯如此!所谓"石压笋斜出"
> 者是也。

五

为了便于阅读,我把文章分为八类,八类之中,要算末一类"志
异"为最特别。因为这里不仅有狐鬼的故事,还有奇人、异事、怪
物,等等。但是都不是不可以理喻的。十余年前,我在医院里陪病
人,听一个孝丰的青年护工讲他们全班同学在教室里看见一个已
死的老师挟着书本走上讲台的事,我就联想到纪晓岚的《偶然现
象》,既然人可以"白日见鬼",那么湮灭已久的古城,也不妨把形状
留在人世间,一旦条件具备,也就会有再现的可能。再说如《泥孩
儿》、《雷公》这些奇人怪事,随着科学的日益昌明,我相信也会有被
破解的一天。因为我相信他们都不是在说谎。既然是实有其事,
那就是物理现象,所以是没有不可以解释的。

当然,真正的"迷信"是有的,譬如《白蛇》、《疟鬼》、《邓公庙》、
《南野社令》就是,但那也只是作者想换种题材讲讲故事罢了。说
到谈狐说鬼,最有名的自然是蒲松龄,第二个便是纪晓岚了。但是

奇怪的是他们本人都并不相信。纪晓岚以"鬼"设教，劝善警恶方法并不可取，但用意还是不错的。至于蒲松龄的写作意图，就不妨从王士祯为《聊斋志异》所写的那首诗得到证实。王诗云：

> 姑妄言之姑听之，豆棚瓜架雨如丝。
> 料应厌作人间语，爱听秋坟鬼唱时。

所谓"姑妄言之"，这原是苏东坡说的话。东坡喜欢听人闲谈，那人说不会，他就要他说鬼，那人又说没有，他就说："随便乱说一通都可以。"可见所谓狐鬼这种东西在世界上原是没有的。有的人硬要信以为真，那一定是自己太老实，或者是太多情之故。

孙旭升

2013 年 3 月 10 日